Sección de Lengua y Estudios Literarios

UNA MUJER EN SOLEDAD

Traducción de
Esther Benítez

DARIO PUCCINI

UNA MUJER EN SOLEDAD

Sor Juana Inés de la Cruz, una excepción en la cultura y la literatura barroca

FONDO DE CULTURA ECONÓMICA
MÉXICO

Primera edición en italiano, 1996
Primera edición en español, 1996
Segunda edición en español (FCE), 1997

Título original:
Una donna in solitudine. Sor Juana Inés de la Cruz, Un'eccezione nella cultura e nella letteratura barocca

Una mujer en soledad. Sor Juana Inés de la Cruz, una excepción en la cultura y la literatura barroca

Juan Ignacio Luca de Tena, 15; 28027 Madrid
ISBN 84-7979-314-7

Carretera Picacho-Ajusco, 227; 14200 México, D. F.

ISBN 968-16-5036-0

Impreso en México

PREMISA

Más de una vez me propuse reimprimir tal como estaba mi antiguo libro *Sor Juana Inés de la Cruz: personalità del barocco messicano,* de 1967, o bien reeditarlo, posiblemente con muchos añadidos y cambios, no sólo porque el volumen, publicado en una colección académica dirigida por Aurelio Roncaglia y Carmelo Samoná (Edizioni dell'Ateneo, Roma) era imposible de encontrar desde hacía tiempo, sino porque sobre Sor Juana yo había vuelto a escribir de vez en cuando cosas de cierta enjundia. Ni siquiera la publicación en España y México en 1982 del libro de Octavio Paz *Sor Juana Inés de la Cruz o las trampas de la fe,* donde aparecían algunos elogios (quizás inmerecidos) y algún reconocimiento sobre mi librito, me indujo a buscar un editor que volviera a sacarlo a la luz. Sólo ahora, tras la publicación en italiano del grueso libro de Paz, ya Premio Nobel *(Suor Juana Inés de la Cruz o le insidie della fede,* Garzanti Editore, Milán, 1992, con una introducción mía), la propuesta de una editorial española me ha hecho reflexionar y volver sobre mi siempre frustrada intención.

Y ahora, al retomar en mis manos el viejo libro, he debido reescribirlo casi del todo, aun conservando buena parte de lo que entonces había afirmado, y he insertado otros capítulos y nuevos párrafos. El resultado es un libro casi nuevo, y en cualquier caso muy distinto, pues se centra en términos y conceptos —soledad, ciencia, alegoría, visualidad— de muy distinta y mejor fundada índole. Y eso no es todo: para la reimpresión he juzgado útil, a causa de la nueva deuda que todos (y yo entre ellos) hemos contraído automáticamente con la bellísima e indispensable obra de Octavio Paz, reproducir aquí, en apéndice, la "Introducción" aparecida en la edición italiana de la obra, aun cuando obviamente haya nacido como comentario al libro y revista, además, un carácter general. No quería tampoco olvidar la "amistad y gratitud" con las cuales Paz me lo había dedicado. La visión de conjunto que de dicha introducción se deduce sirve para remachar y confirmar en el lector, a modo de conclusión, algunas de las opiniones y posiciones expresadas por extenso en mi libro, ahora publicado aquí en forma diferente.

Dos últimas advertencias, una acaso no del todo necesaria y la otra en cambio bastante relevante y quizás esencial: la primera, que el libro no aspira a ser una monografía completa de la personalidad y la obra de la monja mexicana sino, como insinúa el título, un estudio de algunos puntos sobresalientes y parciales de tal personalidad y un análisis, éste sí más amplio, de tal obra. Segunda advertencia: jamás consideré prioritaria la cuestión de la fe de Sor Juana, ante todo porque su escritura barroca no admite definiciones y certezas absolutas, sino más bien matices y ambigüedades; a pesar de ello, siempre pensé que había sido mujer de sincerísima fe, capaz de anteponer a todo, a veces quizás para defenderse, el conocimiento de la teología; y pienso, como Octavio Paz, el cual entra a menudo en polémica con los "críticos católicos", que para la verdadera comprensión de la extraordinaria personalidad y de la ejemplar escritura de Sor Juana Inés de la Cruz no conviene superponerle ningún velo, sea devoto o laico, y en cualquier caso preconcebido, cual si se tratase de una excrecencia, en ambos casos ideológica.

No puedo cerrar esta premisa sin expresar públicamente, como es de obligación, mi más sincero agradecimiento a Alfredo Renzetti, que me ayudó en la redacción material del manuscrito y a quien se debe —cosa más importante— la bibliografía.

I. SOR JUANA INÉS DE LA CRUZ. SU VIDA Y SU ÉPOCA

Los riesgos de una biografía. Primeros datos seguros

Para el biógrafo de la que nació al siglo con el nombre de Juana de Asbaje y Ramírez de Santillana y adquirió discreta fama con el de Sor Juana Inés de la Cruz, la tentación suprema está en lo novelesco: dejarse arrastrar por la fascinación que claramente emana de la persona histórica y la obra escrita y entregarse a ilaciones sobre algunos datos inseguros y a veces misteriosos de su existencia, hasta deducir un personaje complejo, enigmático, inadaptado, al borde de la psicología y la ficción literaria. No faltan apuntes y sugerencias en tal sentido: están en el lugar y la época en que vivió Sor Juana (el México colonial del XVII presta contornos históricos difuminados y una atmósfera relativamente exótica); están en detalles que la reconstrucción biográfica no ha podido iluminar (la elección de la vida conventual a temprana edad y la renuncia a las *humanae litterae* pocos años antes de la prematura muerte); están en el insólito papel de defensora de los derechos de la mujer que se atribuyó explícitamente la monja mexicana; están en los fermentos científicos y experimentales que puntean su obra; pero, sobre todo, en las expresiones de "amoroso tormento" que vibran en algunos de sus más hermosos versos. Que la tentación novelesca se haya extendido, digamos, por las páginas que componen el delicado y suntuoso retrato que de ella dibujó en 1928 el escritor modernista y decadente Amado Nervo (Nervo, 1928) es algo que al lector le parece natural y casi legítimo, pero que se haya insinuado, en forma de leve idolatría del personaje, en los textos de críticos y ensayistas cualificados como por ejemplo Menéndez y Pelayo (Menéndez y Pelayo, 1911),

Vossler (Vossler, 1944) y Salinas (Salinas, 1958), es al menos motivo de reflexión y de perplejidad.[1] Y así aquel delicioso polígrafo que fue Alfonso Reyes escribe, entre otras cosas, algo que vale cabalmente para muchos de los que se han ocupado del tema, sin que nadie pueda sentirse del todo exento: que "no es fácil estudiarla sin enamorarse de ella" (Reyes, 1948, p. 105). Salinas, por su parte, con la finura que lo caracteriza, hace de Sor Juana un personaje inadaptado, e imagina como su "justo tiempo" el Renacimiento italiano o los Estados Unidos de su experiencia de profesor exiliado de la España de Franco, y le parece reconocer su figura en una de las estudiantes que recorren en bicicleta los senderos de su *College*... Esta difusa idolatría, llevada a veces al límite de la exaltación y el patetismo, ha hallado un terreno abonado también al margen de la materia biográfica; y significa, por otra parte —y es, ciertamente, una curiosa desviación—, que la historia humana e intelectual de Sor Juana siempre ha estado sujeta a interpretaciones sugerentes pero en cierto modo esotéricas; y significa asimismo, más en general, que la crítica de su obra literaria, más allá de la necesaria participación exigible al crítico, está sembrada de escorias y elementos espurios, cuya sutil procedencia se halla en una lectura emotiva de los escasos datos biográficos de que disponemos. Dos son, sustancialmente, las fuentes auténticas de las que extraer noticias sobre la vida de Sor Juana, y ambas aparecen un tanto distorsionadas por la finalidad con que se escribieron: la primera, ciertamente indispensable, es la casi hagiográfica y en cualquier caso panegírica *Vida de Sor Juana Inés de la Cruz* que, bajo la etiqueta de "aprobación" (eclesiástica) dictó el padre jesuita Diego Calleja para el

[1] Para las referencias aquí incluidas, aunque sólo para aquellas sobre las obras de la autora y de personas cercanas a ella (no para libros de carácter general), véase la bibliografía final. En cuanto a las citas tomadas de las obras de Sor Juana, me atendré, salvo algún caso aislado, a las *Obras completas* en cuatro volúmenes (Fondo de Cultura Económica, México, 1951-1957 [Biblioteca Americana]), editados los tres primeros irreprochablemente, con gran escrúpulo y competencia, por Alfonso Méndez Plancarte, y el último por Alberto G. Salceda. Designamos dicha edición de las *Obras completas* con las siglas *O.C.*, seguidas de la indicación del volumen y de las páginas correspondientes.

volumen *Fama y obras póstumas del Fénix de México, décima musa, poetisa americana,* publicado en Madrid en 1700 (la obra, preparada por Juan Ignacio de Castorena, lleva asimismo una "Elegía" anónima en loor de Sor Juana); la segunda es la autobiográfica (y altiva) *Respuesta a sor Filotea,* que la monja escribió en 1691, no ya para narrar su vida, sino —como veremos— para defender toda su conducta en un momento crítico. El texto, justamente muy comentado, de la *Respuesta a sor Filotea de la Cruz,* se publicó póstumamente *(Obras completas* [de aquí en adelante *O.C.*], IV), por lo que todos los demás documentos, datos y escritos, descubiertos y publicados a continuación, no han podido aclarar los puntos más controvertidos e importantes de la figura humana e intelectual de la monja ni aportar válidos esclarecimientos a las declaraciones formuladas por ella en la *Respuesta.*[2] Pero también es sintomático que hayan contribuido a corregir ciertos datos y ciertas deducciones de su primer biógrafo sobre el nacimiento, la familia y la infancia de Sor Juana. Gracias a esta más nutrida aportación de datos se ha podido averiguar que Juana nació el 12 de noviembre de 1648 (el año transmitido por Calleja era 1651, con lo cual en su biografía se acentuaban todos los indicios de "precocidad" de Sor Juana), en la "bien capaz alquería muy conocida con el título de San Miguel Nepantla" (Calleja), o sea en una importante casa rural a unos sesenta kilómetros de la ciudad de México, en las faldas de dos grandes volcanes, Popocatépetl e Iztaccíhuatl, en esa zona tórrida adonde los rayos del sol llegan perpendiculares ("no bizcos, como a otras partes"):

> ...nací
> donde los rayos solares
> me mirasen de hito en hito,
> no bizcos, como a otras partes.[3]

[2] De la obra de Calleja existe una transcripción reciente (Bellini, 1987). Entre tales documentos recordemos los descubiertos sucesivamente por D. Schons, siempre indicados en la bibliografía con las fechas 1925, 1926, 1929 y 1934, así como los libros de Ramírez España (1947); E. A. Cervantes (1949); F. de la Maza (1980); A. Tapia Mendes (1981); y G. Bellini (1987).

[3] *O.C.,* I, p. 146, vv. 25-28.

Tercer fruto de la relación entre la criolla doña Isabel Ramírez de Santillana y el marino vasco Pedro Manuel de Asbaje, no fue solamente hija ilegítima o, para ser más exactos, nacida fuera del matrimonio, sino que además perteneció a una familia no precisamente noble y además muy numerosa, ya que la madre se unió después a otro hombre con quien tuvo más hijos. Juana estuvo siempre muy apegada a su familia y encariñada con ella, con la natural y la postiza, incluso cuando logró ser "una niña mimada de la corte", y más adelante, cuando se convirtió, como monja y prestigiosa escritora, en una ilustre personalidad del virreinato. La figura principal de la familia y la que más influyó en su formación fue, al parecer, el abuelo materno, llegado a la Nueva España a comienzos de siglo: hombre de cierta cultura y poeta, en cuya biblioteca Juana bebió copiosamente, como ella misma declara y como pronto veremos. Quizás al periodo transcurrido en San Miguel Nepantla se remontan también sus primeros contactos con la lengua vasca y con el mundo sojuzgado de indios y negros.

La iniciación cultural

Pero hay un rasgo de la infancia y adolescencia de Juana que tiene preeminencia sobre todos: la historia de su autónoma iniciación cultural, o bien de su precoz y poderosa ansia de saber, de la que nos ha dejado un vasto y sincero testimonio en las páginas iniciales de la *Respuesta.* Sincero, justamente, y hasta quizás el único testimonio sincero —ya veremos qué filtros han de aplicarse siempre al término "sinceridad" en esta persona tan impregnada de la amplia disimulación y la habitual alegorización de su época— que Sor Juana nos haya brindado, pues aquí y sólo aquí la verdad para ella no precisa de tropos y se produce una perfecta coincidencia entre las razones del corazón y las razones del mundo. En tal sentido nos parece sumamente esclarecedora la premisa a esta parte de la *Respuesta:*

> Lo que sí es verdad que no negaré (lo uno porque es notorio a todos, y lo otro porque, aunque sea contra mí, me ha hecho Dios la merced

> de darme grandísimo amor a la verdad) que desde que me rayó la primera luz de la razón, fue tan vehemente y poderosa la inclinación a las letras, que ni ajenas reprensiones —que he tenido muchas—, ni propias reflejas —que he hecho no pocas— han bastado a que deje de seguir este natural impulso que Dios puso en mí: Su Majestad sabe por qué y para qué.[4]

Lo cual es una clara y perentoria declaración de lealtad y de genuino orgullo (ante todos y ante sí misma), realzada en este punto por tres referencias a la autoridad de Dios: la primera, que a Él debe el "amor a la verdad"; la segunda, como para dar una justificación *a divinis* de su sed de conocimientos ("este natural impulso que Dios puso en mí"); y la tercera para poner a "Su Majestad" por testigo profundo de las causas y los fines ("por qué y para qué") de tal vocación literaria. Pero ya en estas frases iniciales de su confesión frente al mundo se advierte cabalmente una referencia insistente y significativa a la relación entre ella y los otros (algunas veces "todos"): una dialéctica abierta sobre la que después habremos de deducir algunas consideraciones. Tras esta premisa, Sor Juana pasa a describir los momentos de su iniciación en unas páginas que, por su valor documental, son esenciales para su autorretrato y —por sus acentos veladamente acongojados y trémulos, y seguramente lúcidos y orgullosos— para la comprensión del temple moral de su mundo y de la complejidad estilística de su escritura.

> No había cumplido los tres años de mi edad —cuenta Sor Juana— cuando enviando mi madre a una hermana mía, mayor que yo, a que se enseñase a leer en una de las que llaman Amigas,* me llevó a mí tras ella el cariño y la travesura; y viendo que le daban lección, me encendí yo de manera en el deseo de saber leer, que engañando, a mi parecer, a la maestra, le dije que mi madre ordenaba me diese lección. Ella no lo creyó, porque no era creíble; pero, por complacer al donaire, me la dio. Proseguí yo en ir y ella prosiguió en enseñarme,

[4] *Respuesta a sor Filotea, O.C.,* IV, p. 444, líneas 185-194.

* Escuelas donde las niñas aprendían a leer y escribir, algo de aritmética y labores. [N. de la T.]

> ya no de burlas, porque la desengañó la experiencia; y supe leer en tan breve tiempo, que ya sabía cuando lo supo mi madre, a quien la maestra lo ocultó por darle el gusto por entero y recibir el galardón por junto; y yo lo callé, creyendo que me azotarían por haberlo hecho sin orden. Aún vive la que me enseñó (Dios la guarde), y puede testificarlo.[5]

Al concreto y gradual avance de la prosa, apenas sonriente e irónicamente atemperado para aumentar su carácter verídico ("me llevó a mí tras ella el cariño y la travesura"; "engañando, a mi parecer, a la maestra"; "por complacer al donaire"), corresponde su urdimbre, muy graduada, llena de incisos, sembrada de repeticiones ("no lo *creyó,* porque no era *creíble; "proseguí* yo en ir y ella *prosiguió* en enseñarme"; "y *supe* leer en tan breve tiempo, que ya *sabía* cuando lo *supo* mi madre"). Pero el relato no es, desde luego, un fin en sí mismo; y puesto que sirve más bien para introducir temas sustanciales y que ella quiere mostrar como consecuencia de su "amor a las letras" (la entrada en el convento, el estudio de las ciencias y artes humanas como vehículo para el estudio de la teología, etc.), adquiere una adecuada progresión de anécdotas y de hechos.

En primer lugar está la anécdota del queso: "Acuérdome que en estos tiempos, siendo mi golosina la que es ordinaria en aquella edad, me abstenía de comer queso, porque oí decir que hacía rudos, y podía conmigo más el deseo de saber que el de comer, siendo éste tan poderoso en los niños".[6] Después viene la descripción de sus primeras y afanosas lecturas:

> Teniendo yo después como seis o siete años, y sabiendo ya leer y escribir, con todas las otras habilidades de labores y costuras que deprenden las mujeres, oí decir que había Universidad y Escuelas en que se estudiaban las ciencias en México; y apenas lo oí cuando empecé a matar a mi madre con instantes e importunos ruegos sobre que, mudándome el traje, me enviase a México, en casa de unos deudos que tenía, para estudiar y cursar la Universidad; ella no lo quiso

[5] *Ibidem,* p. 445, líneas 217-233.
[6] *Ibidem,* p. 445, líneas 234-238.

> hacer, e hizo muy bien, pero yo despiqué el deseo en leer muchos libros varios que tenía mi abuelo, sin que bastasen castigos ni reprensiones a estorbarlo; de manera que cuando vine a México, se admiraban, no tanto del ingenio, cuanto de la memoria y noticias que tenía en edad que parecía que apenas había tenido tiempo para aprender a hablar.[7]

A propósito de los "muchos libros varios" del abuelo, Paz ha querido ver la presencia de una biblioteca (biblioteca = convento) "variada", señal de una diversidad de lecturas (incluso masculinas) que nunca la abandonará. Pero en conjunto es tan funcional esta relación que, aunque sea con mano levísima, Sor Juana no descuida anticipar aquí dos puntos cruciales de toda su biografía (y de su "respuesta" a sus imprecisos acusadores): primero, cómo su ansia de saber había topado desde el principio con "castigos y reprensiones", dándonos casi la idea de una auténtica "lucha por el conocimiento" y, como escribe Paz, aquí (también aquí), el conocimiento aparece como "transgresión";[8] segundo, cómo muy pronto su condición femenina resultó un obstáculo para sus propósitos, forzándola a disfrazarse ("mudándome el traje") caso de que quisiera afirmar, a despecho de las adversas costumbres, su derecho a la cultura. Por lo demás, ella no rechaza tal condición, antes la reconoce y la vive por entero, sea en los deberes que entraña ("sabiendo ya leer y escribir, con todas las otras habilidades de labores y costuras que deprenden las mujeres"), sea en las instintivas aspiraciones a la gracia y a la belleza femeninas.

Tal es, en efecto, el sentido de la última anécdota que Sor Juana narra para describir la forma en que consiguió, con sólo veinte clases, aprender latín ("gramática"):

> Empecé a deprender gramática, en que creo no llegaron a veinte las lecciones que tomé; y era tan intenso mi cuidado, que siendo así que

[7] *Ibidem,* pp. 445-446, líneas 238-253. Con los parientes ("deudos") de la ciudad de México Juana fue a vivir, según Calleja, cuando contaba trece años, aunque quizá fuera más tarde.

[8] O. Paz (1982, p. 127).

> en las mujeres —y más en tan florida juventud—, es tan apreciable el adorno natural del cabello, yo me cortaba de él cuatro o seis dedos, midiendo hasta donde llegaba antes, e imponiéndome ley de que, si cuando volviese a crecer hasta allí no sabía tal o tal cosa que me había propuesto deprender en tanto que crecía, me lo había de volver a cortar en pena de la rudeza. Sucedía así que él crecía y yo no sabía lo propuesto, porque el pelo crecía aprisa y yo aprendía despacio, y con efecto le cortaba en pena de la rudeza: que no me parecía razón que estuviese vestida de cabellos, cabeza que estaba tan desnuda de noticias, que era más apetecible adorno.[9]

Sabia y delicada descripción, donde a la justa dosis de jactancia y modestia se agrega la suprema y redundante elegancia de las repeticiones: no sólo ese conciso y bellísimo "en pena de la rudeza", sino las reiteraciones plurales del crecimiento del pelo, del aprender, etc., y sobre todo el refinado empleo de la palabra "adorno" al principio y al final del discurso. No son sólo preciosas y alquitaradas virtudes barrocas, sino sutiles y pulidos subrayados del significado.

Primeros elementos oscuros: el "periodo mundano" y la entrada en religión

Sin solución de continuidad y sin siquiera hacer punto y aparte tras haber narrado la anécdota del pelo, Sor Juana, en la *Respuesta,* pasa a escribir: "Entréme religiosa..." Paz ve aquí una "laguna", pero la laguna oculta obviamente una reticencia. Por ello, para saber algo sobre su todavía misterioso "periodo mundano", esto es, sobre el breve trecho de su juventud que precede a la elección de la vida monástica, sigue siendo obligado recurrir a Calleja, el cual refiere que, llegada a la capital, a casa de unos tíos suyos, Juana pronto se convirtió en dama de honor de la virreina, en la época del virreinato del marqués de Mancera, don Sebastián de

[9] Respuesta, *O.C.,* IV, p. 446, líneas 254-268. (A propósito de lo que escribe aquí S. J., Calleja refiere: "Solas veinte lecciones de la lengua latina, testifica el bachiller Martín de Olivas que las dio, y supo con eminencia".)

Toledo Molina y Salazar. Y como se ha podido averiguar con certeza que entró de novicia en el convento de las carmelitas descalzas el 14 de agosto de 1667, aunque hubo de salirse el 18 de noviembre de ese mismo año a causa del excesivo rigor de las reglas carmelitanas,[10] y que el 24 de febrero de 1669 volvió a tomar definitivamente el velo en el monasterio de San Jerónimo, se deduce que su estancia en la ciudad de México se remonta a la muerte del abuelo (1656) y va más o menos desde entonces a 1667, doce años, de los nueve o diez años de edad a los diecinueve.

En este periodo ha de insertarse su estancia en la corte virreinal,[11] donde entró quizás en 1664, a los dieciséis años, al servicio de Leonor Carreto, marquesa de Mancera, virreina desde ese año. Periodo ciertamente repleto de halagos y éxitos en la corte, donde no sólo fue, por su hermosura e ingenio, la "niña mimada" que cuenta el padre Calleja, sino que también fue apreciada por su extraordinaria cultura, si aceptamos la anécdota de aquel certamen científico, "científica lid", que sostuvo frente a cuarenta eruditos de la ciudad, resultando victoriosa como un "galeón real" frente a un enjambre de chalupas (Calleja), o simplemente si nos atenemos a la discreta confesión antes recogida sobre su capacidad memorística y el cúmulo de nociones adquiridas en edad harto precoz.

La corte. La virreinal mexicana debía de ser, como escribe Paz, escenario de esos frívolos pasatiempos y de esos eróticos "galanteos de palacio" propios de cualquier otra corte, aunque sin duda allí se acentuaban dichos juegos a causa del tedio y el aislamiento del ambiente colonial, con sus fracturas y sus separaciones de clases y razas. Es fácil intuir en qué consistían en sustancia tales galanteos. Se trataba por lo general de bailes con intercambios de parejas que acarreaban frecuentes intrigas amorosas. Los mismos bailes e intercambios que describirá en parte nuestra Sor Juana en

[10] Como ha puntualizado Paz (1982, p. 147), siguiendo los hallazgos de L. González Obregón (1945).

[11] Marie-Cécile Bénassy-Berling, en una nota de su libro (1982, p. 74, n. 4), observa que una joven de origen modesto no hubiera podido entrar en la corte en España o en Francia y que, por tanto, en el México colonial del XVII "las barreras sociales estaban amortiguadas".

su comedia *Los empeños de una casa* y que hallamos todavía mejor en las comedias españolas de la época: recuerdo por todas *El desdén con el desdén,* donde hasta la protagonista, desdeñosa y demasiado orgullosa de su cultura, podría recordar la posible actitud de la joven Juana en aquellas escabrosas situaciones. Era dama de la virreina, sí, pero provenía sin duda de una familia desconocida y pobre, y su propia belleza la transformaba, en semejantes trances, en una especie de rehén y de apetecible blanco. Es significativo que al autorretratarse en la comedia antes citada Sor Juana escriba:

> Decirte que nací hermosa
> presumo que es excusado,
> pues lo atestiguan tus ojos
> y lo prueban mis trabajos.

Por lo demás, no sólo en estos versos sino en otros dispersos ella hace coincidir, en el destino de la mujer, belleza con desgracia, donaire con infortunio.[12]

Aunque se supone que atravesó (¿indemne?) esta experiencia, resulta empero inevitable que se hayan acumulado conjeturas e hipótesis sobre su repentina decisión de meterse monja, tras haber transcurrido seguramente una brillante temporada en la corte. Es evidente que hay que descartar de inmediato las conjeturas secundarias o más elaboradas sobre el periodo mundano, pues están expuestas a los riesgos de lo novelesco ya denunciados aquí, como la de suponer, para justificar la elección del convento, la muerte de "un hombre intensamente amado".[13] Interesa en cambio detenerse en las hipótesis sustanciales, tanto porque nos ayudan a determinar los parámetros dentro de los cuales se desarrolla la relación entre los datos humanos y las aspiraciones intelectuales de Sor Juana, cuanto porque nos brindan, a partir de

[12] Por ejemplo, en el auto sacramental *El divino Narciso,* donde Eco se define así: "Eco soy, la más rica / pastora de estos valles; / bella decir pudieron / mis infelicidades". *O.C.,* III, p. 45.

[13] Un ejemplo de tales conjeturas puede verse en los artículos de A. G. Salceda (1952), basados en una lectura excesivamente restringida y episódica de sus poesías y comedias.

la prosa confesional de la *Respuesta,* un primer elemento para sondear la estructura conceptual y estilística de su obra, fundamentalmente fiel (aunque no del todo) a los procedimientos del barroco y no obstante teñida de las concretas condiciones y también de los prejuicios de su época. Las hipótesis principales son tres y cabe resumirlas en los tres interrogantes que se han planteado biógrafos y críticos frente a aquella repentina elección: ¿fue por desilusión amorosa? ¿O por una reconocida incompatibilidad entre sus orígenes modestos y "bastardos" y el restringido mundo aristocrático y "aristocratizado" de la corte virreinal? ¿O bien se trató de una crisis de conciencia que podríamos considerar como una "primera conversión"?[14]

El testimonio de la propia Sor Juana sobre estos puntos es insuficiente, aunque significativo: "Entréme religiosa —escribe— porque aunque conocía que tenía el estado cosas (de las accesorias hablo, no de las formales) muchas repugnantes a mi genio, con todo, *para la total negación que tenía al matrimonio,* era lo menos desproporcionado y lo más decente que podía elegir en materia de la seguridad que deseaba de mi salvación".[15] Si tenemos presente que la frase sigue muy de cerca a las consideraciones sobre su inclinación intelectual (en ligero contraste con sus instintos femeninos) y va seguida a su vez de consideraciones sobre su "libertad de estudio", se comprenderá que aquí Sor Juana restringe hábilmente el campo de su confesión (área semántica), revelando una intención de implicitación y reticencia (no de verdadera insinceridad) al exponer su pensamiento, que es la clave interpretativa de toda la *Respuesta.* De hecho, para el concreto fin que ésta se fijaba, no era absolutamente necesario que Sor Juana explicase la *total negación que tenía al matrimonio,* donde causa y efecto aparecen intencionadamente confusos; de igual forma, cuando habla de la *seguridad que deseaba de mi salvación* navega sagazmente por

[14] Tomo esta interpretación de las páginas del estudio del ilustre erudito R. Ricard (1954). El término "primera conversión", "pese a muchas diferencias", está sacado, con cierta libertad, de Pascal; ya lo había sugerido A. Reyes (1948, p. 110), para la última y mucho más densa etapa del "camino de perfección" de S. J.

[15] *O.C.*, IV, p. 446, líneas 268-274. (La cursiva es mía.)

una zona ambigua entre un "salvamento de algo" y una "salvación" en sentido más vasto, espiritual (el vocablo era entonces idéntico). Entre otras cosas ella se refiere a cuanto ya ha dicho o sobrentendido, es decir, no hace una cuestión de "vocación natural" (como, forzadamente, quisiera Ricard), sino más bien de algo que se asemeja mucho a la "discreción" gracianesca, un medido y cauto comportamiento según los matizados cánones de la época. No recojo aquí sino de pasada las críticas que me dirige en su libro Marie-Cécile Bénassy-Berling, quien afirma "que cuando una religiosa se dirige a un obispo, sería sorprendente que diese a la palabra *salvación,* sin más explicaciones, un sentido meramente temporal"; y sin embargo su maestro Ricard había escrito: "ella había, pues, entrado en religión para garantizar su salvación *(salut),* porque no quería casarse y se daba cuenta de que, en la sociedad de entonces, una mujer no podía vivir sin exponer su propia salvación o seguridad *(salut)",* aunque el propio Ricard ofrezca luego una interpretación extensiva, habitual en el mundo católico, de la "vocación natural" hacia la religión.[16]

Descartada, pues, la hipótesis de una crisis de conciencia parcial (o "primera conversión"), pues se basa en elementos demasiado lábiles e indistintos, y puesto que vive de otra hipótesis o ilación (la supuesta "segunda conversión"), que se demostrará aún más discutible e insegura y sólo confiada a una genérica instancia de fe, quedarían por discutir las otras dos.

[16] Tanto Bénassy-Berling (1982, p. 194), como su maestro Ricard, en el ensayo ya recordado, citan al buen tuntún: la primera cuando me hace decir que en ella se descubre una "fe muy humana" (que yo refería en cambio a muy otro contexto, como Paz cuando usa el mismo adjetivo para decir que Sor Juana no quería ser "ni santa ni diabla", p. 173); el segundo, cuando recoge una frase de Sor Juana, "las impertinencillas de mi ingenio", siendo así que la correcta era "las impertinencillas de mi genio" (1954, p. 276), con la cual la escritora mostraba atenerse rígidamente al uso que de *genio* e *ingenio* hace Gracián en el primer "realce" de su *Discreto* (¡Gracián era cabalmente la conciencia de la época!). Ricard además retuerce las intenciones de la monja cuando observa que "su pasión por el estudio" la hacía volverse sólo a Dios y a la teología. No se entiende, pues, qué le reprochaba al final sor Filotea (y con ella la autoridad del clero) donde afirmaba que Sor Juana cultivaba en exceso las "letras que engendran elación" *(Carta de sor Filotea,* en apéndice a las *O.C.,* IV, p. 695) y de qué se defendía la monja con la *Respuesta...*

ciones morales y literarias vigentes. Tratemos de explicarnos la razón. En sustancia, esta confesión, sacada de una poesía que tiene un carácter de profesión de fe, no hace sino recorrer el itinerario de otros célebres "caminos de perfección", donde de la representación del máximo amor humano (o de la máxima abyección) se pasaba a la del máximo amor divino. Pero la índole de Sor Juana es ajena a todo tránsito místico:[19] adopta ese ejemplo con los medios moderados, mesurados y racionales propios de su pensamiento y de su discurso. Por lo cual, mientras enuncia su profesión de fe y antes de decir que su amor ha encontrado su "natural centro" (aunque todavía conflictivo) en la virtud y en la razón, limita mas no anula el dramatismo del hecho (declarando que aquel amor humano se desvaneció fácilmente a causa de su intrínseca debilidad), limita mas no anula el alcance del recuerdo (pues de un hecho evocado se trata), limita mas no anula la ficción literaria, limita mas no anula la alusividad de su poetizar...

En los versos siguientes cabe captar la confirmación de una leve aunque ambigua admisión de verosimilitud. De ese amor se dirá inmediatamente después: "Mas ahora, ¡ay de mí!, está / tan en su natural centro, / que la virtud y razón / son quien avivan su incendio". En otras palabras, toda la poesía ha de leerse como descripción de un proceso que va del amor "loco" ("lo que pasó de locura"), donde se puede distinguir justamente la confesión de algo vagamente real o férvidamente imaginado, hasta el amor racional, protegido desde lejos por el amor divino. Pero atención: unos cuantos versos más adelante (49-50) se afirma, a propósito del amor divino: "que corresponda a mi amor, / nada añade", aludiendo ya por primera vez (o quizá remachando) el concepto según el cual ese amor no necesita correspondencia. Concepto que será el fundamento de la *Carta atenagórica,* única obra de tema teológico de Sor Juana, a la que dedicaremos más adelante algunas consideraciones.

Nos ayuda también sobre este punto, por curioso contraste, la interpretación ortodoxa del aguerrido editor (católico) de las

[19] Sobre el "supuesto misticismo" de Sor Juana véase la nota en G. Cox Flynn (1960, pp. 233-244).

obras de Sor Juana, Méndez Plancarte, quien en la p. notas (*O.C.,* I) no capta la diferencia entre "compuesto d rios", dicho del amor "bastardo", y el amor divino, definid "calidad sin opuestos". En suma, en esos versos se podría (o q se debería) descubrir una transparente e inusitada confirmación de la última hipótesis por examinar: la de la presunta incompatibilidad entre la modesta extracción de Juana, agravada, quién sabe, por su *status* de hija ilegítima, y el mundo cortesano en el cual durante un tiempo le tocó vivir y donde aprendió a esconder sus sentimientos.[20] Por lo demás, hay una significativa alusión, interpretable en este sentido, en la biografía del padre Calleja. Cuando éste, para explicar los motivos de la entrada en el convento de Juana, escribe que "la buena cara de una mujer pobre es una pared blanca donde no hay necio que no quiera echar su borrón",[21] se refiere abiertamente a su humilde condición (nótese que escribe mujer pobre, no pobre mujer). No es, en suma, aventurado considerar esta última hipótesis como complementaria de la del fallido o inoportuno encuentro amoroso, y pensar que, sintiéndose en desventaja e incomprendida en sus relaciones con el mundo cortesano, Juana hubiera decidido meterse monja. "Lo cual le permitía —observa Giuseppe Bellini—[22] ponerse al abrigo del probable desprecio de un ambiente intelectual y refinado al cual le costaba renunciar. En el convento podría continuar los

[20] Como ha observado D. Schons en uno de los fragmentos de un trabajo inédito, ahora anticipado por G. Sabat de Rivers (1992, p. 334). "En la corte uno aprendía a ocultar sus propios sentimientos. Se mantenía la compostura ocurriese lo que ocurriese. La joven del campo, nacida a la sombra del Popocatépetl, aprendió a guardarse las cosas para sí."

[21] Calleja (1987, p. 57). J. Jiménez Rueda (1951, pp. 26-28) basa su investigación (no siempre rigurosa) sobre la doble hipótesis de la desilusión amorosa y el origen ilegítimo: "El secreto de su origen bastardo no podía ocultarse en la corte. La vida irregular de su familia podía en cualquier momento serle enrostrada. [...] ¿Cuál podía ser su porvenir en la vida?" De muy otra opinión es Ricard: "No parece, sin embargo, que en los círculos criollos de la época esta condición [de hija ilegítima] haya representado un obstáculo insuperable, pues no impidió a su hermano y a sus cuatro hermanas contraer alianzas con la mejor sociedad de la Nueva España..." (1954).

[22] G. Bellini (1964, p. 36, n. 11).

apartada en su celda —que era, según el cronista, una estancia bastante capaz, con una puerta al claustro y una ventana al huerto, primero poseída en alquiler y luego en propiedad (como prueba un acta notarial descubierta por Enrique A. Cervantes)—[23] y al mismo tiempo suficientemente partícipe de la vida de la corte y de la actividad intelectual de la capital, fue pagando en esos años su regular tributo a los gustos de la circunscrita y refinada "colonia" de la Colonia. Y debió de hacerlo con puntual facilidad y amabilidad si nos atenemos al testimonio de su carné poético —compuesto por romances epistolares, sonetos, redondillas, silvas y décimas—, en el cual quedan puntualmente registrados muchos acontecimientos graves y a veces fútiles del mundo virreinal, y si debemos deducir y juzgar por su ágil y fluida vena de conversación cortesana, en la cual es ya difícil distinguir los rastros de encargos del mecenazgo o del deber eclesiástico del gesto de amistad, cortesía, agradecimiento y homenaje, propio de un ánimo cordial y un espíritu devoto.[24]

Las ocasiones que solicitan su "discurso discreto y cortés" (y siempre bastante docto) son múltiples y variadas; a veces se trata incluso del cumpleaños de un hermano o de la consecución del "doctorado" por un personaje desconocido para nosotros.[25] En la mayoría de los casos, sin embargo, estamos ante acontecimientos graves y solemnes del virreinato o de momentos graves y solemnes de la vida de alguna personalidad oficial, o concernientes a la propia Sor Juana. Así, la petición del sacramento de la confirmación monacal le inspira un romance al arzobispo don fray Payo Enríquez de Ribera (fechable en torno a 1671); la muerte del virrey, el duque de Veraguas, ocurrida a los pocos días de su toma

[23] 1949, pp. 48-51.

[24] La obra de circunstancias de Sor Juana es vista con despego y más a menudo con desprecio por Menéndez y Pelayo (1911, pp. 68-69), quien la define como fruto de la "tiranía del medio ambiente". Es obvio advertir que en especial este último concepto, que, según el crítico, "puede llegar a pervertir las naturalezas más privilegiadas", se resiente de las teorías románticas sobre la "espontaneidad" y la "sinceridad" (contrapuesta a la "artificiosidad" de ciertas formas de arte) y no precisa, pues, un mentís, porque está totalmente superado por la moderna crítica sobre el manierismo y el barroco.

[25] *O.C.*, I, núms. 196 y 199, pp. 304 y 306. (Se trata de dos sonetos.)

de posesión, tres sonetos conmemorativos (13 de diciembre de 1673); la muerte de la anterior virreina, doña Leonor María Carreto, marquesa de Mancera, protectora de Sor Juana desde su llegada a la capital, otros tres sonetos de duelo (fechables en 1674); el final de los siete años de poder virreinal del mismo arzobispo don fray Payo, otro romance, esta vez de despedida y buenos augurios; y así sucesivamente.[26] El grupo más nutrido de poesías y dedicatorias ocasionales de esta serie está dirigido empero al marqués y la marquesa de la Laguna, los cuales ocuparon el palacio virreinal entre 1680 y 1686, y en su honor, además, Sor Juana escribió la doctísima y pedante prosa del *Neptuno alegórico;*[27] pero sólo cinco romances y una breve silva, titulada "Epinicio gratulatorio...", están dedicados a la condesa o al conde de Galve,[28] cuyo mandato virreinal duró desde 1688 hasta 1696; señal no sólo del

[26] Las de "circunstancias" son las únicas poesías de Sor Juana que se han podido fechar con precisión o con cierta aproximación. Los romances a don fray Payo se leen en las pp. 32-40 de las *O.C.* (I, núms. 11 y 12); los sonetos a la muerte del duque de Veraguas, en las pp. 301-302 (núms. 190 a 192); a la muerte de la marquesa de Mancera en las pp. 299-301. Al mismo género pertenecen los romances epistolares de las pp. 96-117 (núms. 36 a 39), fechables, según Méndez Plancarte, entre 1680-1686; los "sin fechas conjeturables" de las pp. 129-161 (núms. 45 a 51); las décimas catalogadas por M. P. bajo el título "Homenajes de letras" (pp. 245-249, núms. 105 a 112), también sin posibilidad de datación; los sonetos, casi todos fechados, a Felipe IV, por la enfermedad de la marquesa de Mancera, a Carlos II (pp. 298, 299 y 303, núms. 185, 186 y 194); y otros sonetos no fechables concretamente de las pp. 304-309 (núms. 195 a 205). Ha sido imposible establecer el destinatario y, por ende, la fecha, de otras muchas composiciones análogas.

[27] A los marqueses de la Laguna están dedicados varios romances (pp. 40-95, núms. 13 a 35), también ellos fechables; los "bailes y tonos provinciales" (pp. 177-187, núms. 64 a 69); las redondillas de las pp. 231-237 (núms. 88 a 91); las décimas de las pp. 256-261 (núms. 123 a 132); los sonetos de las pp. 302 y 303 (núms. 193 a 195), fechables uno con certeza y otro aproximadamente; y diversas composiciones, entre ellas numerosas loas y la comedia *Los empeños de una casa* (1683), recogidas en el vol. IV (pp. 335-410, núms. 400 a 402). También a los marqueses de la Laguna están dedicadas tres loas (*O.C.*, III, núms. 381 a 383).

[28] Los romances a la condesa de Galve están en las pp. 117-187 del primer volumen de las *O.C.* (núms. 40 a 44); y el *Epinicio gratulatorio al conde de Galve, por la victoria de la Armada de Barlovento sobre los franceses,* en las pp. 331-335 del mismo volumen (núm. 215). El *Epinicio* es de 1691, siendo, por tanto, según nos consta, la única obra profana escrita por Sor Juana después de 1690. A los condes de Galve está dedicada asimismo la comedia *Amor es más laberinto* (*O.C.*, IV), de 1689, y una loa (*O.C.*, III, núms. 381 a 383).

gradual apartamiento de Sor Juana de la vida de la corte, más o menos a partir de 1685, sino también de un cambio gradual y parcial de orientación política (son ésos los años más duros del virreinato) y cultural de la Colonia, mucho antes de la grave crisis social y económica de 1692. Conviene advertir sobre todo, en este punto, que las composiciones poéticas dirigidas a la marquesa de la Laguna, como más adelante se dirá, no sólo no encajan en la categoría de "obras de circunstancias" sino que revisten particularísimo interés.

Aparte esto, la sección más significativa (capaz de probar el radio de expansión que tuvo la fama de la monja mexicana), aunque limitada, de toda su producción literaria de tipo ocasional,[29] es la que se refiere a sus relaciones con diversos hombres de cultura de la época, dentro y fuera de México: sean éstos el anónimo "Caballero del Perú", el cual le envió "búcaros de barro" y algunos versos, o el ilustre científico y polígrafo Carlos de Sigüenza y Góngora, o el jesuita Eusebio Francisco Kino, matemático y cosmógrafo de fama universal. Estos testimonios —muy importantes, pues demuestran que Sor Juana participó con relativa autoridad en el debate cultural de su tiempo— deberán ser implícitamente tenidos en cuenta cuando tratemos de establecer el puesto que ella ocupó en el mundo intelectual hispanoamericano.

Comparadas con los datos y las ocasiones que se refieren a la participación de Sor Juana en la vida de la corte, son en cambio escasísimas y del todo inconsistentes las noticias en torno a su vida conventual, seguramente porque ésta se hurtaba al interés de los cronistas[30] y porque no debía de presentar ningún elemento de relieve. Por Calleja sabemos, por ejemplo, que la monja tenía en su celda una vasta y ciertamente importante biblioteca y

[29] Cabe considerar también de carácter ocasional diversas poesías religiosas de la monja mexicana, como algunos "romances sacros" para la Encarnación, Navidad, etcétera.

[30] No sólo del biógrafo de Sor Juana, el padre Calleja, sino también de Antonio de Robles, en el *Diario de sucesos notables,* 1665-1763 (1946). Y sin embargo Robles concede gran atención en su crónica a todo tipo de acontecimientos religiosos: procesiones, misas, beatificaciones, fiestas de Corpus Christi, etcétera.

varios instrumentos científicos, por cuanto "aficionada a las matemáticas y a la buena astrología", pero nada más.[31] Y sobre ese mismo tema la *Respuesta* contiene sólo unas cuantas menciones: pocas, aunque en cierto sentido muy indicativas.

> Lo que sí pudiera ser descargo mío es el sumo trabajo, no sólo en carecer de maestro, sino de condiscípulos con quienes conferir y ejercitar lo estudiado, teniendo sólo por maestro un libro mudo, por condiscípulo un tintero insensible; y en vez de explicación y ejercicio muchos estorbos, no sólo los de mis religiosas obligaciones (que éstas ya se sabe cuán útil y provechosamente gastan el tiempo), sino de aquellas cosas accesorias de una comunidad: como estar yo leyendo y antojárseles en la celda vecina tocar y cantar; estar yo estudiando y pelear dos criadas y venirme a constituir juez de su pendencia; estar yo escribiendo y venir una amiga a visitarme, haciéndome muy mala obra con muy buena voluntad, donde es preciso no sólo admitir el embarazo, pero quedar agradecida del perjuicio. Y esto es continuamente, porque como los ratos que destino a mi estudio son los que sobran de lo regular de la comunidad, esos mismos les sobran a las otras para venirme a estorbar; y sólo saben cuánta verdad es ésta los que tienen experiencia de vida común, donde sólo la fuerza de la vocación puede hacer que mi natural esté gustoso, y el mucho amor que hay entre mí y mis amadas hermanas, que como el amor es unión, no hay en él extremos distantes.[32]

Y un poco más adelante, como para mitigar la impresión de aristocrática indiferencia y superior despego que se trasluce de esta descripción, Sor Juana añade:

> Solía sucederme que, como entre otros beneficios debo a Dios un natural tan blando y tan afable y las religiosas me aman mucho por él (sin reparar, como buenas, en mis faltas) y con esto gustan mucho de mi compañía, conociendo esto y movida del grande amor que les tengo, con mayor motivo que ellas a mí, gusto más de la suya: así,

[31] Calleja (1987, p. 38).

[32] *Respuesta a sor Filotea, O.C.*, IV, pp. 450-451, líneas 440-463. Esta descripción ha sido agudamente comentada por Pedro Salinas (1958, pp. 212 y 223) y evidentemente se grabó a fondo en su fantasía.

> me solía ir los ratos que a unas y a otras nos sobraban, a consolarlas y recrearme con su conversación. Reparé que en este tiempo hacía falta a mi estudio, y hacía voto de no entrar en celda alguna si no me obligase a ello la obediencia o la caridad: porque, sin este freno tan duro, al de sólo propósito le rompiera el amor; y este voto (conociendo mi fragilidad) le hacía por un mes o por quince días; y dando cuando se cumplía, un día o dos de treguas, lo volvía a renovar, sirviendo este día, no tanto a mi descanso (pues nunca lo ha sido para mí el no estudiar) cuanto a que no me tuviesen por áspera, retirada e ingrata al no merecido cariño de mis carísimas hermanas.[33]

A pesar del contenido correctivo de este segundo fragmento y las insistentes (y casi forzadas) profesiones de amor que puntean uno y otro trozo ("el mucho amor que hay entre mí y mis amadas hermanas", "movida del grande amor que les tengo", "al no merecido cariño de mis carísimas hermanas"), la impresión inicial perdura; más aún, se advierte cierta contradicción entre los dos pasajes, y hasta en el interior de ambos, donde algunas proposiciones parecen tan ajenas al núcleo fundamental del razonamiento (la dificultad de estudiar en una comunidad donde las obligaciones religiosas y las "sociales" absorben gran parte del tiempo) que inducen a sospechar que son fruto de ajustes prudentes, de avisada autocensura. Piénsese —por citar sólo las más evidentes—, en esa frase entre paréntesis de la primera cita ("que éstas ya se sabe cuán útil y provechosamente...") que no cancela la precedente afirmación según la cual también las "religiosas obligaciones" son "estorbos"; o, en ese mismo fragmento, en la frase final ("y el mucho amor que hay entre mí y mis amadas hermanas..."), que semeja contradecir la anterior afirmación de que "*sólo* la fuerza de la vocación puede hacer que mi natural esté gustoso".

El análisis estilístico de los dos pasajes confirma con fuerza la impresión de suma cautela y casi de precariedad de escritura, así como de evidente contradicción entre las afirmaciones de aguantar mal la vida en comunidad y las necesarias confesiones de la propia "vocación" y sobre todo las muchas palabras dedicadas al

[33] *Respuesta a sor Filotea, O.C.*, IV, pp. 451-452, líneas 478-492.

cariño a las otras monjas. Naturalmente, me remito aquí al original, que ciertamente constituye un ejemplo raro de prosa de confesión en la época barroca. Para empezar, si no fuese por la evidente búsqueda del *cursus* en la última línea del primer fragmento ("no hay para él extremos distantes"), podría decirse que la frase tiene una apariencia precaria incluso desde el punto de vista sintáctico, a causa de su carácter paratáctico, que contrasta con la habitual textura hipotáctica de los periodos de Sor Juana. Obsérvense además las numerosas repeticiones que confieren una sólida estructura a los dos pasajes. En el primero las correlaciones trimembres: *estudiado, estudiando, estudio,* el adverbio *sólo* utilizado tres veces; la fórmula *no sólo... sino* repetida también tres veces; y el sintagma *estar yo... (leyendo, estudiando, escribiendo) y... (antojárseles, pelear, venir),* asimismo ordenado en torno a tres casos; así como esos vocablos repetidos dos veces: *maestro, condiscípulo,* y después *estorbo, estorbar; ejercitar, ejercicio, comunidad, comunidad.* Y entre el primero y el segundo pasaje estas repeticiones: *gustoso, gustan, gusto; sobran, sobran, sobraban; natural, natural; amor, amadas, amor, aman, amor, amor; hermanas, hermanas.* Sólo en el segundo: *estudio, estudiar* (ya presente en el primer trozo); *reparar, reparé; hacía, hacía, hacía; voto, voto; días, día, día,* y por último las aliteraciones *obligase-obediencia* y *cariño-carísimas* (en clara relación semántica).[34]

Sea como sea, a través de estos dos fragmentos, escritos en el más exquisito estilo barroco, se da una ulterior confirmación de que a los ojos de Sor Juana la vida conventual no constituía ni un refugio ideal para sus lecturas y para sus estudios ni un lugar al cual la hubiera conducido su fe religiosa (por indudable que fuera); sino la única oportunidad que las circunstancias y conveniencias de su tiempo podían brindarle para desarrollar con relativa congruencia y comodidad su tarea literaria y científica.

Al margen de tal confirmación están las admisiones que deja escapar en el curso de su relato, de las cuales si acaso pueden sacarse sutiles indicios de un conciso aunque palpitante autorre-

[34] Dos ejemplos de análisis estilísticos sobre los escritos de Sor Juana ofrece A. Alatorre en sendos artículos, el primero de 1980 y 1987, y el segundo de 1982.

trato. Que es el de una mujer sin duda agradable e indulgente en su necesidad de compañía para combatir la soledad y sobre todo en su temor de parecer "áspera, retirada e ingrata", pero fundamentalmente altiva, casi orgullosa, y desde luego consciente de su superioridad intelectual (en el monasterio no había hallado en absoluto "condiscípulas" a su altura), y desde luego desdeñosa de las formas consuetudinarias, a veces modestas y mezquinas, que adoptaba la cotidiana convivencia en el convento.[35]

1690-1695: LA CRISIS, EL SILENCIO Y LA MUERTE

En fecha hasta hoy sin precisar, aunque casi con seguridad en los años entre 1687 y 1690, Sor Juana emprendió su primero, más comprometido y quizá único escrito de naturaleza teológica (los otros pocos que conocemos son sólo obras devotas): esa *Crisis de un sermón,* que muy pronto será impresa y transmitida en parte con el título —menos riguroso, aunque más impresionante y acorde con el gusto de la época— de *Carta atenagórica.*[36] La *Carta*

[35] El libro de J. Muriel *Conventos de monjas en la Nueva España,* México, 1946, contiene interesantes datos sobre la vida en los conventos de México en la época colonial. De la misma autora puede leerse ahora una obra de más dilatados horizontes, pero que no añade mucho a la anterior: *Las mujeres de Hispanoamérica. Época colonial,* Madrid, 1992 (Colecciones Mapfre). Sólo fugaces e irrelevantes alusiones a este mismo tema se leen en cambio en otros textos de Sor Juana. Véase también la descripción que de esa vida se deduce de la crónica del fraile inglés Thomas Gage (*The English American. A New Surwey of the West Indies,* 1648, ed. moderna, Londres, Ciudad de Guatemala, 1946), donde se habla asimismo de obras dramáticas, recitadas por las novicias, "ricamente disfrazadas de hombres y mujeres"; a estos espectáculos acudía mucha gente, de forma que hubo también "disputas sobre cuál convento era mejor en la música y en la educación de las doncellas" (citado por A. de Maria y Campos, 1959, pp. 87-88).

[36] Es de señalar el título completo: *Carta Atenagórica de la Madre Ynés de la Cruz, religiosa profesa de velo y choro en el muy Religioso Convento de San Gerónimo de la Ciudad de México cabeça de la Nueva España. Que imprime y dedica a la misma Sor Philotea de la Cruz, Su estudiosa aficionada en el Convento de la Santísima Trinidad de la Puebla de los Ángeles. Con licencia en la Puebla de los Ángeles en la imprenta de Diego Fernández de León de 1690.* La licencia de publicación, del obispo de Puebla, llevaba la fecha de 25 de noviembre de 1690, así como la frase: "Assí lo preveyó y firmó el Ilustrísimo Obispo de la Puebla".

atenagórica, precedida por la carta de sor Filotea, se publicó inicialmente en 1690, en opúsculo, en Puebla, donde —repárese en ello— se imprimían muy pocas cosas. Dos años después, en 1692, salió en Mallorca una segunda edición; luego la *Carta* fue incluida en el *Segundo volumen de las obras de Sóror Juana Inés de la Cruz,* ediciones de 1692, 1693 y 1715, de nuevo con el título de *Crisis de un sermón.*[37] Por lo demás, fue pensada y compuesta en forma de carta erudita, tal y como nació de las "bachillerías de una conversación", quizá de dos o más conversaciones,[38] con el "Muy Señor mío" y "Vuestra Merced" a quien la epístola está dirigida: casi seguramente el obispo de Puebla, don Manuel Fernández de Santa Cruz, claro inspirador y mentor de Sor Juana, explícito promotor de la primera publicación del texto,[39] así como probable autor de la sucesiva e inmediata reprimenda a la monja que se conoce ahora con la denominación de *Carta de sor Filotea de la Cruz.* La "paternidad" de Santa Cruz, con sus "bachillerías", es visible en este trozo:

> De esto hablamos, y V.md. gustó (como ya dije) *ver esto escrito;* y porque conozca que le obedezco en lo más difícil, no sólo de parte del entendimiento en asunto tan arduo como notar proposiciones de tan gran sujeto, sino de parte de mi genio, repugnante a todo lo que parece impugnar a nadie, lo hago; aunque modificado este inconveniente, en que así de lo uno como de lo otro, *será V.md. sólo el testigo, en quien la propia autoridad de su precepto* honestará los errores de mi obediencia, que a otros ojos pareciera desproporcionada soberbia, *y más cayendo en sexo tan desacreditado* en materia de letras con la común acepción de todo el mundo.

En suma, tal "paternidad" es admitida hoy por todos o casi todos los comentaristas, incluso los de estricta observancia católica como Méndez Plancarte, Ezequiel A. Chávez y otros.[40] Pero no

37 Cfr. E. Abreu Gómez (1934, pp. 247-252).

38 De una "conversación sucesiva" habla Sor Juana al final de la *Carta (O.C.,* IV, p. 435, línea 954).

39 *O.C.,* IV, p. 412. (La cursiva del texto es mía.)

40 Como puede verse o entreverse por los datos referentes a la primera edición y en las palabras iniciales de la *Carta* (cfr. notas 44 y 46). Además hay que tener en

todos saben (o quieren) sacar de esta admisión las oportunas consecuencias que en sustancia cabe deducir del episodio.

La cuestión no es nada secundaria. Recuérdese que la *Carta atenagórica* se publicó a espaldas de Sor Juana, como ella misma afirmará varias veces en la *Respuesta:* "Porque quien hizo imprimir la Carta tan sin noticia mía, quien la intituló, quien la costeó, quien la honró tanto [...] ¿qué no hará? ¿qué no perdonará? ¿qué dejará de hacer y qué dejará de perdonar?" Donde se advierte una explícita referencia a la responsabilidad del obispo y, en la última interrogación, un fuerte respingo de orgullo y (¡en aquel momento!) de certeza.[41]

En su *Crisis de un sermón* —o *Carta atenagórica*—, Sor Juana pretendió refutar las tesis contenidas en uno de los sermones del padre Antonio Vieira (1608-1697), un jesuita portugués, predicador famoso en Europa y América, confesor de la reina Cristina de Suecia, hábil consejero de diversos estadistas del siglo XVII y defensor de los indios en Brasil.[42] El sermón que había llamado la atención de Sor Juana, atrayendo su curiosidad crítica, era uno de los que hoy se consideran menos relevantes y, en cualquier caso, de los menos conocidos: se titulaba, como los otros cinco de tema más o menos análogo, *Sermão do Mandato,* y había sido predicado en la Capilla Real de Lisboa, el jueves santo de 1650, aunque Robert Ricard haya puesto en duda esta fecha.[43]

cuenta otro testimonio: más adelante, un apologeta del obispo de Puebla no vaciló en atribuirle la paternidad de la posterior *Carta de sor Filotea* y un papel decisivo en el asunto (cfr. fray Miguel de Torres, 1722).

[41] *O.C.,* IV, p. 442, líneas 106-110; p. 468, línea 1182; y p. 471, líneas 1282-1300.

[42] Esta interesantísima figura de predicador ha sido objeto sucesivamente de numerosos estudios y biografías: desde las fundamentales obras de João Lucio de Azevedo, *Historia de Antonio Vieira,* 2 vols., Lisboa, 1918 (2ª ed. 1931) y de Hernani Cidade, *Padre Antonio Vieira,* 4 vols., 1940, a las monografías de Ivan Lins, *Aspetos do Padre Antonio de Vieira,* Rio de Janeiro, 1956, y Raymond Cantel, *Les Sermons de Vieira. Étude du style,* París, 1959, y *Prophetisme et messianisme dans l'oeuvre d'Antonio Vieira,* París, 1960, estos últimos de gran valor crítico y documental.

[43] 1650 es la fecha que aparece en la *editio princeps* de los sermones de Vieira: *Sermões do P. Antonio de Vieira. Septima parte, Lisboa. Na Officina de Miguel Deslandes,* 1692; el *Sermão do Mandato* en cuestión se lee en las pp. 333-374. Ricard, en su nota sobre Vieira (1948), rechaza esa fecha, basándose no sólo en la "mala memoria

Resulta de cierta importancia —con objeto de saber cómo Sor Juana, o quien se lo contara, tuvo conocimiento del sermón de Vieira— establecer cuál fue el texto del sermón que conoció la monja mexicana y, por tanto, en qué fecha exacta concibió y compuso la *Carta atenagórica.* Aunque parezca una investigación pedante, pronto se advierte que la red más tupida de las fechas tensa más la peripecia global y los respectivos papeles y responsabilidades y los vuelve más dramáticos. Hasta hace algún tiempo las investigaciones —de momento infructuosas— se habían orientado en dos direcciones: por un lado hacia el descubrimiento de un posible texto portugués anterior al citado volumen de la *editio princeps;* por otro, hacia la identificación de un texto traducido al español que se hubiera divulgado en la región hispánica antes aún que en la región lusitana. Si bien resulta que Sor Juana era capaz de leer normalmente en portugués, como muchos han observado, y si bien no eran pocos los contactos directos entre Portugal y México en el siglo XVII,[44] parece que hay que excluir la existencia de un texto portugués anterior a su publicación en la *editio princeps.*[45] Por tanto sólo nos queda pensar, con Leite, que el sermón de Vieira fuera "conocido por la poetisa mexicana a través de las ediciones españolas anteriores a 1690" *(ibidem,* p. 355). Pero ¿cuál de las numerosas ediciones españolas vio Sor Juana? Mis investigaciones directas en la Biblioteca Nacional y la biblioteca de la Academia de la Historia de Madrid me han permitido por fin fijar la fecha de publicación en España del famoso sermón: éste apareció, antes de 1690, sólo en una edición de 1678 y en

para las fechas" de Vieira en sus últimos años, sino especialmente en el hecho de que el jueves santo de 1650 el padre jesuita no se encontraba en Lisboa, sino en Roma. Ricard se inclinaría, pues, por una serie de motivos en los que no vamos a entrar aquí, a fechar el sermón entre 1642 y 1653, excluyendo los años entre 1646 y 1650.

[44] Cfr. Ernest J. Burrus, *Jesuitas portugueses na Nova Espanha,* 1953, pp. 547-564; R. Ricard (1954, pp. 26-29).

[45] Cfr. D. Barbosa Machado, *Biblioteca Lusitana,* I, Lisboa, 1741, pp. 421b-422a; Carlos Sommervogel, S. J., *Bibliothèque de la Compagnie de Jésus,* t. VIII, Bruselas-París, 1898, pp. 663-666; Serafim Leite, *Historia da Companhia de Jesus no Brasil,* t. IX, *Escritores: de N a Z. Suplemento biobibliográfico,* II, Rio de Janeiro, 1949, pp. 192-363.

opúsculo en 1680 (es la fecha recogida con punto de interrogación en la ficha de la Nacional). Las dos versiones son idénticas, salvo en el título: mientras que la primera, del volumen III de *Sermones varios (En Madrid Por Antonio Francisco de Zafra)* lleva el título de *Sermón del mandato. Que predicó el R. Padre Antonio Vieira de la Compañía de Jesús,* la edición suelta añade las palabras *en su Colegio de Lisboa* y la indicación *traducido de Portugués en Castellano, por el Licenciado Juan Lobo de Acosta (En Madrid, Por Julián de Paredes, impressor de Libros. Véndese en su casa en la Plaçuela del Ángel* (figura 1, pliego central). Vale sin embargo para una y otra edición la advertencia escrita por el mismo Vieira en la *Tabla de los Sermones que andan impressos, con nombre del Autor en varias lenguas, para que se conozca quales son propios, y legítimos, y cuales agenos, y supuestos,* insertada en la *Nueva Primera Parte de Sermones* impresos en Madrid, a partir de 1680. El *Sermón del mandato* aparece, en la *Tabla,* entre los auténticos, aunque en versión imperfecta. Todo ello, amén de la presencia de algunas ediciones no registradas en las minuciosas bibliografías de Sommervogel y Leite (una de estas ediciones la descubrí yo en la Biblioteca Angélica de Roma), da una idea de la enorme difusión de las obras de Vieira en España y en las colonias españolas, y, en particular, de la insólita fortuna de que gozó, por su carácter conceptista y barroco, dicho *Sermón del mandato* (que, además, es el único ejemplo encontrado de opúsculo suelto) en ese campo lingüístico y cultural. Admitiendo que Sor Juana hubiera conocido el volumen de 1678 o el opúsculo de 1680 unos dos años después (tal era, en general, el retraso con que en México se tenían noticias de lo publicado en España), cabe sostener con bastante aproximación que la fecha de composición de la *Carta atenagórica* se sitúa entre 1680-1682 y 1689: lapso de tiempo que admite todas las suposiciones; incluso —repárese en ello— la de una repentina decisión del obispo de Puebla de publicar por fin la suya y la *Respuesta* de Sor Juana para delimitar las responsabilidades de cada cual. Como se ve, dejamos aquí constancia de ello no —repito— por un mal entendido exceso de documentación y de pruebas, sino para poner las cosas en su sitio, secundando una fuerte necesidad de claridad.

En su sermón Vieira sostenía que la mayor *fineza,* es decir la mayor prueba de amor que había ofrecido Cristo a los hombres, no era la institución del sacramento de la Eucaristía, ni su sacrificio en la cruz, sino su separación, su ausencia de nosotros. En segundo lugar, que Cristo no había querido correspondencia de amor para sí, sino para los hombres, y que ésta fue por tanto su mayor *fineza:* amar sin ser correspondido.[46] Con la misma sutileza argumental, y si acaso con más copia de giros y ribetes lógicos, de finísimo gusto conceptista, y basándose en citas de san Agustín, santo Tomás y san Juan Crisóstomo ya usadas por el jesuita, Sor Juana refuta los dos primeros puntos del sermón de Vieira, afirmando en sustancia que la mayor prueba de amor de Cristo consistió en morir, no en separarse de nosotros, y, por otra parte, que, muriendo, Cristo "quiso mucha correspondencia, y no la renunció, sino la solicitó".[47]

En el curso de su disquisición aparecen con gran frecuencia dos elementos: ora diversas protestas de humildad de mujer inexperta, ora apelaciones directas a la autoridad y comprensión de su interlocutor. Así lo prueban —en lo que respecta a la humildad— los muchos pasajes donde habla de la "demasiada prisa" con que ha sido escrita la *Carta,* cosa que "no ha dado lugar a pulir más el discurso", o de las dificultades que éste presentaba, semejante a los trabajos de Hércules (y aquí Sor Juana se sale con la exclamación: "¿Pues qué hará una pobre mujer?"); o bien se deduce —en lo que atañe a las demandas de benevolencia— de los pasajes donde declara haber "obedecido a V.md. en lo que me mandó" o pide a Su Eminencia que "unos [defectos] corrija con discreción y otros supla con su amistad" (siempre en el mismo fragmento). Es una señal más de la que se desprende que la carta aspiraba a seguir siendo tal (no un sermón ni un pequeño tratado), con las confianzas y las inevitables imprecisiones propias de

[46] Tanto Ricard (1948, p. 11) como Cantel (1959, p. 22) juzgan "extravagante" y "demasiado ingeniosa" la postura de Vieira. Pero, como observa Cantel, "muy del gusto de la época: ¡finezas das finezas!" Esta última observación vale, naturalmente, también para la *Carta* de Sor Juana.

[47] *O.C.,* IV, p. 124, líneas 509-514

una epístola amistosa. Paz afirmará a este propósito: "escribe sólo para su interlocutor".[48]

Pero al final de su escrito Sor Juana enuncia por entero su audaz teoría: que los mayores beneficios de Dios son negativos o, mejor dicho, que su mayor beneficio es no hacer beneficios al hombre. "Agradezcamos y ponderemos —concluye— este primor del Divino Amor en quien el premiar y el suspender los beneficios es el mayor beneficio, y el no hacer finezas la mayor fineza."[49]

Pese a todas las cautelas expresadas en la *Carta* Sor Juana no pudo impedir que la mirada de sus lectores más exigentes y de sus censores se clavase de modo especial en esta última proposición. Y es cierto que, como ha dicho Octavio Paz, "en una monja más preocupada por el saber que por el salvarse, esta idea corría el riesgo de ser juzgada como algo más que una sutileza teológica"; y, en efecto, "si el mayor favor divino era la indiferencia, ¿no crecía demasiado la esfera del libre albedrío?"[50] Y así, toda la *Carta atenagórica,* iluminada por aquella idea final, podía interpretarse como una sutil reivindicación de libertad intelectual y moral frente a los dogmas, y ello tanto en la premisa de la carta, donde Sor Juana enumeraba los motivos del alto respeto que profesaba al padre Vieira, los cuales "sobran para callar", "pero no bastarán a que el entendimiento humano, potencia libre y que asiente o disiente lo necesario a lo que juzga ser o no ser verdad, se rinda por lisonjear el comedimiento de la voluntad"; como allá donde insistía en el concepto de un amor de Cristo que en sí no necesita ser correspondido, y subrayaba que "es menester acordarnos que Dios dio al hombre libre albedrío con que puede querer y no querer obrar bien o mal, sin que para esto pueda padecer violencia, porque es homenaje que Dios le hizo y carta de libertad auténtica que le otorgó".[51]

[48] O. Paz (1982, p. 505).

[49] *O.C.,* IV, p. 439, líneas 1095-1100.

[50] O. Paz (1965, p. 38).

[51] Respectivamente: *O.C.,* IV, p. 413, líneas 39-45; y p. 431, líneas 794-799; pero cfr. también las líneas siguientes.

Cabe ver en estos pasajes, como ha observado Paz en su libro principal y más reciente sobre Sor Juana, reflejos concretos de las teorías del jesuita Luis de Molina, el cual fue "acusado por los dominicos (y más tarde por los jansenistas y Pascal) de extender demasiado la esfera de la libertad humana".[52] Otra sería en cambio la opinión de Dorothy Schons, según refiere una de las más atentas y agudas estudiosas de Sor Juana (Georgina Sabat de Rivers): en un manuscrito que quedó inédito tras su prematura muerte, que Sabat ha podido ver y ahora se dispone a publicar, Schons sostiene que nuestra monja estaba a favor de las tesis jansenistas. He aquí cómo Sabat refiere el pensamiento de la estudiosa desaparecida:

> Al llegar al análisis de estas cartas-documentos, Dorothy Schons nos presenta a la monja como una especie de Pascal femenina [ya evocado por Reyes],[53] que se coloca tácitamente al lado del obispo de Puebla, Fernández de Santa Cruz, quien seguía los pasos de su predecesor, el ilustre Palafox, al enfrentarse a los representantes de la Compañía de Jesús de su tiempo. Es significativo que fuera precisamente Fernández de Santa Cruz quien publicara la *Carta atenagórica* en Puebla, lugar que desde los tiempos del famoso Palafox era el centro antijesuítico del país. La profesora estadunidense apunta con detalle las trazas agustinianas en los escritos de la monja que defienden el punto de vista jansenista de la gracia suficiente contra el de los jesuitas de la gracia eficaz. Éste, como se sabe, fue tema apasionante en la Europa a la vuelta del medio del siglo XVII por su relación directa con la cuestión del libre albedrío y la predestinación...[54]

Aunque considero que la tesis de Paz está en gran parte mejor motivada (reservándome para una reflexión más atenta cuando se publique el texto de Schons), pienso en cualquier caso que la teoría descrita por Sor Juana, que "para un cristiano no hay vida fuera de la gracia y la libertad misma es su reflejo",[55] y el tenor

[52] O. Paz (1982, pp. 331 y 518).
[53] A. Reyes (1948).
[54] Sabat de Rivers (1992), pp. 335-336.
[55] O. Paz (1965, p. 39). Sobre los efectos que la *Carta* produjo en los círculos

general de su *Carta* debieron de juzgarse errados y quizás hasta peligrosos.[56]

Así debió juzgarlos el propio obispo de Puebla, quien, firmando justamente "Sor Filotea de la Cruz", escribió la carta que precede en su primera edición a la *Carta atenagórica.* Para que no cupieran dudas sobre sus intenciones, quiso trazar bajo su pública reprobación la misma fecha en la cual había concedido su "aprobación" eclesiástica a la impresión del opúsculo: 25 de noviembre de 1690. Como ya se ha dicho, y como algunos han subrayado (un tanto retóricamente),[57] la carta del obispo resulta, a primera vista, un modelo de moderación y benevolencia, pródiga como es en reconocimientos y elogios al ingenio y la agudeza de la monja, en frases paternales y suaves; pero en sustancia se muestra muy firme al impartir a su "protegida" rígidos dictámenes y concretas amonestaciones. En lo que a la cuestión teológica atañe, el obispo no se anda con titubeos: mientras que alaba genéricamente la crítica a Vieira (o sea la primera parte de la *Carta),* reprueba secamente la teoría de los "beneficios negativos", "por más que la discreción de V.md. les llame finezas, yo les tengo por castigos: porque sólo es beneficio el que Dios hace al corazón humano previniéndole con su gracia".[58]

Pero lo más grave es que, liquidada así la pura disputa teológica, salta repentinamente a primer plano en las palabras del obispo —por un cúmulo implícito de razones, que sigue siendo difícil de explicar a primera vista— un reproche que abarca toda la actividad de la monja y su vida entera: el de haberse ocupado demasiado de las "letras humanas" y las "ciencias curiosas" y de haber gastado demasiado tiempo "en el estudio de filósofos y poetas", en detrimento del estudio y el ejercicio de las "letras di-

eclesiásticos de México véase también el prólogo de E. Abreu Gómez a la *Carta atenagórica* (1930).

[56] Así Octavio Paz (1965, p. 39) y también Ricard, el cual considera "decepcionante" la teoría de los "beneficios negativos" y opina que en ésta "la sabia pudo más que la religiosa" (1948, p. 12).

[57] Entre ellos E. A. Chávez (1931, pp. 296-299), A. Méndez Plancarte (Introducción, p. XXI, y en *O.C.*, I, p. XXX) y de nuevo Ricard (1953, pp. 12-13).

[58] *O.C.*, IV, apéndices, p. 696.

vinas".[59] El obispo declara sin ambages las consecuencias que entraña, para un buen católico y en plena Contrarreforma, tal práctica excesiva de la poesía, de la ciencia y de la filosofía, aunque se orienten, en palabras de Sor Juana, a la comprensión de las Sagradas Escrituras: "Lástima es que un tan gran entendimiento, de tal manera se abata a las rateras noticias de la tierra, que no desee penetrar lo que pasa en el Cielo; y ya que se humilla al suelo, que no baje más abajo, considerando lo que pasa en el Infierno".[60] Sor Juana sabía muy bien qué significaba esta alusión al Infierno para una monja "profesa de velo y choro", pese a todas las atenuaciones verbales y formales de la carta del obispo. No en balde, en la posterior *Respuesta,* adoptará una concreta actitud de defensa y, al disculparse, hablará dos veces de herejía, tres del Santo Oficio y la Inquisición, y varias veces se declarará víctima de una persecución.[61] ¡Tengan muy en cuenta estas palabras escritas cuantos no ven o no quieren ver ninguna señal de imposición en las peripecias finales de Sor Juana!

Es difícil explicarse —repetimos— las razones del brusco cambio de rumbo del obispo y, muy probablemente, de los poderes eclesiásticos frente a una actividad que la monja había desarrollado, hasta ese momento, sin estorbos y hasta con el sobrentendido beneplácito de sus superiores. Estas razones se desprenden en parte del texto de la *Respuesta a sor Filotea de la Cruz,* que Sor Juana escribió tres meses después de la publicación de la *Carta atenagórica* y de la carta del obispo de Puebla y que se imprimió —repárese en ello— sólo después de su muerte, y en Madrid;[62] y en parte han de deducirse —pues es preciso incluir también las consecuencias que tuvieron para la vida de Sor Juana— de la

[59] *Ibidem,* pp. 695-696.

[60] *Ibidem,* p. 696.

[61] *Ibidem,* p. 444, líneas 158, 159, 177; p. 452, líneas 514-515; p. 458, líneas 732-738; p. 469, líneas 1183-1184; etcétera.

[62] El título exacto es *Respuesta de la poetisa a la Muy Ilustre Sor Philotea de la Cruz.* La respuesta está firmada "en el Convento de San Jerónimo de México el 1° de marzo de 1691". Primera publicación, en la *Fama y obras pósthumas del Fénix de México, décima musa, poetisa americana, Sor Juana Inés de la Cruz,* etc., Madrid, 1700; segunda publicación, Madrid, 1714.

situación en que estaba cayendo el virreinato de la Nueva España en los años confusos y ásperos entre 1686 y 1695. Las primeras son de orden general y espiritual; las segundas, de orden circunstancial y práctico (y, en cierto sentido, político y social); no obstante, siguiendo las huellas del análisis realizado por Octavio Paz, nos es dado entrever una parcial confluencia y coincidencia entre unas y otras.[63]

Con la *Respuesta a sor Filotea,* Sor Juana va en efecto más allá de una simple impugnación y de una réplica a los reproches formulados por el obispo: sea porque parece continuamente aludir a más numerosas y radicales acusaciones contra ella, sea porque ensancha constantemente el radio de sus afirmaciones de principio hasta convertirlas casi en reivindicaciones y normas. Su línea —a menudo encrespada por una altiva y contenida tensión o por un levísimo tono de rebeldía— es sumamente clara: defender sin medias tintas su profunda inclinación y su pasión cognoscitiva, haciéndolas remontarse a sus más tiernos años; demostrar que el camino hacia las más altas verdades de la fe es el que se recorre subiendo "los escalones de las ciencias y artes humanas",[64] sostener el derecho de las mujeres al estudio y hasta a la enseñanza, en respuesta (desproporcionada) a la brevísima mención del obispo,[65] y reafirmar, siempre en el ámbito del pensamiento ortodoxo, la prerrogativa y el ejercicio de la libertad intelectual, en nombre —no es exagerado decirlo— de la razón y contra las creencias vulgares y las supersticiones del ambiente.

Medítese, entre otras cosas, sobre algunas frases diseminadas aquí y allá por el documento. Por ejemplo, tras haber trazado la historia de su "natural inclinación" al estudio, Sor Juana escribe:

[63] Véanse más adelante las notas 77 y 83.

[64] *O.C.,* IV, p. 447, líneas 312-350. Américo Castro ha observado cabalmente al respecto: "Sor Juana invierte la perspectiva usual en donde todo aparecía teologizado. Ella intentaba elevarse a las verdades últimas de la fe partiendo de la matemática, de la historia, de las artes y de la arqueología" (1961, pp. 175-176).

[65] El obispo había escrito: "No apruebo la vulgaridad de los que reprueban en las mujeres el uso de las letras, pues tantas se aplicaron a este estudio, no sin alabanza de San Jerónimo. Es verdad que dice San Pablo que las mujeres no enseñen, pero no manda que las mujeres no estudien" (*O.C.,* IV, apéndices, p. 695).

> Bien se deja en esto conocer cuál es la fuerza de mi inclinación. Bendito sea Dios que quiso que fuese hacia las letras y no hacia otro vicio, que fuera en mí casi insuperable; y bien se infiere también cuán contra la corriente han navegado (o por mejor decir, han naufragado) mis pobres estudios. Pues aún falta por referir lo más arduo de las dificultades; que las de hasta aquí sólo han sido estorbos obligatorios y casuales, que indirectamente lo son; y faltan los positivos que directamente han tirado a estorbar y prohibir el ejercicio. ¿Quién no creerá, viendo tan generales aplausos, que he navegado viento en popa y mar en leche, sobre las palmas de las aclamaciones comunes? Pues Dios sabe que no ha sido muy así, porque entre las flores de esas mismas aclamaciones se han levantado y despertado tales áspides de emulaciones y persecuciones, cuantas no podré contar, y los que más nocivos y sensibles para mí han sido no son aquellos que con declarado odio y malevolencia me han perseguido, sino los que amándome y deseando mi bien (y por ventura, mereciendo mucho con Dios por la buena intención), me han mortificado y atormentado más que los otros, con aquél: *No conviene a la santa ignorancia que deben, este estudio; se ha de perder, se ha de desvanecer en tanta altura con su misma perspicacia y agudeza.* ¿Qué me habrá costado resistir esto? ¡Rara especie de martirio donde yo era el mártir y me era el verdugo![66]

Y para remachar su voluntad (molinista), consistente en la afirmación de su libertad de crítica y de disenso, recuérdense las frases que dedica, al final de la carta, a la *Carta atenagórica* y al padre Vieira ("mi entendimiento tal cual, ¿no es tan libre como el suyo, pues viene de un solar?"; y también: "como yo fui libre para disentir de Vieira, lo será cualquiera para disentir de mi dictamen").[67]

Y sin embargo, a pesar de todo ello, podría aun creerse que, de momento, la *Respuesta* aspiraba sobre todo a ser una declaración personal en defensa de la propia actividad literaria y científica. O mejor aún: que Sor Juana pensaba poder ser escuchada por una persona comprensiva y tolerante (digna heredera de la grandeza

[66] *O.C.,* IV, p. 452, líneas 497-523.

[67] *Ibidem,* pp. 468-469, líneas 1165-1192.

evangélica de Palafox), como en el trozo donde recuerda, con evidente sarcasmo, a propósito de la prohibición de estudiar, que ésta ya le había sido impuesta durante cierto tiempo por "una prelada muy santa y muy cándida que creyó que el estudio era cosa de Inquisición", dando a entender que tal no podía ser el punto de vista de aquel a quien iba dirigida su *Respuesta.*[68]

Son si acaso los pocos hechos posteriores los que ponen de relieve o simplemente le agregan —por deducción— significados más vastos y profundos. Los escasos y descarnados documentos biográficos refieren sólo que Sor Juana, tres meses después de haber escrito la *Respuesta a sor Filotea* —esto es, en mayo de ese mismo año— presentó "un memorial a la madre superiora del convento, sor Andrea de la Concepción", legando todos sus bienes; entregó al "cabildo eclesiástico" de la ciudad su copiosa biblioteca para que fuese incorporada a la librería de la catedral; vendió sus instrumentos científicos y musicales y dispuso que el producto de la venta se repartiese entre los pobres.[69] En ese mismo periodo se reconcilió con su confesor, el padre Antonio Núñez de Miranda, quien durante dos años se había negado a confesarla y que ahora debió refrenar sus mortificaciones y penitencias, pues amenazaban con comprometer su salud.[70] Por último, en 1694, escribió sus postreras declaraciones de arrepentimiento y sumisión, entre ellas una "Protesta que, rubricada con su sangre, hizo de su fe y amor a Dios la madre Juana Inés de la Cruz, al tiempo de abandonar los estudios humanos para proseguir, desembarazada de este afecto, en el camino de la perfección" (y donde, sin embargo, al pedir perdón por sus culpas, se las arregla para insinuar: "aunque me falten signos exteriores que lo expresen").[71]

[68] *Ibidem,* p. 458, líneas 730-740.

[69] E. A. Cervantes (1949, pp. 36-47); y el padre Calleja, en los pasajes finales de su escrito.

[70] "Es menester mortificarla para que no se mortifique mucho, yéndola a la mano en sus penitencias, porque no pierda la salud y se inhabilite; porque Juana Inés no corre en la virtud, sino es que vuela": esto observó, al parecer, el padre Núñez de Miranda, según refiere Juan Antonio de Oviedo en su *Vida ejemplar {...} del V. P. Antonio Núñez de Miranda,* 1702, pp. 132-137.

[71] Ése es el título del documento, *O.C.,* IV, p. 518. El título ("Protesta, etc.") no

El último documento ya no es de su puño y letra: es el que transcribe con precisión y frialdad notariales, en su *Diario de sucesos notables,* el cronista Antonio de Robles, con fecha 17 de abril de 1695, bajo el título: "Muerte de la insigne monja de San Jerónimo". "Domingo 17, murió a las tres de la mañana la madre Juana Inés de la Cruz, insigne mujer en todas facultades y admirable poeta; de una peste han muerto hasta seis religiosas; imprimiéronse en España dos tomos de sus obras, y en esta ciudad muchos villancicos; asistió todo el cabildo en la iglesia, y la enterró el canónigo Dr. D. Francisco de Aguiar."[72]

De la crisis de Sor Juana a la crisis del orden colonial

Estos últimos años de manso repliegue sobre sí misma (ahora podría decirse que había conseguido lo que intentara hacer, inútilmente, al entrar en el convento: "sepultar con mi nombre mi entendimiento")[73] han sido interpretados, siempre en relación con ese documento fundamental que seguirá siendo la *Respuesta a sor Filotea,* de dos formas distintas y hasta casi opuestas. Por un lado los comentaristas de estricta observancia católica, que ya en la *Respuesta* habían creído leer sólo signos de sumisión y arrepentimiento, han visto en los posteriores actos de contrición y mortificación una confirmación definitiva de la ascesis sorjuaniana, una decidida "segunda conversión", o incluso una demostración de "santidad".[74] Quien más se ha empeñado en hablar de pura y simple "conversión" ha sido Bénassy-Berling, cuyo libro ponderoso y aquí y allá notable he citado más de una vez (aunque dejo para más adelante las precisiones que, en la polémica contra mí, se merece). Por otro lado, en la lectura difícil de los últimos años

es de Sor Juana, sino editorial. La insinuación posterior se lee en el mismo documento, en la p. 519, líneas 28-29.

72 A. de Robles (1946, vol. III, p. 16).

73 *Respuesta a sor Filotea, O.C.*, IV, p. 445, línea 199.

74 "Segunda conversión" es, como hemos dicho, la expresión que usa R. Ricard (1954, pp. 10-11 y nota), mientras que *La santificación de Sor Juana* (México, 1932) fue propuesta por Genaro Fernández Mac Gregor.

de vida de Sor Juana ha de situarse un nutrido grupo de críticos laicos (o aunque católicos, abiertos a una problemática menos estrecha), que han tratado de analizar más a fondo la *Respuesta* y otros aspectos "premonitorios" de toda la obra de Sor Juana.[75] Éstos han creído vislumbrar en los últimos momentos del oscuro drama de la monja una dura y significativa renuncia; antes que a nadie ha de recordarse a Octavio Paz, que no en balde titula su libro reciente "las trampas de la fe" y los dos últimos capítulos "El asedio" y "La abjuración", respectivamente, y relaciona, como ya había hecho en un texto de 1965, la crisis de Sor Juana con los "trastornos y calamidades públicas que ensombrecieron el final del siglo XVII mexicano".[76]

¿Cuáles fueron esos "trastornos y calamidades"? No precisamente, o no del todo, las cada vez más peligrosas incursiones de piratas franceses, holandeses e ingleses en las costas mexicanas desde 1683 hasta pasado 1686, sino seguramente el descontento y la agitación provocados por la crisis económica que entre 1690 y 1692 sufrió el virreinato, con una grave carestía de maíz y trigo, y que desembocó en la primera gran sublevación de indios en el mismo corazón de la Nueva España, a la que siguieron breves sublevaciones, unos días después, en Tlaxcala y Guadalajara. La crónica de Antonio de Robles —uno de los pocos testimonios directos de los sucesos— dedica a los "tumultos" del 8 de junio de 1692 más de diez páginas de su diario, siempre bastante conciso; en ellas se narra que, tras morir de hambre una de sus

[75] Bástenos recordar lo que escribe Américo Castro (1961, p. 177) a propósito de los últimos años de la poetisa: "Sor Juana, mártir de la inteligencia. Si sus versos hubieran sido ñoños y sólo intrincada retórica, su quietud interior no habría sido perturbada. Pero su arte problemático desconcertaba e irritaba. Era diferente. La pobre monjita tuvo que escindirse conscientemente en la seductora imagen que de sí misma nos ha legado, y en la realidad de su deshecha persona. Vendidos los dañosos libros, Sor Juana murió con paz en su alma durante una epidemia, cuidando de las hermanas de su comunidad".

[76] O. Paz (1965, p. 40): "La crisis de Sor Juana coincide con los trastornos y calamidades públicas que ensombrecieron el final del siglo XVII mexicano. No parece razonable pensar que lo primero sea efecto de lo segundo. Esta clase de explicaciones lineares exigen siempre un tercer término, que a su vez necesita de otro. Etc." Para O. Paz (1982), cfr. la última parte de su libro.

mujeres, los indios trataron de hablar con el virrey y el arzobispo, y rechazados, quemaron y saquearon el palacio virreinal y el ayuntamiento, y la mayor parte de las oficinas públicas y de los "comercios de la plaza mayor", quedando dueños de la capital un día entero; que la penuria de maíz y de trigo "no era porque no había estos bastimentos, sino porque los habían ocultado algunos personajes por venderlos a subidos precios";[77] que a los alborotos se respondió con una severísima represión (arrestos, torturas, ahorcamientos y cortes de manos), tanto en la capital como en Tlaxcala; y que, por último, los indios fueron expulsados de las ciudades y obligados a vivir *extra moenia.*[78] Crónicas e historias refieren asimismo que "también estuvieron de por medio personas de alta condición interesadas en provocar dificultades al conde de Galve, que entonces gobernaba la colonia", y hablando del preeminente papel que el arzobispo Aguiar y Seijas tuvo en la defensa de las instituciones y personas[79] más conocidas del virreinato, así como en la rápida organización de procesiones y rogativas, revelan incluso que se reservó la prerrogativa de publicar un edicto "contra los regatones" [acaparadores] de maíz y de trigo.[80]

No es arriesgado afirmar que en el plano general —de la historia de las ideas—, "el silencio de Sor Juana y los tumultos de 1692 son hechos que guardan una estrecha relación y que no resultan inteligibles sino dentro de la historia de la cultura colonial" y que "ambos son consecuencia de una crisis histórica, poco estudiada hasta ahora".[81] En efecto,

[77] A. de Robles (1946, vol. II, p. 257). Pero véase el relato íntegro de los hechos y de sus consecuencias: pp. 250-275.

[78] *Ibidem,* pp. 263-264.

[79] Por ejemplo, en uno de los muchos textos de historia mexicana: W. Jiménez Moreno, J. Miranda y M. T. Fernández (1963, p. 276).

[80] A. de Robles (1946, pp. 256 y ss. y p. 263).

[81] O. Paz (1965, p. 40). Adviértase que el ensayo de O. P. lleva la fecha de 1950 y que desde entonces la historiografía mexicana —como acaso tengamos modo de observar— ha realizado notables y nuevos análisis, sobre todo el periodo colonial. Por lo demás, remitimos a los espléndidos primeros capítulos de su último libro (1982) para una visión apropiada del periodo, también desde el punto de vista cultural.

> en la esfera temporal Nueva España había sido fundada como armónica y jerárquica convivencia de muchas razas y naciones, a la sombra de la monarquía austriaca; en lo espiritual, sobre la universalidad de la revelación cristiana. La superioridad de la monarquía española frente al Estado azteca no era de índole distinta a la de la nueva religión: ambos constituían un orden abierto, capaz de englobar a todos los hombres y a todas las razas. El orden temporal era justo, además, porque se apoyaba en la revelación cristiana, en una palabra divina y racional. Renunciar a la palabra racional —callarse— y quemar la Audiencia, símbolo del Estado, eran actos de significación parecida.[82]

Por tanto, "por esos actos la Colonia se niega a sí misma y renuncia a ser sin que, por otra parte, brote afirmación alguna de esta negación. El poeta calla, el intelectual abdica, el pueblo se amotina. La crisis desemboca en el silencio. Todas las puertas se cierran y la historia colonial se revela como aventura sin salida".[83]

Pero ¿cómo y cuándo se manifiesta dicha crisis? ¿Y cuáles son sus agentes particulares y efectivos, cuáles sus motivaciones precisas y concretas? Ante todo, no hay que olvidar, en lo que a nuestra investigación atañe, que el cambio de actitud más o menos repentino hacia Sor Juana (explicitado en la intervención de "sor Filotea") precedió en dos, tres o más años al inicio de su crisis "privada" y de su replanteamiento. Será pues necesario, en este punto, retroceder unos pasos y, siguiendo la primitiva advertencia de uno de los más intransigentes estudiosos de la obra de la monja,[84] detenerse en algunos rasgos oscuros o al menos poco claros de todo el asunto y tratar, en lo posible, de iluminarlos.

[82] O. Paz (1965, pp. 40-41).

[83] *Ibidem* (p. 41). Más adelante, empero, el mismo Paz pone en guardia contra la tendencia de algunos a ver en la antedicha crisis y en otros episodios sueltos de la historia colonial síntomas o elementos precursores de la independencia. Para una visión más cercana del tema de los intelectuales durante la Colonia véase el ensayo de M. Durán (1963, pp. 238-253).

[84] "El episodio de sor Filotea resulta especialmente vejatorio; hoy parece tan turbio que los futuros críticos deberán estudiar la vida del padre Núñez (el confesor de Sor Juana) y la historia de los jesuitas en México antes de aspirar a entender la postura de la monja" (G. Cox Flynn, 1960, p. 233). Pero, en realidad, tal investi-

En el grado más lineal y sólo en apariencia sospechoso, aunque no por ello menos verosímil, ha de situarse el papel distinto y a menudo contrario desempeñado por don Francisco de Aguiar y Seijas y don Manuel Fernández de Santa Cruz, que en el momento de la crisis de Sor Juana y de la más vasta crisis del virreinato ocupaban los puntos claves del poder eclesiástico de la Nueva España: el arzobispado de la ciudad de México y el obispado de Puebla, el más importante después del de la capital. El segundo personaje llevaba más tiempo en México, pues había llegado en 1672 con el nombramiento de obispo de Chiapas (cédula de 1671), cambiado muy pronto por la sede de Guadalajara, donde permaneció hasta 1676, cuando fue "ascendido" al obispado de Puebla; el primero, en cambio, se encontraba en México sólo desde 1677, cuando había sido nombrado obispo de Michoacán (agosto de 1677). Por esos años, en torno a 1680, quedaron vacantes el arzobispado de la capital y el cargo de virrey, asumidos conjuntamente por don fray Payo Enríquez de Ribera, arzobispo desde 1668 y virrey a partir de 1673. Tanto Santa Cruz como Aguiar y Seijas —"las dos mayores Columnas sobre las que estribaba el Edificio de la Iglesia Católica, por aquellos tiempos"—[85] ambicionaban seguramente el primero y quizá también el segundo cargo; y el arzobispado de la ciudad de México estaba considerado como "el mayor que cuenta la América".[86] Era, pues, inevitable que entre ambos nacieran competencia y por ende rivalidad. Si la corona española se hubiera orientado hacia la sucesión, aunque fuera de emergencia, de fray Payo en ambos cargos, la elección hubiera recaído probablemente en Santa Cruz: dotado de mayores apoyos y de cierta popularidad en aquel ambiente, rico en mayor experiencia en los asuntos del virreinato, capaz de simultanear los dos cargos —por su natural moderación— y quizá más grato a los poderes civiles.[87] Aguiar, por su parte, gozaba del sostén de

gación se presenta —como se desprende de las páginas siguientes— erizada de dificultades y con frecuencia vana, como se ve por el estudio de D. Schons (1926-1927, pp. 141-162), la primera que se metió por ese camino.

[85] Así define fray Miguel de Torres (1722, p. 144) a los dos altos prelados.

[86] *Ibidem*, p. 135.

[87] Que Santa Cruz podía aspirar también al cargo de virrey lo demuestra al

los jesuitas y de otras autoridades del clero metropolitano y tenía fama de persona de severos principios, de gran rigor religioso, de indudable intransigencia moral y de un discreto prestigio intelectual. Como lo describe su biógrafo, José Lezamis, el cual subraya su severo aristocratismo ("y aun a los mestizos, y mulatos, y aun a los indios solía tratar de V.md."), lo pinta enemigo de comedias, corridas y juegos, y bastante hostil a las mujeres ("y le oímos decir algunas veces, que si supiera habían entrado algunas mujeres en su casa, había de mandar arrancar los ladrillos que ellas habían pisado...").[88]

Precisamente para superar la desventaja que sentía que lo separaba de Aguiar, Santa Cruz hubo de recurrir a diversas iniciativas personales, entre las que cabe enumerar una carta a Carlos II, donde "le daba cuenta del estado infeliz en que yacía la Universidad de México y de paso indicaba el concurso mayor de alumnos que había en nuestro [de los jesuitas] colegio de San Pedro y San Pablo",[89] de sus esfuerzos por atraerse a los jesuitas que tenían en sus manos la enseñanza universitaria[90] y de sus contactos con el ambiente intelectual de la capital, de los cuales son prueba las conversaciones de tema teológico sostenidas con Sor Juana Inés de la Cruz, entonces en el ápice del consenso.[91]

La dificultad de elegir un digno sucesor del marqués de Man-

menos el hecho de que más adelante (¿en 1696?) se pensó casi seguramente en él como sucesor del vacilante y desacreditado conde de Galve (virrey en la época de los tumultos del 92).

[88] Tal es el retrato que se desprende de la biografía apologética de J. Lezamis (1699, p. 36).

[89] Así A. Astraín (1905, vol. 2, pp. 464-466), donde se recoge un largo fragmento de la carta dirigida al rey por el obispo de Puebla en 1680.

[90] A más de la alusión a los jesuitas de la citada carta, cuenta M. de Torres (1722, p. 136) que el obispo "en sus visitas [de carácter misionero] solía llevar consigo dos Padres Jesuitas".

[91] Es fácil suponer que las "bachillerías" entre Sor Juana y el obispo de Puebla se remontaban a los años en torno a 1680. Santa Cruz estaba vivamente preocupado por los problemas de la universidad, como prueban la carta al rey antes mencionada y la cédula real de fecha 29 de diciembre de 1679, que se lee en la p. 65 del libro de Lanning (1946) sobre la Universidad Pontificia de la ciudad de México. Allí aparece una petición de Santa Cruz, quien probablemente había protestado por las escasas admisiones en la universidad de estudiantes provenientes de Puebla.

cera (1664-1678) y de fray Payo para el puesto de virrey y la incertidumbre de la elección entre los dos prelados para la dignidad arzobispal afloran incluso en la desnuda crónica de Antonio de Robles. Las escasas y lacónicas noticias, los "se dice" que a lo largo de seis años se suceden en las páginas del *Diario,* indican sin embargo que la corona y el Consejo de Indias buscaban un virrey entre la nobleza de España, mostrándose proclives, en la circunstancia, a una designación de carácter civil. En efecto, allí se habla primero del conde de Paredes (agosto del 75), luego del conde de Monterrey (mayo del 76), después del hijo del conde de Alba (julio del 77), luego otra vez del marqués del Fresno (mayo del 80), y por último, tras un segundo anuncio referente al marqués de la Laguna y conde de Paredes (julio del 80), se da noticia de que ha llegado este último (septiembre del 80): todo ello entreverado con noticias sobre la aún fallida elección.[92]

Sólo cuatro breves párrafos reserva en cambio el *Diario* de Robles al nombramiento del arzobispo, y tan fragmentarios y llenos de lagunas que hacen sospechar serias incertidumbres y subterráneas peleas, confirmadas por lo demás en parte por otros dos testimonios de la época, uno de los cuales habla de "cosas bien singulares que sucedieron acerca de este punto".[93] Tras haber registrado como hecho consumado (¡obsérvese!) el nombramiento de Santa Cruz como arzobispo en dos notas sucesivas, una con fecha de

[92] Robles (1946, vol. I, en las pp. 180, 197, 203, 216, 223, 238, 282 (dos veces), 285; y por último, en la p. 286, la confirmación definitiva: "entró correo al amanecer, a las dos, con nueva de flota doce naos, con virrey el marqués de la Laguna con virreina".

[93] El primero se lee en la biografía de Aguiar y Seijas de Lezamis. Allí, a propósito de la aceptación del arzobispado, encontramos escrito: "Pero quiso la suerte que nos hallábamos en la ocasión en parte remota del Obispado, que le andaba su Ilustrísima, y no hubo allí con quien aconsejar, sino conmigo, que le confesaba, y un Padre de la Compañía, que se llamaba Antonio Soares [...] y aconsejamos así; y con esto, *y otras cosas bien singulares que sucedieron acerca de este punto, hubo de aceptar"* (1699, p. 12; la cursiva es mía). En el segundo documento —que es la *Crónica de la Real y Pontificia Universidad de México escrita por el Bachiller Cristóbal Bernardo de la Plaza y Jaén,* crónica que abarca desde 1553 hasta 1684 y se redactó por tanto hacia 1685— el nombramiento de Aguiar como arzobispo se inscribe inexplicablemente dos años antes que en el *Diario* de Robles, como se ve en la p. 176 de la edición paleográfica, a cargo de Nicolás Rangel, México, 1931.

mayo y la otra de septiembre de 1680 —y esta última hace pensar incluso en una aceptación del encargo—,[94] el *Diario,* con fecha 13 de marzo de 1681, a seis meses de distancia, refiere: "Jueves 13, entró correo de Michoacán con cartas del señor obispo [Aguiar y Seijas] en que escribió al cabildo junto y a cada uno de por sí, dándoles partes de cómo había aceptado el arzobispado".[95] ¿Cuáles eran "las cosas bien singulares" ocurridas entre tanto? ¿Qué nuevo hecho, o intromisión, o interferencias, o alguna otra cosa, se habían producido entre el nombramiento de Santa Cruz y el de Aguiar? Es difícil establecerlo, pues todos los documentos hasta ahora presentados resultan, sobre este punto, herméticos o reticentes.[96]

Pero —volviendo a nuestro asunto más principal— una cosa es cierta: si superponemos este episodio de competencia, quizá de roces o de antiguas rencillas[97] entre los dos prelados, a las vicisi-

[94] Las noticias relativas a la elección del arzobispo, por el orden en que aparecen en el *Diario* de Robles (1965, vol. I) están en las siguientes páginas: 248, 282, 287 y 288.

[95] *Ibidem,* vol. I, p. 294.

[96] Como parcial corrección del plan de investigación propuesto por Cox Flynn (1960), es obligado observar que no aclaran demasiado las cosas ni la biografía del obispo de Puebla, citada a menudo, ni la del arzobispo Aguiar y Seijas (de la que Cox Flynn no habla) —escritas todas con fines apologéticos y a veces incluso con caracteres hagiográficos—, ni siquiera las diversas historias de los jesuitas en México, desde la *Historia de la Provincia de la Compañía de Jesús de Nueva España* (1694), del P. Francisco de Florencia, a la dieciochesca del P. Francisco Xavier Alegre, S. J. (*Historia de la Compañía de Jesús,* publicada sólo en 1841, en la ciudad de México), desde la citada por Astraín, de 1905, a la de Gérard Decorme, S. J., en dos volúmenes (*La obra de los jesuitas mexicanos durante la época colonial,* México, 1941). Es cierto que en la biografía del obispo de Puebla se leen pasajes sobre la renuncia al cargo de arzobispo y conjuntamente al de virrey (aunque después se descubre que la una se remonta a 1680 y la otra es bastante más tardía, de 1696), pero tales renuncias están justificadas sólo por motivaciones morales, expresadas en el tono habitual y formal... Hoy parece claro que las investigaciones han de orientarse sobre todo a los archivos, y particularmente al Archivo de Indias, hoy reorganizado, de donde proviene la citada carta del obispo de Puebla a Carlos II, leída por Astraín.

[97] Aunque en la biografía de Santa Cruz, escrita por Torres (1722, pp. 143-144) se habla de una entrevista del obispo de Puebla con el arzobispo Aguiar, ocurrida en 1686 (aunque las fechas de Torres suelen pecar de inexactas), no cabe considerar tal entrevista como la solución de las anteriores y probables dificultades e incomprensiones, sobre todo si se relaciona con los hechos que estamos exponiendo.

tudes en que se halló enredada Sor Juana, veremos que una parte de las opacas circunstancias del primero destiñe sobre las igualmente opacas de las segundas. En efecto, por los mismos años (1680-1696) en que esa competencia se instaura y probablemente se prolonga, se sitúan —por parte de Sor Juana— la lectura inicial del sermón de Vieira, las conversaciones con el obispo de Puebla, la redacción de la *Crisis de un sermón* o *Carta atenagórica* y la publicación de ésta con el añadido de la carta del obispo-sor Filotea (noviembre de 1690) y la *Respuesta.* Y en dicho contexto no hay que olvidar —como sustancialmente se ha hecho hasta ahora— otros cuatro elementos y datos que pueden y hasta deben relacionarse con la crítica de Sor Juana al sermón del padre Vieira, crítica hasta hoy juzgada solamente "incauta", "inoportuna" o con otros calificativos parecidos.

Primero: en España habían aparecido dos volúmenes de Vieira, en 1678, dedicados a Aguiar y Seijas, entonces obispo de Michoacán —señal, por un lado, del prestigio "internacional" de Aguiar, y por otro, de los lazos directos o indirectos de éste con el gran jesuita portugués[98] y con los jesuitas en general, por lo que atacar a Vieira podía considerarse una forma mediata de atacar a Aguiar—.

Segundo: en 1683 se habían impreso *"umas conclusões de toda a teologia"* que la Real y Pontificia Universidad de México había dedicado a Vieira, presumiblemente por sugerencia del arzobispo Aguiar, recién llegado al poder, el cual pretendía así expresar su solidaridad con el famoso predicador, víctima de incomprensiones en Portugal. En las *Cartas do Padre Antonio Vieira,* en tres volúmenes, editadas por J. Lucio de Azevedo (Coimbra, 1925-

[98] Los dos tomos, pasados inadvertidos a todos, son los titulados respectivamente *Las Cinco Piedras de la Honda de David en Cinco Discursos Morales predicados a la Serenissima Reyna de Suecia, Christina Alexandra en lengua italiana. Por el Reverendíssimo Padre Antonio de Vieira... Dedicados al Illustrissimo Señor D. Francisco de Aguiar y Seixas, Obispo de Michoacán, del Consejo de su Magestad... En Madrid, año de 1678,* y *Sermones varios del Padre Antonio de Vieira de la Compañía de Jesús. Con XXII Sermones nuevos... dedicados al Illustrissimo Señor D. Francisco de Aguiar y Seixas (...) Tomo segundo. Año de 1678; En Madrid (...)* Están registrados tanto por Sommervogel *(op. cit.)* como por Leite *(op. cit.).*

1928), y concretamente en la "carta CXCI" dirigida al marqués de Gouvela, del 24 de junio de 1685 (vol. III, pp. 452 y 476), se lee:

> En la Universidad de México me dedicaron unas conclusiones de toda la teología, que yo remito y dedico a Vuestra Excelencia, y aun cuando de la empresa del fénix, de los aplausos y las trompetas ningún caso haga, pues todo es viento y humo, no puede dejar de contristarme mucho que al mismo tiempo en una Universidad de castellanos se imprima mi imagen. [...] Para que bien se vea cuáles son las influencias de América, cuando en la que está sujeta a Portugal hácenseme las afrentas de que Vuestra Excelencia estará informado por otras vías.[99]

Tercero: que seguramente por sugerencia de Aguiar y quizá como consecuencia de la iniciativa de la universidad y para reforzar la presencia de Vieira en la Nueva España debió de imprimirse en la ciudad de México, en 1685, en español, el sermón *Heráclito defendido* de Vieira, cuya noticia se precisa en las bibliografías citadas de Beristáin (p. 361) y Andrade (p. 541).[100]

Cuarto: que "posible consecuencia de la obra de Sor Juana [la *Carta atenagórica*] fue un sermón titulado *La fineza mayor. Sermón panegírico,* que predicó, dedicándolo al convento de San Jerónimo, en 1691, el Lic. Francisco Xavier Palavicino",[101] casi segura-

[99] Aunque no se hallen rastros de tales "conclusões" en las crónicas de la universidad mexicana ni tampoco en las bibliografías de Beristáin o de Andrade *(op. cit.),* no cabe duda de que existieron. La Real y Pontificia Universidad de México mantenía siempre buenas relaciones con el arzobispo de la ciudad y, por tanto, con Aguiar, como hemos visto también en la nota 93.

[100] El título completo es el siguiente: *Heráclito / defendido / por el M.R.P. / Antonio de Vieira / de la Compañía de Jesús / Sácale a luz / el P. Joseph de Errada Ca- / petillo de la misma Compañía de Jesús (Viñeta) / Con licencia, / Impresso en Murcia por Miguel Lorente, Año de 1683 / Y en México, por la viuda de Francisco Rodríguez Lupercio. / Año de 1685.* Esta publicación y el anterior homenaje de la universidad mexicana habían llamado ya la atención de R. Ricard (1953, p. 147); pero no los otros dos datos concomitantes.

[101] E. Abreu Gómez (1934-A, p. 151). Nótese que para colmo de reproche y humillación el sermón fue dedicado al convento donde se encontraba Sor Juana, y firmado por ella, como se lee en el título completo: *La Fineza Mayor / Sermón / Panegírico / Predicado / a los gloriosos natalicios de la / Illustrissima y SS. / Matrona Romana, Paula Fundadora de dos / Ill.mas Religiones, que debajo de la nomenclatura de el /*

mente para sostener y remachar las tesis de Vieira. Pero defender al jesuita portugués significaba, en todos estos casos, desaprobar y hasta humillar a quien había osado someterlo a crítica (Sor Juana) y especialmente a quien había al principio estimulado dicha crítica (el obispo Santa Cruz).

Este último dato —que yo conocía desde 1967, sin necesidad de recurrir a la Biblioteca Nacional de la ciudad de México— ha sido puesto como ejemplo de la escasa importancia de las discusiones teológicas de la época por Bénassy-Berling, sin reparar en la opinión contraria de Abreu Gómez. Pero aún hay más, y deseo ponerlo aquí de relieve, aunque no lo merezca el carácter hagiográfico de esta parte del libro de Bénassy (tentación hagiográfica es la de ver en cualquier hombre o mujer de Iglesia un probable santo o al menos una persona inmensamente piadosa). Pasando por alto todas las pruebas que he enumerado aquí, la estudiosa francesa excluye, calificándola de "invención" mía, la hipótesis de una competencia y rivalidad entre Aguiar y Santa Cruz, reconocida en cambio como bastante probable en el último libro de Paz. Si quisiera tomar en serio las elucubraciones de Bénassy no me habría inspirado yo en los príncipes y las damas del Renacimiento florentino, como pretende la estudiosa, sino en las tremendas disputas entre prelados tan frecuentes en la historia de Francia. La verdad es que la tesis de la "conversión" de Sor Juana (título del capítulo de la estudiosa) es muy poco defendible: ¿conversión de qué abominable desviación?, ¿conversión de qué cosa pecaminosa? Comprendo, empero, que en esta concepción sumaria entra en juego el tenaz y antiguo formalismo de algunos católicos, ¡a quienes les basta el gesto de cabeza de un moribundo (ateo) para hablar de milagrosa conversión![102]

Pero olvidemos lo que debe olvidarse (tanto más cuanto que

Máximo Gerónimo militan / {...} Hízolo y díxolo / El L.do D. Francisco Xavier Palavicino / Villa Rasa, Clérigo Presbytero, Valenciano / y lo dedica / Al Ill.mo y Religiossisimo Convento del Doctor Máximo S. / Gerónimo de esta Imperial Ciudad de México /.... / Contadora Madre / Sor Juana Inés de la Cruz // {...} / Año de 1691. La dedicatoria lleva la fecha del 10 de marzo de 1691, con una diferencia de sólo nueve días de la *Respuesta a sor Filotea* (1º de marzo de 1691).

102 *O.C.*, vol. IV, p. 458, líneas 730-740.

en otros lugares recurriré con provecho y sosegada objetividad a algunas tesis de Bénassy). Y volvamos a lo nuestro. Ya se ha dicho, entre otras cosas, que la competencia y la rivalidad entre Santa Cruz y Aguiar —cuya principal víctima fue Sor Juana Inés de la Cruz, como el cacharro de barro metido entre cacharros de hierro del dicho popular— no eran sino la versión contingente de un conflicto de mayores proporciones, o sea, de un modo distinto de concebir la conducta y la función de la Iglesia en los difíciles trances en que se debatía la política colonial española a finales del XVII. Si insistimos, pues, en las diferentes posturas de los dos prelados no es porque queramos personalizar y por ende envilecer el conflicto, sino porque es legítimo incluir las presiones y persecuciones sufridas por Sor Juana en un más amplio espacio de causas y efectos. Aunque la escasez y fragmentariedad de las noticias no permite observaciones de mucha consistencia, es posible, por ejemplo, reconocer en la actuación del arzobispo Aguiar y del obispo Santa Cruz durante los tumultos de 1692 el reflejo de una grave divergencia de actitudes. Mientras que en la capital el arzobispo, tras haber salvado al virrey y haber tomado las riendas de la situación, parece atento sólo a mantener el *statu quo* y a agruparse con las autoridades en torno a las instituciones y los privilegios establecidos, limitándose por un lado a promulgar un edicto contra los "regatones de maíz y trigo"[103] y recurriendo por otro sin vacilar a la dura represión, del obispo Santa Cruz, que en Puebla se encontraba en condiciones no menos arduas de abastecimientos a causa de la cruel epidemia de sarampión que llevaba un año cosechando víctimas entre la población de todas las edades, se sabe que no sólo hizo entregar a la alhóndiga central todas las reservas de cereales de los particulares, pagándolas de su bolsillo, sino que "mandó que todo el maíz que tenía en la cuarta episcopal se trasladara públicamente a lomo de hombres" al depósito público y "además mandó llamar todos los curas de las parroquias de la ciudad y les ordenó que cada uno pusiere en cada barrio de su curato una india molendera" para distribuir pan y

[103] De Robles (1946, vol. II, p. 263).

harina al pueblo.[104] No obstante, era bastante difícil llevar adelante tal política de intervención directa (inspirada en la igualmente moderada y paternalista del arzobispo-virrey fray Payo), no sólo porque el virrey pidió al obispo de Puebla, primero por carta y luego con una embajada, que cediera parte de las reservas de cereales de su región (incluidas las episcopales) a los almacenes de la capital (y Santa Cruz tuvo el valor de no acceder a la petición en ambas ocasiones), sino también por la política general, represiva y antipopular, decidida por los poderes centrales. De forma que Santa Cruz —el cual, como escribe Carrión, ahora citado en nota, "hizo también notar que en Puebla se estaba corriendo el mismo peligro que en México, y añadió que la plebe de Puebla, como todas muy pobre, no era menos intrépida que la de otros lugares y que para tenerla sujeta al freno era menester el bocado", y que el obispo estaba decidido a defender los bienes de la Iglesia para emplearlos en ayuda del pueblo hasta verter "su propia sangre"—, en vista de las resistencias encontradas, pidió renunciar al obispado de Puebla, declarando abiertamente que le costaría "grave trabajo" y le pesaría mucho tener que adoptar medidas de "rigor" con sus diocesanos.

Para dar una idea de la tensión que había entre la gente y que reinaba en México por aquellos días, así como del carácter violento de Aguiar, no ha de olvidarse el episodio recogido por el cronista Robles en su *Diario,* en el cual se cuenta que en un diálogo, evidentemente excitado, entre el sabio Carlos de Sigüenza y Góngora y el prelado (nótese que la actitud favorable del intelectual hacia los indios había cambiado después de los tumultos), Aguiar golpeó con un bastón a su interlocutor, le rompió las gafas y le hizo sangre.[105]

[104] Estas noticias, confirmadas por otras semejantes referidas en la biografía de Santa Cruz escrita por Torres (1722, pp. 245-253), se pueden leer en la *Historia de la ciudad de la Puebla de los Ángeles,* en dos tomos, de A. Carrión (1920), y concretamente en las pp. 26-42 del vol. II. Carrión se ha servido, amén de las crónicas de Robles (1665) y G. Martín Guijo (1853) y de otros documentos parciales, también de un texto poco conocido: el *Extracto exacto que contiene noticias curiosas de lo ocurrido en esta ciudad (México) y aun fuera de ella desde 1676 hasta 1696,* reeditado por primera vez en la ciudad de México en 1858.

[105] He aquí cómo cuenta Robles en su *Diario* (1946, vol. II, pp. 71-72) la dispu-

¿Quizás existía desacuerdo sobre algo que se estaba haciendo por aquellos días? Nadie lo puede decir; aunque es probable que una difusa intolerancia hacia los intelectuales envolviera a Sor Juana, juzgada demasiado ensoberbecida con su notoriedad y quizá también en disenso con respecto a las medidas represivas del momento.

Por lo demás, Santa Cruz no fue ciertamente el único en nutrir grandes dudas sobre la bondad y corrección del camino emprendido por el virrey y el arzobispo con posterioridad a los tumultos.

Puedo citar uno de los pocos ejemplos que las crónicas nos brindan. De parte de Santa Cruz debió de sentirse y alinearse claramente el padre Pedro Avendaño, sólida figura de predicador y escritor, llamado en sus tiempos "el Vieira mexicano", no tanto, es de suponer, por la imagen unilateral que de Vieira circulaba, como se ha visto, en las altas esferas de la cultura novohispánica, cuanto por haberse "hecho notar contra los agravios que sufrían los criollos" y con toda probabilidad contra los que sufrían los indios.[106]

Expulsado de la Compañía de Jesús en 1690 por motivos que desconocemos, Avendaño fue "utilizado" tanto por el arzobispo como por el virrey en el momento más delicado de los tumultos, con seguridad por el ascendiente y la popularidad de que gozaba entre los indios y las clases más pobres. Fue, en efecto, el único sacerdote que tomó parte en las inspecciones de calles y plazas de

ta: "Pleito - Sábado 11, estando D. Carlos de Sigüenza, clérigo sacerdote, con el señor arzobispo sobre algunas razones, le dijo dicho D. Carlos que viera su Ill.ma que hablaba con él, sobre que su Ill.ma, con una muleta que traía, le quebró los anteojos y bañó en sangre a dicho D. Carlos". Sobre la posición adoptada por Sigüenza después de los tumultos véase, entre otras cosas, el estudio de R. Iglesia (1944, pp. 133-143).

[106] Una discreta aunque incompleta información sobre la figura de Avendaño la encontramos con el título de *Literatura mexicana. / El P. Avendaño - Reyertas más que literarias. Rectificaciones a Beristáin,* con la firma de Joaquín García Icazbalceta (tomada a su vez de las *Memorias de la Academia Mexicana,* vol. III, pp. 117 y ss., diciembre de 1887) en Vicente de P. Andrade, *op. cit.,* pp. 654-675. Aunque Icazbalceta presente al padre Andrade bajo una luz más bien negativa, da la impresión de encontrarnos en cambio ante un hombre y un escritor de nota, que habría que estudiar con atención. Ricard (1948, p. 14) recoge de Abreu Gómez el apelativo dado al padre Avendaño para demostrar cuán vasta era la fama de Vieira.

la capital.[107] No se ha encontrado hasta ahora información sobre sus relaciones directas con el obispo de Puebla, pero no es casual que estuviera enseñando en el Colegio de San Pedro y San Pablo de Puebla en el mismo periodo en que Santa Cruz escribía un límpido elogio de dicho colegio;[108] y sobre todo no es casual que en Puebla, en la diócesis de Santa Cruz, pronunciase en 1695 un sermón de áspera crítica contra la acción del gobierno y contra la mala hierba de los "mercaderes del templo", anidados en el cuerpo de la Nueva España para usurpar el puesto y el pan de quienes moraban en el territorio desde tiempos remotos (los indios) o allí habían nacido y crecido (criollos, mestizos, mulatos, etc.)...[109] Téngase asimismo en cuenta que en el periodo estudiado por nosotros la Compañía de Jesús atravesaba una fase de ajuste doctrinario y de elaboración de ideas (eran los años en que en las filas jesuíticas se debatía el tema del probabilismo), y en México se encendía una seria disputa entre el obispo de Durango y la Compañía (1682), que seguía en parte las huellas del anterior conflicto entre el obispo Palafox y los jesuitas. (Sobre este tema véanse, entre otras, las citadas obras de Astraín y Decorme.)

Frente al cundimiento de la corrupción en todos los sectores de la cosa pública, la arrogante intromisión de los terratenientes, la creciente acumulación de riquezas por parte del aparato eclesiástico, la cada vez más grave depauperización de vastas capas sociales (artesanos, comerciantes, pequeños empleados, elementos del bajo clero, mineros rescatados de la esclavitud pero no de la explotación esclavista, etc., en resumen, casi toda la población mestiza e india) y frente a otros fenómenos análogos y colaterales de crisis sobre los que la historiografía ha desarrollado discretas

[107] Las noticias sobre Avendaño (su actuación en los días de la crisis, etc.) aparecen en Robles (1946, vol. II, pp. 254-255 y 212, respectivamente). También por Robles (1946, vol. III, p. 290) sabemos que en octubre de 1703 fue suspendido drásticamente de predicar, confesar y decir misa, "por ser expulso de la Compañía", así como borrado de la circunscripción del arzobispado.

[108] También esto está sacado del libro de A. Astraín (1905), ya citado en la nota 89.

[109] Tomamos de nuevo tales informaciones y observaciones de las citadas *Reyertas* de García Icazbalceta (1887), donde también se transcribe un trozo del sermón de Avendaño en 1695 (pp. 662-663).

investigaciones,[110] dos fueron en sustancia las posturas que surgieron en las esferas dirigentes en tan duro trance: por un lado, la tendencia —que prevaleció— a recurrir a rigurosas medidas políticas, económicas, sociales y hasta religiosas (y esto último, en aquella sociedad estrictamente confesional, era también un freno político, como veremos en el siguiente apartado); por otro, la búsqueda de un comportamiento político distinto y la propuesta de graduales concesiones a algunas categorías sociales en ebullición y en confuso ascenso. Pero al margen de los casos contingentes y de los personajes aislados a que nos hemos referido —todos, de alguna manera, en comercio de ideas y en relación de situaciones con Sor Juana—, el conjunto de los datos demuestra, en síntesis, que habían entrado en contradicción consigo mismas no sólo las líneas ideales del orden colonial, no sólo sus superestructuras teóricas e ideológicas —como ya ha señalado Octavio Paz—, sino también las bases sociales y las estructuras económicas sobre las cuales dicho orden se fundaba.[111]

El puesto de Sor Juana en la vida intelectual de su tiempo

La influencia de los intelectuales en la sociedad colonial mexicana era escasa, y su espacio bastante restringido, tanto más en estas fases de crisis, rigorismo e involución, aunque no mucho menos

[110] Me limito a indicar sólo algunos tratamientos historiográficos generales: A. Curtis Wilgus, *Colonial Hispanic America,* Washington, 1963; Henry Bamford Parkes, *A History of Mexico,* Boston, 1938 (trad. francesa, París, 1961); Luis Chávez Orozco, *Historia económica y social de México,* México, 1938; y Antonio Vázquez de Espinosa, *Nueva España en el siglo* XVIII, México, 1944. Entre los fenómenos colaterales, aunque nada secundarios, de crisis a finales del XVII ha de considerarse la rápida transformación de la piratería, que pasó de hecho esporádico a elemento endémico, constante y de vastas proporciones.

[111] Además de las obras antes citadas ha de recordarse, a este respecto, un libro de Silvio Zavala, *Ensayos sobre la colonización española en América,* 1944, especialmente desde la p. 92 al final, es decir los ensayos sobre la esclavitud de los indios, sobre su liberación, sobre la encomienda como institución económica y política y sobre otras cuestiones sociales.

en las precedentes fases de relativo movimiento y moderada expansión. El intelectual del siglo XVII mexicano, constreñido por una ortodoxia de tipo contrarreformista y una frágil comunidad de carácter cortesano y neomedieval,[112] y en presencia de un "público" heterogéneo y en cierto sentido precario y en cualquier caso con una lábil participación cívica y cultural, tenía una capacidad de intervención bastante modesta en los problemas sustanciales de aquella sociedad. La propia Sor Juana, que gozó, sin embargo, de un papel central en la época más fecunda de su vida, poco pudo intervenir en los negocios públicos: su único acto "político" fue solicitar el indulto de un condenado a muerte, Antonio Benavides, llamado *el Tapado,* creo que sin éxito. Y a él aludió no sólo en una poesía sino también en la comedia *Los empeños de una casa.*[113] No obstante, pese a su ámbito cerrado y sus connotaciones normalmente académicas, la actividad intelectual novohispánica conoció cimas de aguda vitalidad y manifestó inquietudes filosóficas y científicas que, como más adelante se dirá, la vieron a veces adelantarse a la propia cultura metropolitana de la que era hija y esencialmente tributaria.

Ya en el periodo posterior a la conquista militar, el primer y principal factor de la vida cultural de la Nueva España (y de toda la América colonial española) fue con mucho la Iglesia. A ella se le confiaban por entero no sólo la instrucción, desde la elemental hasta la universitaria (la universidad mexicana fue "Real y Pontificia" desde su fundación), sino también las tareas de evangelizar a los indios o de proselitismo religioso, las misiones en tierras remotas e inexploradas, la introducción de nuevos tipos de cultivos en la agricultura, los estudios lingüísticos, históricos, etno-

[112] La definición de "neomedieval" aplicada a la cultura seiscentista de México reaparece a menudo en las páginas del libro de I. A. Leonard (1959). En ese libro, rico en sugerencias y datos, y en parte en el de J. T. Lanning (1940) me he inspirado discretamente para plantear el presente apartado. Véanse también, a propósito de "neomedievalismo", las posiciones de Marcel Raymond y Helmut Hatzfeld, tal y como se desprenden del libro de este último, *Estudios sobre el barroco,* Gredos, Madrid, 1964, pp. 37 y ss. Repito además que O. Paz traza en los primeros capítulos de su libro (1982) un cuadro eficacísimo de la vida civil y cultural de la Nueva España.

[113] *O.C.,* I, núm. 25, pp. 74-80 y *O.C.,* IV, p. 138, vv. 379-380.

gráficos, médicos y sociales. Fue, por tanto, la Iglesia, con sus diversas instituciones, la que determinó en su mayor y muy concreta parte, y cada vez más, la condición de los intelectuales en aquella época y en aquel tipo de sociedad. En efecto,

> las carreras de la milicia, lá diplomacia y la política no existían en la colonia: para medrar en ellas era preciso trasladarse a España, cosa dada a pocos, y entrar de lleno en la senda de pretendientes, tan larga como espinosa. Aquí no había más que el foro y la Iglesia. El primero ofrecía pocos puestos de honra y provecho: los de la Audiencia eran casi los únicos, y vestir *guarnacha* parecía cosa de sueño. La Iglesia, por el contrario, abría ancha puerta, y hacia ella caminaba también el espíritu devoto de la época que animaba a todas las clases de la sociedad y las hacía estimar la carrera eclesiástica como la más honrosa y segura. [...] Por ello los criollos dotados de ingenio se daban con ardor al estudio de las ciencias eclesiásticas, preciadas sobre todas. Como no existían las asambleas deliberantes de nuestros días, ni el periodismo tal cual hoy corre, no quedaba a los ingenios campo para lucirse, a no ser en la cátedra y en el púlpito: allí donde únicamente podían mostrar a toda luz sus letras y darse a conocer para lograr en su carrera los adelantos que cada cual busca en la suya. Como los competidores eran muchos, el triunfo era más glorioso. Un *acto* literario venía a ser un acontecimiento notable: la posesión de una cátedra daba materia a vítores y festejos públicos. Mas la oratoria sagrada tenía el primer lugar, porque no estaba reservada para oyentes doctos, sino que disponía de mayor teatro, donde cabía todo el pueblo. Las fiestas religiosas eran tan suntuosas como frecuentes, y por lo mismo continuos los sermones. La prensa divulgaba los más aplaudidos, y el nombre del orador corría mucha tierra.[114]

Una ojeada de conjunto a los repertorios bibliográficos mexicanos referentes al siglo XVII demuestra que 75 o quizás 80% de la pro-

[114] Esta precisa descripción está sacada de nuevo de las *Reyertas* de García Icazbalceta (1887, pp. 658-659). Sobre el inmenso poder de la Iglesia en todos los sectores de la vida colonial mexicana, véanse también varios pasajes del libro de I. A. Leonard (1959, pp. 25 y 27) y en particular sus conclusiones en la p. 221, donde se habla de la Inquisición, más dura con las propiedades privadas que con la opinión pública, y donde la propia ductilidad de la Iglesia (o de los jesuitas) es vista como un fuerte dique contra el *modern secularism.*

ducción editorial local estaba constituida por obras de índole confesional, y que la mayoría de éstas se componía de sermones, como se deduce de los citados repertorios bibliográficos de Beristáin y Andrade.[115] Y como la oratoria sagrada era el sector de más vastas resonancias populares y de mayor difusión y pervivencia, representaba el instrumento de mayor y mejor eficacia "política" ofrecido a los intelectuales. Pero su terreno era delicado, inseguro y más vulnerable que ningún otro, por ser inherente a cuestiones teológicas y estar por ende continuamente asediado por intervenciones coercitivas de la autoridad eclesiástica central, celosa custodia de los dogmas y de la conducta de las personas dedicadas al culto y de las instituciones religiosas.[116] (Lo cual explica, por otra parte, por qué se pusieron tantos obstáculos a la actividad de un ingenio inquieto como el del padre Avendaño; y explica también que se diera tanto peso a aquella especie de contrasermón que fue la *Carta atenagórica* de Sor Juana, descuidando tanto sus otras obras devotas y ortodoxas cuanto, por el contrario, los escritos y alusiones sutilmente heterodoxos salidos de la pluma de la monja en el curso de varios años de ejercicio literario.)[117]

[115] De un total de 1 394 obras impresas en la ciudad de México y en Puebla (donde vieron la luz sólo 166 obras) en el siglo XVII, se desprende con claridad esa relación. El restante 20% de los libros estaba compuesto por estudios de astrología, astronomía, etc. ("El mayor volumen de la prosa —escribe A. Reyes en su libro de 1948, p. 88— corresponde, en el XVII, a la oratoria sagrada.") Las cotas más altas de la producción editorial en la ciudad de México se alcanzan en 1683, con 30 obras; en 1684, con 28; y en 1695, con 33. Sobre la importancia de los libros de España y de otras naciones, véanse las investigaciones realizadas por Leonard en el libro tan a menudo citado.

[116] El control de las publicaciones se efectuaba mediante las "aprobaciones" habituales, confiadas normalmente a los mismos "calificadores" del Santo Oficio. Pero no se excluían medidas preventivas, como la registrada, en febrero de 1683, en el *Diario* de Robles: "Estos días ha quitado su Ill.ma las licencias de confesar y predicar y decir misa a los expulsos de la Compañía" (vol. II, p. 37).

[117] A la sensibilidad doctrinaria de Méndez Plancarte, escrupuloso comentarista de la obra de Sor Juana, se debe una serie de observaciones sobre los errores y las "impropiedades teológicas" que pueden encontrarse en ella. Véanse, por ejemplo, la nota a los vv. 69-72 del romance núm. 19; al v. 184 del romance núm. 25; y a los vv. 53-56 del romance núm. 27, en las pp. 385, 397 y 401, respectivamente, de las *O.C.*, I. También Leonard (1959, pp. 183-184) ha dado buenas indicaciones al respecto.

Otra posibilidad de carrera en el campo cultural en la Nueva España era, como antes se ha visto, la brindada por la universidad, inscrita en la eclesiástica y cercada por ella. En efecto, "las actividades intelectuales de la comunidad se centraban en su mayoría en la universidad de la ciudad de México y en los seminarios de las diversas órdenes religiosas, diseminados en torno a aquella municipalidad".[118] A la universidad se llegaba justamente a través de los "colegios seminarios" y de las escuelas regidas por las órdenes religiosas —parece incluso que el contingente de matriculación de elementos procedentes de éstos predominaba sobre el de los "seglares y clérigos", provocando un desequilibrio en las oposiciones a cátedras—[119] y "la enseñanza era casi toda neoescolástica, en sustancia teológica, conforme a la ideología de la Contrarreforma católica".[120] Eso no impidió que hombres de ciencia de la valía de Sigüenza y Góngora pudieran ejercer su magisterio desde una cátedra universitaria, aun cuando en ella surtieran más efecto y tuvieran más resonancia sus iniciativas estrictamente literarias y poéticas, de tipo retórico y exhortatorio, como su *Triunfo parténico* ("certamen poético" dedicado a ensalzar, en la universidad, el milagro de la Inmaculada Concepción),[121] que su actividad y su orientación teóricas y experimentales.

Un tono de celebración retórico-humanístico y laudatorio es justamente el carácter predominante de la vida cultural y literaria del siglo XVII mexicano. A él se acomodan sin esfuerzo los personajes de la cultura de la época, recurriendo todos a la forma expresiva (un lenguaje es casi una jerga) que mejor se adapta a una sociedad cerrada y culta, y además particularmente proclive a la filigrana barroca: la poesía. La poesía era, en efecto, "como la

[118] I. A. Leonard (1959, p. 67).

[119] Eso se deduce, por ejemplo, de una de las *Reales cédulas de la Real y Pontificia Universidad de México,* y concretamente de la cédula núm. 44, en las pp. 56-57 de la citada edición de Lanning, de fecha 11 de julio de 1652. El predominio de las órdenes religiosas sobre "seglares y clérigos" es siempre muy llamativo.

[120] I. A. Leonard (1959, p. 67).

[121] Un informe concreto sobre el *Triunfo parténico* puede leerse en las pp. 133 y ss. del libro de Leonard (1959).

puerta y como la condición *sine qua non* para entrar en cualquier otro ramo del saber y aun para la misma vida social", de forma que "en el siglo de Eslava y de Sor Juana, el que no sabía hacer una redondilla no era nadie y el que no podía rimar un soneto no tenía entrada en el paraninfo de la universidad"[122] ni en "Palacio", es decir, en la corte virreinal.

Al constatar que "la poesía es el nervio de la literatura en el XVII [mexicano]",[123] fuerza es subrayar que ello entraña varias consecuencias degenerativas o quizás una sola y multiforme consecuencia degenerativa. Al avanzar el siglo la literatura es cada vez más "literatura de acertijo, acróstico, centón, anagrama, rueda, laberinto y caligrama" y otras muchas composiciones y combinaciones puramente técnicas y mecánicas.[124] Fijándonos siempre en particular en el aspecto social y cultural de esta moda poética o, mejor dicho, de este modo de expresarse y de ser,

> los certámenes y justas poéticas —en una sola aparecen más de quinientos nombres— nos permiten apreciar tres fases del fenómeno. En primer lugar, un tono general de cultura humanística y letras eruditas que difícilmente encuentra comparación, si a la calidad media se suma la superabundancia. En segundo lugar, el hecho, típicamente colonial, de un grupo selecto que es público de sí mismo. En tercer lugar, el caso, muy digno de observarse, de una aristocracia que convierte en fiestas del espíritu sus *parties* y *picnics,* y sus salones en tertulias y ateneos poéticos.[125]

[122] Con esta descripción tan expresiva se inicia el capítulo sobre el "movimiento intelectual" en la Nueva España del padre Mariano Cuevas, S. J., en su documentada *Historia de la Iglesia en México* (1928, pp. 438 y ss.). Sobre el tema hay, pues, completa identidad de enfoque entre un historiador católico y uno laico, como Irving A. Leonard (1959) y Alfonso Reyes (1948).

[123] A. Reyes (1948, p. 88).

[124] *Ibidem.* Y continúa: "composiciones latino-castellanas al gusto de los gramáticos cordobeses y salmantinos —Pérez de Oliva, Morles—; versos retrógrados que se leen al revés o al derecho como en la decadencia romana, 'palíndromas' (Anita lava la tina), 'pangramatón' en que un verso se compromete a sumar todas las letras del alfabeto, 'metronteleón' en que el verso emplea todas las llamadas 'partes de la oración' y otras exquisiteces menos objetables al fin y a la postre que los 'colmos' o las 'palabras cruzadas' de nuestros días". A estas "exquisiteces" también Leonard (1959) les dedica un capítulo ("Some curiosities of Baroque Verse") de su libro (pp. 146-156).

[125] *Ibidem,* p. 94.

No es, pues, de asombrar que —"estrechados por los preceptos de la Contrarreforma en que les tocó educarse"[126] y por una serie de rígidas y precisas restricciones consecuencia de ellos— los intelectuales novohispánicos pudieran verse cautivados y seducidos por aquellas "fiestas del espíritu" o se conformaran casi por completo con el papel de "mandarines"[127] que la comunidad les asignaba, renunciando a funciones menos celebrativas y por ende más sustantivas y adecuadas al término mismo de intelectuales.

Rígidas y precisas restricciones —se ha dicho, en efecto, que la mezcla de pequeño conformismo y grave futilidad que acompañaba entonces, sobre todo, al ejercicio de la poesía no se justifica sólo con la clausura y el aislamiento aristocráticos de aquella civilización en sus aspectos públicos y culturales, sino también y simultáneamente con la clausura y el aislamiento impuestos por las severas medidas de la Contrarreforma—, más fáciles de aplicar allí —comparadas, digamos, con la propia España— a causa del más directo dominio de la Iglesia y de la estrechez e inconsistencia de lo que hoy llamaríamos "opinión pública" o consenso o disenso civil: justamente lo que en España presuponen, por ejemplo, la predicación brillantísima de un Gracián y el fermento de ideas creado en torno al admirable mensaje escénico de un Lope o un Calderón. Por lo demás, esta "apatía general", como la llama y define Durán, no ha de atribuirse por entero a la "ubicua Inquisición", la cual, aunque no siempre poderosísima (como se la pinta), dejaba, sin embargo, en aislamiento y soledad a quienes, como por ejemplo Sor Juana y Sigüenza y Góngora, "podían tratar de adoptar formas de vida distintas". Por tanto, "la soledad espiritual era, quizás, el más grave de los castigos".[128]

[126] *Ibidem,* pp. 94-95.

[127] La definición es también de Reyes (1948, p. 94).

[128] Tomo estas reflexiones del ensayo de Durán (1963, pp. 246-247). Durán escribe, en efecto: "Resulta en demasía cómodo culpar de todo a la ubicua Inquisición; los estudios de Julio Jiménez Rueda, y en particular *Herejías y supersticiones en la Nueva España,* tienden a mostrar que la Inquisición no causó en México un número demasiado elevado de víctimas; que las persecuciones y los autos de fe no fueron, desde luego, abundantes..."

Prohibida tiempo atrás, exactamente en 1531, toda "literatura de ficción" en las colonias españolas, éstas habían de contentarse con otra literatura (especialmente sermones); y combatida y bastante limitada por la censura inquisitorial la actividad teatral, buscaban satisfacción a las ansias de "espectáculo" en corridas, peleas de gallos y extravagantes "mascaradas", o en las procesiones y otros espectáculos religiosos mixtos.[129]

El caso del teatro novohispano es mucho más significativo: encaminado inicialmente, por un lado, hacia una fértil conjunción con las formas estéticas autóctonas,[130] y, sin embargo, abierto, por otro lado, a la provechosa importación y la discreta imitación de la excepcional producción española, de la cual llegaban siempre noticias o textos esporádicos y famosísimos, gracias sobre todo a la copiosa emigración intelectual de la metrópoli,[131] hacia mediados del XVI se había ido debilitando hasta reducirse a un teatro de palacio, restringido a los salones cortesanos y a las aulas universitarias, que suponían o imponían un gusto de elegante "complicidad" y picarescos sobrentendidos, como puede verse en una obra de Sor Juana: concretamente en el *Sainete segundo,* incluido en la representación de la comedia *Los empeños de una casa,* pequeña broma de "teatro dentro del teatro", con infinitas alusiones al circunscrito ambiente escénico cortesano, pero desde luego alejadísimo del gusto y del sentido del gran teatro con su público vasto y variado. El fenómeno se había transformado luego en un vacío inquietante o en una inevitable esterilidad creativa, desde que el teatro había sido el blanco del severo rigorismo del arzobispo Aguiar y Seijas.[132]

[129] El libro de I. A. Leonard (1959), aunque con una leve tendencia a lo pintoresco, ofrece una articulada información de estos aspectos "menores" de la vida del México colonial, sacada ampliamente de las diversas crónicas de la época. Véanse sobre todo los capítulos I, II, V y VIII ("A Mascarada").

[130] Véase para esto, en gran parte, el capítulo VI.

[131] Para documentarse sobre la emigración intelectual española en tierras mexicanas resulta muy valioso el capítulo IV ("Literary Migrants") del tan citado libro de Leonard. Una buena información sobre el movimiento teatral de esos tiempos está en el libro de A. de Maria y Campos (1959).

[132] El arzobispo englobaba en la misma condena a corridas y comedias: "Una causa muy principal de muchos pecados suelen ser las comedias y fiestas de toros...

Pero toda medalla —como suele decirse— tiene su reverso. No cabe la menor duda: las imposiciones de la ideología contrarreformista, las concretas prohibiciones del Santo Oficio[133] y la propia autocensura de los escritores —y quizás el inveterado "antintelectualismo hispánico" del que habla Américo Castro (en cuyos orígenes, motivos y consecuencias sobre personas e instituciones, más sobre las personas que sobre las instituciones, acaso conviniera ahondar)— determinaron en la cultura y la literatura, y mucho menos en las otras artes (especialmente arquitectura y pintura),[134] todos esos fenómenos de estancamiento que hemos descrito. No obstante, la vida cultural e intelectual mexicana disfrutó de una relativa libertad "de frontera", como demuestran ampliamente tanto los inventarios de algunas bibliotecas privadas (recogidos por Leonard), atestadas de todo tipo de libros "prohibidos", entonces fundamentales, e incluso en varias lenguas (en los cuales a menudo aparecen por ejemplo los nombres de Erasmo y Copérnico, de Kepler o Descartes),[135] cuanto los no pocos contactos que logró establecer con las culturas europeas más avanzadas, como más adelante veremos.

En tal panorama de difusa y asidua adhesión a los principios de la contrarreforma católica y a un tiempo de parciales aunque

Predicaba con grande acrimonia contra estos toros y comedias, *y los estorbó siempre que pudo*" (J. de Lezamis, 1940, p. 50). Además, se llevó de España 1 500 ejemplares de un libro devoto sobre el *Consuelo de pobres.* "Persuadía a los libreros que no tomasen libros de comedias, y trocó con algunos de ellos todos cuantos tenían por los dichos arriba de consuelo de pobres: *y luego quemaba los de las comedias*" (p. 54). (La cursiva es mía.)

[133] Ya se ha dicho que la "represión" cultural operada por él fue en sustancia limitada, como consigna también Leonard en la p. 105 de su libro (1959). Donde, en general, observa también: "Si la ortodoxia de la Península era rígida, amenazada por doctrinas heréticas en el Viejo Continente, fue apenas menor en los centros de Ultramar, rodeados por indígenas paganos o parcialmente cristianizados" (p. 54).

[134] Al respecto recuerdo una alusión de Leonard (1959, p. 54): "En casi ninguna parte compitieron en genio las obras locales con las de España, aun cuando la arquitectura barroca, el dibujo y otras manifestaciones conexas se mostraran considerablemente originales". Pero, sobre esto, remito al excelente libro de Manuel Toussaint (1948, *Arte colonial en México)* y a las numerosas obras, de carácter monográfico y general, de Manuel Romero de Terreros.

[135] Las conclusiones de las investigaciones de Leonard (1959), sacadas de los anales de la Inquisición, pueden leerse en los capítulos V, VI y IX de su libro.

muy significativas aperturas filosóficas, hallan su exacta inserción las personalidades de Sor Juana Inés de la Cruz y de Carlos de Sigüenza y Góngora. El parangón entre ambas figuras permite comprender mejor las posibilidades y los límites del movimiento intelectual mexicano en la segunda mitad del XVII.[136] Y es cabalmente aquí, en la indagación sobre un aspecto que los emparienta de modo específico y muy particular —no la literatura y las poesías elegidas como lenguajes de la época, y ni siquiera su similar aunque no igual interés por las cuestiones de su país, con su pasado complejo o su presente conflictivo—, y concretamente en su tendencia a un saber experimental, donde es preciso abrir un nuevo capítulo que iluminará un aspecto relevante de la personalidad, excéntrica en muchos aspectos, de Sor Juana, y servirá para fundamentar, de forma oblicua aunque nada secundaria, el discurso sobre su obra escrita.

[136] A más de en el estudio de Durán, y en varios pasajes del libro de Leonard, el emparejamiento de estas dos figuras aparece entre otros en los escritos de Francisco López Cámara (1950, pp. 107-131); José Rojas Garcidueñas (1964, pp. 51-65); Francisco de la Maza (1966); y Francisco Fernández del Castillo (1970, pp. 98-109).

II. SOR JUANA Y LA CIENCIA

Dos intelectuales y su distinto destino

Para el asunto que me he prometido desarrollar en este capítulo[1] —y que resultará un buen preludio para estudiar la obra poética de Sor Juana partiendo de su poema *Primero sueño*— es preciso comenzar justamente por Sor Juana y Carlos de Sigüenza y Góngora, a quien ya he mencionado. Lo primero que hay que decir es que ambos personajes se nos aparecen animados por idéntica ansia de saber; ambos poseen en común una análoga cultura humanística y científica; ambos tienden —aunque en niveles distintos— a un conocimiento experimental; ambos —en cierto periodo— se ven empujados hacia una política de *concentus* de los diversos grupos étnicos del país, etc. ¿Qué los diferencia? Sobre Sor Juana y sus avatares ya hemos hablado parcialmente, también en este sentido.

Examinemos, pues, la posición de Sigüenza y Góngora:

> Aquí tenemos —escribe Durán en una eficaz síntesis— a un sabio, erudito e investigador científico, catedrático de matemáticas (y también de astrología), que es aceptado —hasta cierto punto— por la sociedad de su tiempo, que se mueve en círculos oficiales, que ocupa cargos de importancia, es cosmógrafo principal del reino, capellán del Hospital del Amor de Dios, examinador general de artilleros, contable de la universidad, corrector de la Inquisición; recibe comisiones remuneradas que los virreyes le confían para la ejecución de

[1] El tema, con este mismo título, "Sor Juana et la science", ha sido afrontado de forma muy convincente en una sección del libro de Bénassy-Berling, 1982, segunda parte, capítulo III, pp. 125-135. A dicho capítulo y a otras partes contiguas del libro me referiré a veces. Personalmente he tratado ya este tema en "La tradición mágico-hermética y la literatura científica del siglo XVII", en el vol. I del libro *América Latina: palabra, literatura y cultura,* 3 vols., edición de Ana Pizarro (Memorial de América Latina, São Paulo, 1993).

ciertos trabajos; ataca a los que supersticiosamente creen en el poder maléfico de los cometas; cita a Gassendi, Descartes, Galileo, Kepler, Copérnico y a otros pensadores y científicos sospechosos de heterodoxia, sin ser castigado por ello; exalta la superioridad del análisis científico por encima de la sabiduría astrológica tradicional; es amigo de Sor Juana; cree en la duda metódica; afirma que ni el prestigioso padre Kino ni ningún otro matemático, así fuese el propio Ptolomeo, puede erigir dogmas en la ciencia astronómica, pues la autoridad no debe ocupar papel alguno en la misma, y solamente es válida la prueba y demostración de los hechos; se atreve a declarar que incluso Aristóteles, el príncipe de los filósofos, que durante tantos siglos ha sido aceptado con veneración y respeto, no merece crédito si sus juicios resultan opuestos a la verdad y a la razón. Y sin embargo, a pesar de todo ello, escapa al castigo.[2]

Muy diferente, como hemos visto, la suerte de Sor Juana. Pero lo que nos interesa destacar es más bien su diferente actitud, dentro de un marco de tendencias, inquietudes y preocupaciones similares.

Menos impedido por el sexo y los votos monásticos que la poetisa —escribe Leonard—[3] don Carlos había logrado escindir los intereses seculares de la autoridad de la tradición, permitiendo así a su pensamiento moverse sin estorbos en semejantes cuestiones. Si bien era sacerdote secular, no tenía que respetar ningún compromiso con superiores monásticos y era más libre que la religiosa, con sus lazos conventuales, de separar su racionalismo en la filosofía natural del dogma inmutable de la teología. De ahí se deriva una curiosa paradoja en la vida de estas dos individualidades de excepción: si la pena secreta de Sor Juana estaba en su imposibilidad de evadirse a un mundo de más dilatados horizontes, el íntimo dolor de Sigüenza fue no poder entrar en las estrechas mallas de una comunidad religiosa.[4]

[2] Durán (1963, pp. 243-244).

[3] I. A. Leonard (1959, p. 208). Leonard comparó a Sigüenza con Petrarca por su "curiosidad universal", y J. Lafaye (1977, p. 112) tituló un capítulo sobre S. "Un Petrarca mexicano". Pero más que el título vale el retrato que traza Lafaye.

[4] Leonard alude a los reiterados esfuerzos realizados por Sigüenza y Góngora para ser readmitido en la Compañía de Jesús, de la cual había sido expulsado muy

Pero aún hay más. Mientras que don Carlos eligió la vía de la propia afirmación a través de los poderes constituidos y sobre todo de los eclesiásticos, y dentro de los confines de su país, Sor Juana prefirió apoyarse sólo en la corte y especialmente en la protección o la amistad personal de la virreina, la condesa de Paredes, la cual promovió y solicitó la publicación en España de los dos primeros volúmenes de la monja-poetisa y quizá también de los siguientes (si es cierto que murió en 1721),[5] y consiguió, pues, granjearse una fama sólida y persistente fuera de México, de forma que don Carlos no pudo publicar sino una parte de sus obras, y Sor Juana, en cambio, imprimió en México sólo unos cuantos escritos devotos, y casi toda su obra en España.[6] El hecho tiene un enorme significado, pues cabalmente a esa fama exterior debemos la publicación y la supervivencia de uno de los raros documentos autobiográficos de la Contrarreforma, la *Respuesta a sor Filotea.* Y sólida fue, en efecto, la fortuna de Sor Juana en la metrópoli, donde ciertos detalles de su vida y de su fervor feminista se hicieron rápidamente célebres; además, su nombre triunfó también en Portugal y en todas las colonias españolas.

De ahí nace en sustancia una segunda paradoja (ligada a la primera, por lo demás): fundamentalmente conformista en su activi-

joven a causa de un insignificante acto de indisciplina. Sobre este episodio véase el detallado estudio de J. Delgado (1960, pp. XVI-XXIV) y el de E. J. Burrus (1953, pp. 487-491).

[5] La única autoridad eclesiástica que en cierto modo favoreció a Sor Juana fue el arzobispo fray Payo Enríquez de Ribera. La "singular patrona" de las obras de Sor Juana fue la virreina María Luisa Manrique de Lara, condesa de Paredes y marquesa de la Laguna, descendiente de los ilustres linajes de Santillana y Manrique y nobilísima, pues, "tanto por plumas como por espadas", y también poetisa. Protectora de Sor Juana había sido asimismo la anterior virreina.

[6] Según la bibliografía de Delgado (1960, pp. LVI-LXXXV), sólo veintiuna, incluidos los folletos, son las obras de Sigüenza que lograron ser publicadas, y todas en México; mientras que ascienden a veintidós las que no pudo publicar o terminar. De Sor Juana se imprimieron en vida siete ediciones de sus "obras completas", doce después de muerta (aparte cinco "ediciones supuestas"), y siempre en España. En México se publicaron el *Neptuno alegórico,* la *Carta atenagórica,* varios "villancicos", *El divino Narciso,* los *Ofrecimientos para el Rosario* y los *Ejercicios para la Encarnación.* (Naturalmente, hay que tener también en cuenta la penuria de papel que padeció el México colonial.) Sobre tal fortuna véase en el citado libro de Abreu Gómez (1934) la larga lista de "apologistas" y los argumentos de sus apologías.

dad pública y sus intervenciones civiles y políticas, don Carlos no lo fue en absoluto en su complejo discurso filosófico-científico; Sor Juana, por el contrario, no se mostró nada prudente sino que fue incluso atrevida en sus actitudes públicas y en las relaciones con algunas autoridades eclesiásticas, pero en la práctica y en la letra de su pensamiento especulativo no se apartó gran cosa de la escolástica y de una cultura firmemente anclada en los pilares tradicionales de la ortodoxia católica contrarreformista, y ni siquiera se alejó del camino común cuando hizo un uso a menudo convencional de los elementos eruditos, alegóricos y míticos de su tiempo. Y sin embargo en la poesía instauró —por un lado— el más fresco y delicado diálogo con el heterogéneo público de su tiempo,[7] y —por otro— gracias a ella, aunque no sólo gracias a ella,[8] puede decirse que la literatura culterano-conceptista, casi agotadas sus "necesidades" expresivas primarias en España, halló en una vertiente distinta y en cierto modo impensable, dentro del "invernadero" mexicano, una potencialidad nueva, una ulterior profundización y una última razón de ser.

Llegados aquí, habría que hablar, aunque sea marginalmente, de un episodio que muchos han juzgado negativo o contradictorio en la vida intelectual de Sor Juana: el soneto panegírico que dedicó al padre Eusebio Kino, casi al mismo tiempo en que su amigo Sigüenza y Góngora refutaba las tesis científicas de éste, escribiendo una dura crítica sobre el modo en que el jesuita trataba el fenómeno de los cometas, como se lee en su obra principal, la *Libra astronómica.* El soneto, efímero y elegante al tiempo como muchas de las dedicatorias personales de Sor Juana de carácter apologético, no merecería ser mencionado por su valor estético, aunque sí por las discusiones que ha provocado: se trata de un texto que si no desmiente, según algunos, su preocupación por los nuevos fermentos de la ciencia, en este caso la astronómica,

[7] A la parte más declaradamente popular de la obra de Sor Juana, o sea a los "villancicos", está dedicado el capítulo VI del presente libro.

[8] Una atenta lectura de la antología de A. Méndez Plancarte (*Poetas novohispanos, Segundo siglo,* 2 vols., México 1943-1945) y de otras obras poéticas no incluidas en dicha antología, puede llevar a discretos descubrimientos en este sentido.

muestra al menos cierta desatención y desde luego una conducta no muy sagaz respecto a un tema como el afrontado por su amigo Sigüenza. He aquí el soneto *(O.C.,* vol. I, p. 309):

> Aunque es clara del Cielo la luz pura,
> clara la Luna y claras las Estrellas,
> y claras las efímeras centellas
> que el aire eleva y el incendio apura;
> aunque es el rayo claro, cuya dura
> producción cuenta al viento mil querellas
> y el relámpago que hizo de sus huellas
> medrosa luz en la tiniebla oscura;
> todo el conocimiento torpe humano
> se estuvo oscuro sin que las mortales
> plumas pudiesen ser, con vuelo ufano,
> Ícaros de discursos racionales,
> hasta que el tuyo, Eusebio soberano,
> les dio luz a las Luces celestiales.

Sobre el significado de este soneto, que contrasta ciertamente con otras proposiciones científicas de Sor Juana y sobre todo suena como áspero mentís de las teorías de su amigo y colega Sigüenza y Góngora, se han acumulado muchos interrogantes y comentarios negativos de los críticos. Sus comentaristas más devotos han buscado palabras atenuantes (de las de Ezequiel Chávez a las de Francisco de la Maza, que afirma que en el soneto más que las ideas están en tela de juicio las personas);[9] pero las más convincentes consideraciones a este propósito son las sugeridas por Bénassy-Berling, según la cual "Sor Juana se vio empujada a hacer el elogio de Kino para congraciarse con la protectora de éste, la duquesa de Aveiro".[10] Había, es cierto, en Sor Juana, una lisonjera tendencia, por lo demás muy típica de la época, al panegírico de personas más o menos ilustres y, por tanto, a entregarse a fútiles y ya rituales alabanzas, reforzadas en este caso por el

[9] Para este tema remito al libro de Bénassy-Berling (1982, pp. 129-135), donde se analiza con gran minuciosidad y quizás excesivo escrúpulo.

[10] *Ibidem* (p. 13).

hecho de querer homenajear a un extranjero que tanto se ocupaba de México. Pero lo más importante, consignado ya en parte en el título del presente libro, es que había en ella una búsqueda y una necesidad de granjearse aliados y defensores, tal y como su aislamento, aun cuando muy a menudo superado, invocaba y exigía. Los elementos contradictorios de Sor Juana, en este o aquel terreno, y también en el científico, procedían todos en diversa medida de esa soledad que hemos registrado aquí más de una vez y que tiene los caracteres psicológicos y epocales inherentes al emblemático personaje. Estas contradicciones iban acompañadas, en lo que atañe a la ciencia (y la cosa se ha señalado aquí más de una vez), de una actitud insegura y desproporcionada, justificable en parte por su alejamiento de los escasos personajes científicos (de ciencia más o menos positiva) y de los escasos centros de investigación de su país y de su tiempo. Y así, un soneto, que no hubiera debido atraer sino poco más de una distraída atención, sirve para concluir un capítulo que a la ciencia (perseguida o sólo soñada, no lo sabemos) se ha dedicado, aunque sea de modo somero.

La ciencia y el "Nuevo Mundo"

Para tratar con plena seriedad e integridad el tema "Sor Juana y la ciencia" han de tenerse en cuenta dos cosas imprescindibles: el estado de la ciencia (y la filosofía) en el siglo XVII, y qué significaba afrontar argumentos científicos desde la perspectiva del Nuevo Mundo y del otro hemisferio (aunque tal conciencia, amén de tardía, siguió siendo muy vaga durante mucho tiempo). En el primer caso, no cabe ignorar que el XVII es el siglo de la Reforma y la Contrarreforma, pero es también, con una perspectiva de conjunto, el siglo de la llamada revolución copernicana o, mejor dicho, aquel en que se cumple el enorme (aunque controvertido y contradictorio) paso de la astrología a la astronomía, y más en general de un mundo todavía dominado por la magia a un mundo basado en la experimentación, etc. En el segundo caso deberá dilatarse la mirada a un hecho que en general se descuida: todos los habitantes del Nuevo Mundo y en particular algunos intelectuales de la talla de Carlos de Sigüenza y Góngora y de Sor Juana (ya que de ellos se habla), como algunos de otras naciones, digamos del Perú, debían de experimentar estos dos sentimientos más o menos conscientes aunque desde luego esenciales: primero, vivir en una tierra remota, recién "descubierta" por la civilización europea; y, segundo, contar entre sus antepasados con pueblos civilizados pero hasta entonces desconocidos para Europa.[11]

Naturalmente, es preciso entenderse con claridad, y hablaré aquí de ello de más de una guisa. La ciencia era para Sor Juana un campo de investigación anhelado, una aspiración profunda y, sobre todo, una exigencia racional que habría debido traducirse en experimentación efectiva, según las tendencias imperiosas de los tiempos, favorecidas transversalmente por la propia existencia del Nuevo Mundo; y en tal marco ha de ser juzgada. Pero su posición como monja y religiosa no era ciertamente la más llana para sacar adelante aspiración tan esencial, ni podía disponer ella de los instrumentos y contactos, por limitados que fueran, que tenía a su disposición Sigüenza. De esto, repito, volveremos a hablar. Pero es urgente advertir que una obrilla como el *Primero sueño,* con todos sus límites de obra absolutamente vinculada a la visión tolemaica y a la visión estética y retórica de la época y a veces hasta "neomedieval" en ciertos aspectos, es, sin embargo, un poema absolutamente excéntrico y —si consigo demostrarlo— inconcebible salvo en el ámbito americano o mejor dicho no europeo, gracias (aunque no sólo) a su íntima "exigencia" de ciencia...

Veamos las cosas desde sus exordios. Entre 1504 y 1543, entre la divulgación (por mediada que fuese) de la carta de Américo Vespucio a Lorenzo de Médicis donde se daba el anuncio del *Mundus Novus* —anuncio que era también una sanción—[12] y la

[11] A partir de aquí utilizaré, con numerosas y diversas modificaciones, otro texto mío, titulado *La tradizione magico-ermetica e la litteratura scientifica del secolo* XVII (que limitaré a la Nueva España), aparecido en español en el libro ya citado en la nota 1 de este capítulo.

[12] No entro aquí en la cuestión de la autenticidad de la relación de Vespucio titulada *Mundus Novus* (1504). Me basta con señalar una fecha en la que comenzó a

publicación de la obra de Copérnico en la cual se definían los términos del sistema heliocéntrico, se cumple, como es sabido, una revolución destinada a mudar radicalmente la concepción del mundo vigente hasta el momento. La luz de esos dos conocimientos paralelos se proyecta a lo largo de los siglos XVI y XVII y afecta a la conciencia de todos los hombres de ideas, de ciencia y de arte de aquel complejo periodo de penoso trabajo y de transición.

Poco a poco América se presenta a los ojos de Europa como el teatro ideal y concreto de esta mudanza sustancial, no sólo como lugar de elección de la utopía y la aventura. En tal contexto resultan esclarecedoras, aunque esporádicas, las tímidas alusiones de algunos científicos de los siglos XVI y XVII (Leonardo, Cardano, Gastaldi, Ramusio, Gilbert, Redi, Bacon, Galileo, Kepler, Wilkins, Borel y tantos otros) a acontecimientos y fenómenos del otro hemisferio, deducidos de la hazaña de Cristóbal Colón o de los numerosos cronistas de Indias,[13] antes de que el tema del Nuevo Mundo y de sus diversidades[14] impregne la lectura que harán, más adelante, antropólogos y filósofos.

Por otra parte, el lazo entre las crónicas (especialmente la de Fernández de Oviedo) y el inicio de una visión científica del mundo sobre nuevas bases es uno de los motivos dominantes del

difundirse la conciencia de la novedad de las tierras descubiertas. Véase A. Gerbi (*La natura delle Indie Nove,* Milán-Nápoles, 1917, pp. 47 y 59).

[13] Encuentro esta serie de referencias —aunque se trata sólo de unos cuantos ejemplos— en P. Rossi (*La scienza e la filosofia del moderni,* Turín, 1989), donde se recuerda a Bacon que cita a José de Acosta y sus observaciones sobre los trópicos (pp. 133-135); a Johannes Kepler que cita a Colón por sus "conjeturas del nuevo mundo" (p. 145); a John Wilkins, el cual pone en guardia contra la "incredulidad que había circundado el proyecto de Colón" (p. 186); y a Pierre Borel, que observa "cómo se escarneció durante siglos a los defensores de las antípodas y se rechazaron durante mucho tiempo los proyectos de Colón" (p. 182) y recuerda la necesidad de pensar en nuevos mundos habitados porque "si no las Indias, cuya utilidad hemos ignorado, y las Tierras australes, que nos son todavía desconocidas, habrían sido creadas en vano por esa misma razón" (p. 182).

[14] Gerbi (*op. cit.,* p. 222), a propósito del conocimiento de los "dos hemisferios" (consolidado en realidad más tarde) escribe: "Basándose en los datos geográficos suministrados por Oviedo, Ramusio publicaba un mapa del Nuevo Mundo que no sólo era uno de los más perfectos de aquel siglo sino que presentaba una novedad para entonces sensacional: la división del mundo en *dos hemisferios,* uno para el Viejo Mundo y otro para el Nuevo". (La cursiva es mía.)

libro, citado en nota, de Antonello Gerbi, *La natura delle Indie Nove,* como por ejemplo cuando escribe: "No cabe duda de que el descubrimiento de América fue un inmenso estímulo para la investigación naturalista y antropológica. Sus efectos sobre el pensamiento filosófico europeo fueron más tardíos, comenzando apenas a finales del XVI, con Montaigne y Giordano Bruno". O más adelante, donde escribe: "En los cronistas y científicos del XVI y de los siglos siguientes son abundantísimas las referencias directas a Oviedo y las claras derivaciones de éste".[15]

Además, siempre en dicho contexto, parece sintomático que dos personajes diferentes pero de grande e inquieto talento —Galileo Galilei y Miguel de Cervantes— manifestaran en años muy cercanos la intención de ir a América.[16] Al margen de las razones contingentes (Cervantes por motivos económicos y Galileo quizá para huir de la Inquisición), sigue en pie el hecho de que América representaba para ambos —y para muchos espíritus avisados de su tiempo— el centro de una realidad diferente, donde hallar una confirmación o una respuesta a ciertos

[15] Gerbi *(ibidem,* pp. 10 y 17). Tanto en el libro de Gerbi como en el de Rossi se hallan numerosas referencias de científicos que parten justamente de cronistas, y principalmente de Gonzalo Fernández de Oviedo: Francesco Redi, para su estudio de las víboras (p. 177 n.); Gerolamo Cardano, sobre el descubrimiento del bálsamo por el médico italiano Codro (noticia tomada de Pedro Mártir o de Oviedo) (p. 266); de nuevo Redi, sobre la "piedra diurética" observada en la iguana por Oviedo (p. 266), etc. Pero véanse, en el índice onomástico, los nombres de Leonardo, W. Gilbert, Bacon, Galileo, Newton, Humboldt, etcétera.

[16] Es cierto que desde 1611 a 1632 Galileo, interesado por cuanto se refería a América (por ejemplo, por el catálogo de las plantas desconocidas de las "Indias Nuevas" contenido en el libro *Ilustración mexicana* de Francisco Hernández, a cuya publicación se había dedicado la Accademia dei Lincei), pidió más de una vez que le permitieran suministrar su telescopio a las naves españolas que partían hacia el Nuevo Mundo, y viajar él mismo a Sevilla o a Lisboa para explicar su empleo a los navegantes, como recuerda Germán Arciniegas en *Galileo mira a América,* Instituto Español de Cultura, Roma, 1977 (Pliegos de Cordel). Ahora ese ensayo puede leerse en las pp. 126-155 del libro de Arciniegas *(Con América nace la nueva historia,* Bogotá, 1990). De la petición que hizo Cervantes al presidente del Consejo de Indias para obtener un empleo en América (se enumeran en ella cuatro puestos vacantes, dos en Nueva Granada, uno en Guatemala y uno en La Paz), se ocupan las principales biografías del escritor. Véase, por todas, la más reciente: la de Jean Canavaggio *(Cervantes,* París, 1988, pp. 172 y ss.).

interrogantes de la época, así como la adquisición candente de un nuevo imaginario.

Y lentamente la misma América, entonces bajo el dominio colonial español, toma conciencia de esta especial "centralidad descentrada" suya, y si no de su misión científica, sí al menos de su posibilidad de insertarse en el "diálogo sobre los máximos sistemas", para pronunciarse autónomamente, con los instrumentos de la razón o con los recursos de la magia, sobre los mecanismos no resueltos de la naturaleza y el cosmos. Tímido indicio de esta orientación es la aparición, ya en el XVII, de una literatura de fondo científico, que no es aún la que caracterizará al siglo siguiente aunque prefigura algunos de sus rasgos esenciales. Y así el *Primero sueño* de Sor Juana Inés de la Cruz puede considerarse un primero y acaso informe indicio de esa *poesía científica y didascálica* que incluso en su puntual definición pertenece al XVIII ilustrado: una definición que apunta a una producción poética enteramente dedicada a la naturaleza, ahora vista *no* con una óptica bucólica y nostálgica, sino con una visión descriptiva y analítica, como conviene a los contemporáneos avances de la ciencia. (En ella, como es sabido, confluirán tanto las composiciones de James Thomson como las del abate Jacques Delille, tanto las de Giuseppe Parini y Lorenzo Mascheroni, como las más tardías de Andrés Bello en América. Más aún, es preciso recordar que Bello coincide con Parini no sólo en los fragmentos del *Giorno* donde éste habla del café, del cacao y el azúcar y de América, sino también en la oda *L'innesto del vaiolo* ["La vacuna de la viruela"], paralela a la oda de Bello *A la vacuna.)*

Queda por ver, en este punto, cómo puede llamarse científica una literatura basada fundamentalmente en la tradición mágico-hermética, y por qué ésta halla en América, en la época colonial, un terreno de referencias no casuales, con asideros en lo que se ha denominado el alba del pensamiento científico, dado que Carlos de Sigüenza y Góngora (pero no sólo él) mantenía correspondencia sobre su actividad con matemáticos y astrónomos alemanes y españoles, y sus citas, en sus mejores obras científicas, van de Galileo a Gassendi, de Copérnico a Descartes.

Sobre la primera de las proposiciones mencionadas (si puede llamarse científica la tradición mágico-hermética) recordaré lo que escribe Paolo Rossi en un texto reciente:[17]

> Los bordes de ese increíble y bellísimo tapiz que tejieron en la época del Renacimiento magos y alquimistas se superponen además al tejido de la ciencia y la técnica modernas. Magia y ciencia constituyen, en el umbral de la modernidad, un entrelazamiento nada fácil de desentrañar. La imagen, de derivación ilustrada y positiva, de una marcha triunfal del saber científico a través de las tinieblas y supersticiones de la magia parece hoy definitivamente superada. A través de una serie de importantes estudios (E. Garin, W. Pagel, F. A. Yates, P. D. Walker, A. Debus) hemos llegado a darnos cuenta, con creciente claridad, del relevante peso que la tradición mágico-hermética ejerció sobre el pensamiento de no pocos de los representantes de la revolución científica.

Relacionada con este asunto está la segunda proposición antes mencionada: cómo y por qué América fue un lugar privilegiado de la influencia mágico-hermética y en particular de uno de sus representantes, Atanasio Kircher, y fue el terreno natural y propicio para la difusión de lo que podemos llamar sumariamente cultura barroca.

A propósito de Kircher, por ejemplo, y de su atracción por América como Mundo Nuevo, recuérdense las palabras de Vossler: "El entusiasmo excitante del padre Kircher se transmite a través de toda su ambiciosa obra. Para él el descubrimiento del Nuevo Mundo y la invención del telescopio fueron dos emocionantes acciones de Dios que hacían urgente una nueva revisión del sistema del universo" *(Iter esteticum coeleste,* prólogo, p. 12).[18] Cultura barroca, decía: y aquí el campo se ensancha indefinidamente. Mas no hasta el punto de no poder atribuir las incitaciones, ideas y mitos de una cultura universalista y sincrética, como la desarrollada por los jesuitas, a los diversos gérmenes de

[17] P. Rossi, *La magia naturale del Rinascimento,* introducción a los textos de Agrippa, Cardano y Fludd, "Strenne" UTET, Turín, 1989, p. 28.

[18] K. Vossler (1953, pp. 13-14).

autonomía, a los intentos de fundación y apropiación del pasado, a los tímidos aunque significativos brotes de patriotismo y de orgullo nacional criollo, visibles (y aún no se ha dicho lo bastante) en Sigüenza y Góngora con sus estudios arqueológicos y sobre el mundo prehispánico, en Sor Juana con sus *Autos sacramentales* o sus *Villancicos,* o, en la prosa oratoria, en el padre Pedro Avendaño (es sólo un ejemplo entre muchos), ora en una, ora en otra de aquellas vertientes de la actividad literaria y cultural. Y esto presupone, y es importante subrayarlo, una nueva lectura de la literatura colonial, en la cual deben verse *in nuce* no pocos de los desarrollos de la posterior. Sí, incluso Sor Juana, en su pequeñez, transforma a Cristóbal Colón en una especie de científico *ante litteram,* cuando en la loa del auto *El mártir del sacramento, san Hermenegildo,* pone en sus labios: "Más mundo hay...", y otras cosas que Colón jamás soñó en decir *(O.C.,* vol. III, pp. 106-107).

Si bien en la Nueva España, o sea en el México colonial, la cultura humanística había conocido una gran expansión, incluso con diversos excesos académicos, la situación de las ciencias y de la correspondiente literatura fue allá mejor que en otras zonas de la colonización española. En un largo periodo de prosperidad y paz, desde mediados del XVI hasta pasada la mitad del XVII, paz y prosperidad gestionadas por la política prudente y mediadora de los virreyes, la vida cultural novohispánica alcanzó notable densidad y una gran consistencia, aun con los caracteres elitistas y restringidos propios de una sociedad "de corte y convento". Basta pensar, hay que repetirlo, en la existencia simultánea de un científico muy serio profusamente versado en cosas de exquisita poesía y prosa, como fue Carlos de Sigüenza y Góngora, y de una refinadísima poetisa y escritora versada en cosas de ciencia. Dos vocaciones distintas, aunque con parecida ansia de conocimiento e imaginación.

Y si el pequeño renacimiento literario de la Nueva España, que, a imagen italiana, hizo de la ciudad de México una nueva Florencia o una Salamanca, como se deduce de los diálogos latinos de Francisco Cervantes de Salazar o mejor aún de las octavas de la *Grandeza mexicana* de Bernardo de Balbuena, no entró en pugna con las tendencias científicas de un núcleo de intelectuales muy sutiles, sino que recreó en tierras americanas la figura compleja y multiforme —entre vocación literaria y vocación científica— del humanista a la manera de Pico de la Mirándola (citado por Sigüenza) o del mismo Galileo *(idem),* ello ha de atribuirse en gran parte a la presencia y la enseñanza de los jesuitas. Los cuales, llegados a México en 1572, establecieron allí en el siglo siguiente una auténtica hegemonía política y cultural, ideológica y doctrinal. Ellos "introdujeron en sus colegios autores latinos profanos: Ovidio, Horacio, Virgilio, vehículos de la mitología antigua",[19] ellos fueron los promotores de muchas iniciativas culturales, los defensores de la Universidad Real y Pontificia de la capital y los empresarios de diversas actividades artísticas y de investigación. Pero sobre todo, tanto por su manifiesta tendencia al sincretismo religioso como a lo que podríamos llamar "sincretismo político" (en favor de una sociedad mixta, pluriétnica, controlada por ellos y por los criollos), abrieron las puertas a los nuevos descubrimientos e innovaciones científicas.[20] Según Octavio Paz, "la fuente del sincretismo jesuita se encuentra, aunque parezca extraño, en el hermetismo neoplatónico renacentista" y en el *Corpus hermeticum.*[21] No cabe excluir, en cambio, que fuera justamente la voluntad de poder y de conciliación universalista, perseguida a través del doble sincretismo enunciado, el motivo principal de la buena acogida y el discreto éxito que obtuvo en México el hermetismo, "impregnado de filosofía antigua y racionalismo, ciencia y magia" (siempre según Paz). Habiendo olfateado en el aire, o bien por muchos indicios y señales, el descrédito al que parecía abocado o al que se encaminaba sin más el geocentrismo tolemaico, se vio que la adopción plural del hermetismo o la aceptación de teorías intermedias como las de Tycho Brahe o Giovanni Battista Ricciolo (más de una vez recordado por Sigüenza) por

[19] J. Lafaye *(op. cit.,* 1977). El libro de Lafaye contiene otras numerosas noticias y observaciones interesantes sobre los jesuitas.

[20] A propósito de sincretismo religioso e ideológico véase lo que escribe O. Paz en el capítulo "Sincretismo e imperio" de su libro de 1982.

[21] O. Paz (1982, p. 59).

la Compañía de Jesús y, tras sus huellas, por un grupo de astrónomos novohispánicos,[22] concordaba exactamente con un diseño universalista, salvando así las instancias religiosas y preservando su fidelidad a las Sagradas Escrituras.[23] Por un lado, la mezcla de magia y ciencia propia del hermetismo colocaba a esta doctrina, tan atractiva como enigmática, al abrigo de anatemas, condenas y censuras del Santo Oficio (en 1648 hubo en México un despiadado "auto de fe"), y, por otro, la propia capacidad de adaptación de dicha doctrina permitía transferir al campo de las ideas la táctica conciliadora (en cuanto sincretista) pero sobre todo innovadora de la estrategia cultural jesuítica en el Nuevo Mundo. No olvidemos que los temas y problemas científicos implicaron personalmente a numerosos representantes de la Compañía de Jesús: a ella pertenecían en efecto Atanasio Kircher, máximo representante del hermetismo, el astrónomo italiano Ricciolo, el misionero y astrólogo-astrónomo tirolés, trasplantado a México a partir de 1680, Eusebio Francisco Kino y el mismo Sigüenza, cuyas relaciones con la Compañía, como ex jesuita, se caracterizaron por varias solicitudes de readmisión.[24]

Hay, no obstante, otro aspecto primordial de la predicación y por tanto de la ideología de los jesuitas que hay que poner de relieve: así como fueron "favorables a las asimilaciones, a veces audaces, de las creencias politeístas locales con la tradición de las Escrituras",[25] lo cual define justamente su sincretismo, se presen-

[22] De las teorías "erradas" de Tycho Brahe, aparte el valor de algunas de sus observaciones, se nutrió el compromiso jesuítico entre ciencia y teología.

[23] "Destacan en general —y casi como grupo o comunidad científica, aunque hemos dicho que no las había— los jesuitas difusores de las ideas modernas, pero siempre adaptadas a la doctrina católica. De ellos provino el descrédito del geocentrismo, aunque no aceptaran explícitamente la teoría copernicana. Promovieron además el atomismo, la gravitación universal, la neumática y la óptica modernas, y en general la inclinación hacia el método de observación, experimentación y crítica, demoledora de los conceptos tradicionales que aún sustentaban." Según la página 12 de la introducción a la *Historia de la ciencia en México,* edición de Elías Trabulse, 2 vols., México (1983). Inútil decir que para esta parte es indispensable el anterior libro de Elías Trabulse, *Ciencia y religión en el siglo* XVII, México (1974).

[24] Como se ha visto en el capítulo y el apartado anteriores.

[25] J. Lafaye *(op. cit.,* 1977, p. 109).

taron también como portavoces del ascenso económico y político de la burguesía criolla y al mismo tiempo de unas capas intelectuales con caracteres modernos y "nacionales". Algunos intelectuales —los más ilustrados, claro, como Sigüenza y Góngora— se dispusieron a revisar la historia de la Nueva España a través de la recuperación de los antiguos monarcas del imperio mexicano anterior a la Conquista. Sobre tal fundamento se explica asimismo la división en dos grupos de los intelectuales novohispánicos: "el de los peninsulares, que defendían el aristotelismo (organicismo) como reflejo de su posición política conservadora; y los criollos, que en su afán de vencer a los peninsulares adoptaron en la ciencia la tradición que en Europa había 'sustituido' al organicismo aristotélico y que consistía en la aplicación de las doctrinas mágico-herméticas-neoplatónicas".[26]

Llegados aquí convendrá, empero, pasar de tales consideraciones generales a cuestiones más específicas y particulares, ofreciendo de inmediato un breve panorama del desarrollo de las ciencias en la Nueva España.[27] Lo primero que hay que señalar es que razones ambientales y económicas concretas (la prosperidad de la que antes hablábamos se debió principalmente a las riquísimas minas mexicanas) favorecieron la aparición y consolidación de algunas ciencias aplicadas o tecnologías, como se desprende del notable desarrollo de la física y la ingeniería minera, y, por otro lado, de la ingeniería hidráulica (lo cual es válido igualmente en la actualidad), a causa de la necesidad de sanear el valle lagunoso donde se alzaba Tenochtitlán y, sobre sus ruinas, la ciudad de México. En esa misma línea han de enumerarse el estudio del territorio, la técnica de mediciones en superficie de las minas y la técnica náutica. De éstas y otras ramas de la investigación científica en México pueden hallarse numerosos ejemplos textuales en el segundo volumen antológico de la *Historia de la ciencia en México,*

[26] *Historia de la ciencia en México,* p. 15.

[27] A propósito de la ciencia en México en el siglo XVII, recuerdo también la opinión general de Bénassy-Berling (1982, p. 56): "En cualquier caso, existió realmente en la Nueva España una vida científica, aunque no soportara la comparación con la que conocían los países más adelantados de Europa".

dirigida por Elías Trabulse.[28] De ella se pueden sacar los nombres de Enrico Martínez, fray Andrés de San Miguel, y los ingenieros Fernando de Cepeda y Fernando del Castillo (para los problemas de ingeniería hidráulica), y los de Juan Antonio de Mendoza y González, Francisco Xavier Gamboa y José Ignacio Borunda, ya en el siglo XVII (para los problemas de técnicas mineras).

Pero el testimonio más significativo, único capaz, creo yo, de transmitirnos el sentido y el clima reales y peculiares de la ciencia en México en el XVII, nos lo proporciona un libro de Sigüenza y Góngora: *Libra astronómica y filosófica,* escrito en 1682 y publicado en 1690. En su dilatada y variada obra de polígrafo —libros históricos, apologéticos, devotos, de circunstancias, de poemas de todo tipo y hasta una novela de viajes y aventuras, sólo en parte llegados hasta nosotros—,[29] la *Libra* (forma áulica que equivale a "balanza", y por ende a juicio, examen o identificación) es importante por dos motivos: primero, por su validez científica, demostración del buen nivel de los estudios astronómicos de Sigüenza y Góngora en México; y segundo, como prueba de la presencia en la Nueva España de un núcleo de intelectuales de discreto relieve y, en su seno, de un debate nada superficial, nada circunscrito.

Para el primero de estos aspectos, la investigación que Sigüenza llevó a cabo sobre la naturaleza y los caracteres de los cometas (a mediados de noviembre del año 1680 había aparecido un cometa) posee un valor de requisitoria y polémica contra quienes aún atribuían a esos fenómenos celestes un significado astrológico y augural (o mejor dicho, de mal agüero). Blanco principal de la polémica era un jesuita tirolés, el padre Kino, ya recordado, y en segundo plano otros dos científicos locales: Martín de la Torre, "que desde Flandes había ido a parar a Campeche",[30] y Josef de Escobar Salmerón y Castro, catedrático de medicina en la universidad de la ciudad de México. Y aquí aflora el segundo motivo

[28] Véase la nota 23 de este capítulo.

[29] Para la bibliografía del sabio mexicano remito al lector a la preparada por W. G. Briant para la edición de las *Seis obras* de Sigüenza, impresas en 1984 en la colección Biblioteca Ayacucho (Caracas).

[30] Así J. Gaos (1959, p. V). Sigüenza habla del padre Kino en el texto (1959, p. 19).

antes enunciado (la presencia de un grupo de intelectuales en discusión entre sí): así lo demuestra el que no es Sigüenza el único en empeñarse en refutar a algunos colegas, sino que enlaza también con las investigaciones ya realizadas por su maestro fray Diego Rodríguez y por otro colega, Gabriel López de Bonilla, "astrónomo mexicano", los cuales ya habían adoptado las Tablas Ticonianas (de Tycho Brahe), tomadas del *Supplemento* de Giovanni Antonio Magini,[31] recabando el testimonio, en favor de sus tesis "modernas", de numerosos científicos de Europa, entre ellos algunos de sus "grandes amigos y corresponsales" españoles, como el polígrafo y obispo Juan Caramuel, y José de Zaragoza, también miembro de la Compañía de Jesús.[32] Lo cual demuestra cabalmente, al margen de los resultados conseguidos, la existencia de un nutrido debate y de un número nada exiguo de hombres de ciencia en México.

Ciertamente es impensable considerar a Sigüenza y Góngora, por este libro, como un partidario consciente de Copérnico, ni tampoco como un decidido defensor del sistema heliocéntrico; sin embargo, amén de los diversos lazos que muestra haber tenido con las investigaciones del propio Copérnico, con Galileo, Kepler, Gassendi y Descartes, su trabajo denota un gran orgullo científico "nacional" (también en esto el Nuevo Mundo, por su distinta perspectiva geográfica, desempeña un papel especial en el estudio de los fenómenos astronómicos) y una segura conciencia de su propia posición "moderna".

Una última observación merece la *Libra astronómica* de Sigüenza y Góngora. Se ha dicho que en ella hay "un *crescendo,* literariamente dramático, sin que le quite este carácter el ser el estado de

[31] *Ibidem,* p. 181.

[32] De Caramuel escribe Sigüenza: "mi grande amigo y correspondiente finísimo" *(ibidem,* p. 33). Téngase en cuenta, para una correcta inserción de Sigüenza en el debate científico mundial, que en el "Prólogo a quien leyere" de Sebastián de Guzmán, que antecede a la edición de 1690, éste escribe (a propósito del Belerofonte matemático, incluido en la *Libra)* que en él "se hallaban cuantos primores y sutilezas gasta la trigonometría en la investigación de las paralelas y refracciones, y la teórica de los movimientos de las cometas, o sea, mediante una trayección rectilínea en las hipótesis de Copérnico, o por las espiras cónicas en los vórtices cartesianos" (p. 14). (La cursiva es mía.)

ánimo de don Carlos, traducido por el estilo, cada vez más de burla para el padre Kino".[33] La obra, en otros términos, denota a su vez, y acaso más que los textos explícitamente literarios de nuestro autor, un tinte de ironía y un rigor de escritura verdaderamente singulares. No obstante, hay que decir que Sigüenza nunca creyó en la divulgación científica expresada en bellas letras y hermoso estilo, aun demostrando, en muchas ocasiones, ser por entero y totalmente un hombre de cultura; y, por tanto, nunca mezcló —como hicieron en cambio (y positivamente) casi todos los intelectuales de su siglo en Europa—, las dos vocaciones: la artística y la científica.

La ciencia en la "Respuesta a sor Filotea"

Quien sí se anticipó desde este punto de vista al siglo siguiente fue en cierto sentido Sor Juana Inés de la Cruz, al menos en su poemilla *Primero sueño,* así como, en formas diversas y a veces más transparentes y convencidas, en la *Respuesta a sor Filotea de la Cruz* (1690).[34] El primero en advertirlo fue Karl Vossler cuando, con una pizca de exageración, escribió: "El esquema medieval, ya tan gastado, del sueño encerrando una intención dogmática se rejuvenece en este poema con el ansia de saber que despierta y precede a la poesía de la *Aufklärung.* Se piensa en Albrecht von Haller, y llegan incluso a adivinarse en esta obra los primeros callados acordes de una atmósfera prometeica y fáustica".[35] Aparte esta última frase, sobre la que volveré más adelante y que sin embargo ha de relacionarse también con la misma "ansia de saber", Vossler confirma aquí, con su autoridad, cuanto escribíamos al

[33] Así J. Gaos (1959, p. IX). El mismo autor se detiene con más detalle sobre esas mismas características en la p. XX.

[34] Son estas dos obras las que aparecen asimismo en la *Historia de la ciencia en México* ya citada.

[35] Cfr. el ensayo de Vossler (1944, p. 137). Vossler remacha más de una vez este juicio en el estudio "El mundo en el sueño", que aparece en la edición española tomada de la edición alemana del *Primero sueño,* Facultad de Filosofía y Letras de la Universidad de Buenos Aires, 1953, edición de Gerardo Moldenhauer.

inicio de este estudio a propósito de la poesía científica dieciochesca de impronta ilustrada. El carácter a menudo divulgativo o moralizante, como en Haller, Delille o Parini, es una prueba segura o en cualquier caso suficiente.

Este anhelo científico, no siempre expresado del todo, aunque siempre modernamente entendido, incluso cuando aparece entremezclado con sus iniciales implicaciones mágicas o herméticas y hasta neomedievales, ha de considerarse la puerta de entrada al *Primero sueño,* o mejor dicho, una de las claves que nos desvelan su compleja red de significados y a un tiempo ahondan en su abstruso tejido metafórico. Y algo que está antes de esa puerta o esa clave ha de verse en el testimonio directo de su vocación racional y científica repetidamente confesada en la *Respuesta a sor Filotea.* Si aquí examinamos antes esta obra, seguramente posterior al *Sueño,* es porque evoca un pasado efectivo y por ende se sitúa en probable anticipación diacrónica. Se ha escrito en síntesis:

> El lector atento de la *Respuesta a sor Filotea* encontrará la misma ardiente pasión [con respecto al *Sueño*] por la observación científica. No se trata, pues, sólo de una enésima prueba de erudición, sino de una adhesión profunda al mundo de la ciencia, con su lectura renovada del universo. En la *Respuesta* emerge sobre todo la apertura a la observación del universo, polémicamente contrapuesta a un saber meramente libresco. De desconcertante novedad es sobre todo el hincapié que se hace en las cualidades femeninas de este empirismo. La cocina se transforma en una fuente insospechada de conocimiento, hasta la formulación graciosamente provocadora sobre Aristóteles: ¡lástima que el gran filósofo no guisase![36]

Y ahora veamos los detalles de ese texto autobiográfico. En él, efectivamente, no se ensalzan sólo la "facilidad para hacer versos" o "el amor a las letras", sino también el vastísimo ámbito de la experimentación científica. El saber, entre otras cosas, no aparece escindido —como era por lo demás característica eminente de las culturas de la época— en la actual formación de las "dos cul-

[36] A. Melis (1985, pp. 16-17).

turas", humanística y científica, sino que se muestra en un compacto y único bloque de conocimiento y sabiduría, aunque puesto —como veremos— bajo las alas de la teología, como también por otra parte en Newton.

Las palabras más frecuentes en el texto de la *Respuesta* son *inclinación, entendimiento, sabiduría* y, en algún punto, *experiencia,* porque el primer contacto con el estudio, su obstinada prosecución pese a las obligaciones de la comunidad religiosa o, peor, de las persecuciones sufridas, la capacidad de entrever en toda materia artística o cultural una conexión e incluso un conectivo y una unidad, pertenecen al bagaje vital que Sor Juana se construye, vive y a veces sufre en propia carne. No es pues de asombrar que de esas palabras brote, por íntimo convencimiento o por arrollador talento, una auténtica concepción y observación *experimental* del mundo. Esto se ve con gran claridad en varios puntos del texto, pero sobre todo en dos pasajes esclarecedores.

En el primero lo que se advierte con mayor claridad es justamente la unidad del saber. En un primer momento ella, siguiendo las huellas de san Buenaventura,[37] quizá por prudencia o por íntima convicción (nunca lo sabremos), parece limitarse al dogma, haciendo descender todas las ciencias de la teología: "Con esto proseguí [estudiando], dirigiendo siempre, como he dicho, los pasos de mi estudio a la cumbre de la Sagrada Teología; pareciéndome preciso, para llegar a ella, subir por los escalones de las ciencias y artes humanas; porque, ¿cómo entenderá el estilo de la Reina de las Ciencias quien aún no sabe el de las ancilas?" A esta primera interrogación siguen otras frases interrogativas del mismo tipo: "¿Cómo sin Lógica sabría yo los métodos generales y particulares con que está escrita la Sagrada Escritura?" Y tras la lógica se enumeran y despliegan, en la misma línea, la retórica, la física, la música, la aritmética, la geometría, la arquitectura, la historia, el derecho, etcétera, etcétera.

Pese a tal premisa, más adelante, al explicar con mayor profundidad sus ansias de saber, Sor Juana cuenta que se aplicaba simultáneamente a muchas y diversas materias, sin otro orden

[37] San Buenaventura fue nombrado *Magister Theologiae* en 1257.

que el de la alternancia entre materias que aparecían como de "estudio" y otras que le parecían de "diversión". Y justamente en este punto, desplazando la aserción inicial, introduce la palabra *experiencia* y se alinea casi sin percatarse con las exigencias de la ciencia positiva.

> De donde se sigue que he estudiado muchas cosas y nada sé, porque las unas han embarazado a las otras. Es verdad que esto digo de la parte práctica, en las que la tienen, porque claro está que mientras se mueve la pluma descansa el compás y mientras se toca el arpa sosiega el órgano *et sic de coeteris;* porque como es menester mucho uso corporal para adquirir hábito, nunca le puede tener perfecto quien se reparte en varios ejercicios; pero en lo formal y especulativo sucede al contrario, y quisiera yo persuadir a todos con mi *experiencia* a que no sólo no estorban, pero se ayudan dándose luz y abriendo camino las unas para las otras, por variaciones y ocultos engarces —que para esta cadena universal les puso la sabiduría de su Autor—, de manera que parece se corresponden y están unidas con admirable trabazón y concierto. Es la cadena que fingieron los antiguos que salía de la boca de Júpiter, de donde pendían todas las cosas eslabonadas unas con otras. Así lo demuestra el R. P. Atanasio Kircher en su curioso libro *De magnete.*[38]

En el segundo pasaje que voy a transcribir es todavía más decidido y neto el tránsito hacia la observación experimental. Cuenta Sor Juana que "una vez lo consiguieron [prohibirle estudiar] con una prelada muy santa y muy cándida que creyó que el estudio era cosa de Inquisición y me mandó que no estudiase. Yo la obedecí (unos tres meses que duró el poder ella mandar) en cuanto a no tomar libro, que en cuanto a no estudiar absolutamente, como no cae debajo de mi potestad, no lo pude hacer, porque aunque no estudiaba en los libros, estudiaba en todas las cosas que Dios crió, sirviéndome ellas de letras, y de libro toda esta máquina universal". (Y en este punto Roberto Paoli, en su antología, recuerda

[38] El *De Magnete* o *Magneticum Naturae Regnum* (Roma, 1667) es una de las obras del erudito jesuita alemán Atanasio Kircher (1602-1680), obra que Sor Juana poseía y había leído con gran atención. (La cursiva es mía.)

que tal figura —el libro del universo— "en el XVII se convierte en una metáfora de la que se sirve la nueva física", como se ve por estas palabras de Galileo, tomadas de *Il Saggiatore:* "La filosofía está escrita por este libro que de continuo tenemos abierto ante los ojos [me refiero al universo]; pero no se puede entender si antes no se aprende a entender la lengua, y a conocer los caracteres con los cuales está escrito. Está escrito en lengua matemática, los caracteres son triángulos..., etc.)"[39] Pero Sor Juana prosigue así su narración:

> Nada veía sin refleja; nada oía sin consideración, aun en las cosas más menudas y materiales; porque como no hay criatura, por baja que sea, en que no se conozca el *me fecit Deus,* no hay alguna que no pasme el entendimiento, si se considera como se debe. Así yo, vuelvo a decir, las miraba y admiraba todas; de tal manera que de las mismas personas con quienes hablaba, y de lo que me decían, me estaban resaltando mil consideraciones: ¿De dónde emanaría aquella variedad de genios e ingenios, siendo todos de una especie? ¿Cuáles serían los temperamentos y ocultas calidades que lo ocasionaban? Si veía una figura, estaba combinando la proporción de sus líneas y mediándola con el entendimiento y reduciéndola a otras diferentes. Paseábame algunas veces en el testero de un dormitorio nuestro —que es una pieza muy capaz— y estaba observando que siendo las líneas de sus dos lados paralelas y su techo a nivel, la vista fingía que sus líneas se inclinaban una a otra y que su techo estaba más bajo en lo distante que en lo próximo: de donde infería que las líneas visuales corren rectas, pero no paralelas, sino que van a formar una figura piramidal. Y discurría si sería ésta la razón que obligó a los antiguos a dudar si el mundo era esférico o no. Porque, aunque lo parece, podía ser engaño de la vista, demostrando concavidades donde pudiera no haberlas.

Y en este punto Sor Juana, por un solo instante, compara esta tendencia empírica con su "hacer versos", como abriendo para

[39] En Sor Juana Inés de la Cruz, *Poesie,* ed. de Roberto Paoli (1983, p. 290). En la página siguiente Paoli, siempre a propósito del mismo pasaje, anota: "Sor Juana es aquí claramente consciente y partidaria del método experimental en el cual la ley física es sometida a observación".

éstos un paso de diversa índole con respecto a la poética barroca y dejando entrever una repentina prolepsis de tipo ilustrado:

> Este modo de reparos en todo me sucedía y sucede siempre, sin tener yo arbitrio en ello, que antes me suelo enfadar porque me cansa la cabeza; y yo creía que a todos sucedía esto mismo y el hacer versos, hasta que la experiencia me ha mostrado lo contrario; y es de tal manera esta naturaleza o costumbre, que nada veo sin segunda consideración. Estaban en mi presencia dos niñas jugando con un trompo, y apenas yo vi el movimiento y la figura, cuando empecé, con esta mi locura, a considerar el fácil moto de la forma esférica, y cómo duraba el impulso ya impreso e independiente de su causa, pues distante la mano de la niña, que era la causa motiva, bailaba el trompillo; y no contenta con esto, hice traer harina y cernerla para que, en bailando el trompo encima, se conociese si eran círculos perfectos o no los que describía con su movimiento; y hallé que no eran sino unas líneas espirales que iban perdiendo lo circular cuando se iba remitiendo el impulso.[40]

Sor Juana sigue dando en la *Respuesta* otros casos de su ingenua experimentación: los más sabrosos, diríase que inspirados en un delicado y casi burlón feminismo, son los que vienen inmediatamente después, tomados de su experiencia en la cocina. Y son cabalmente ellos los que, como se ha visto, suscitan la atrevida y extraña exclamación: "Si Aristóteles hubiera guisado, mucho más hubiera escrito". Naturalmente, no son éstos los únicos signos de la presencia de fermentos científicos registrados aquí y allá en la *Respuesta.* Hay quien, por ejemplo, ha observado en ella una especial insistencia en la técnica musical (que se remonta sin embargo al tratado del italiano Cerone)[41] o más aún una especialísima

[40] A este respecto G. Sabat de Rivers (1992, p. 185) observa en nota que Sor Juana intuye las teorías de Kepler sobre la relación entre el círculo y la elipse.

[41] En diversos textos en prosa o versos de Sor Juana se observa una fuerte propensión a la música; también se le atribuye un tratado titulado *Caracol,* nunca terminado y ciertamente perdido. Los detalles técnicos sobre la música, que ocupan un largo fragmento de la *Respuesta,* proceden del tratado de Pietro Domenico Cerone (1566-1625), que fue teórico musical y cantor en la capilla de corte de Felipe II y de Felipe III, y que se titulaba: *El Melopeo y Maestro. Tractado de música teórica y práctica* (Nápoles, 1613), del cual se ha encontrado un ejemplar, con notas

insistencia sobre el tema y el problema de los números, deduciendo esta observación: "La importancia que Sor Juana da a los números como clave nos indica su inmersión (no sabemos si explícita) en las doctrinas pitagóricas. [...] Debe considerarse seriamente el estudiar estas influencias pitagóricas y herméticas de la poetisa para poder entenderla cabalmente, pues son inseparables de su afición a observar fenómenos particulares, la cual sería la nota más 'moderna' de su criterio científico".

Y del mismo modo, más adelante, respecto del estudio de las lenguas y costumbres de los indios ("tantas costumbres de gentiles, tantos ritos, tantas maneras de hablar") se pone de relieve su precoz interés etnográfico y científico.[42]

La ciencia en el "Primero sueño"

Si en la *posterior Respuesta,* en parte a causa de su índole testimonial y autobiográfica, la actitud científica figura a menudo con los audaces caracteres de un explícito empirismo, ésta había operado con muy distintos y a menudo insinuantes aspectos, a veces profunda y otras subrepticiamente, en el *Primero sueño.* Quizá sea menester, como primer acercamiento al tema, invertir la cita de Vossler, recordada al inicio de nuestro razonar. No es tanto "el esquema medieval, ya tan gastado, del sueño encerrando una intención dogmática" lo que se "rejuvenecería" (es su expresión) "con el ansia de saber que despierta y precede a la poesía de la *Aufklärung*", sino que son más bien los fundamentos principalmente literarios y tradicionales (el sueño interpretado desde Cicerón en adelante) los que atenúan, no tanto con "intención dogmática" y sí con una práctica poética abrumadora (el reciente ejemplo de Góngora, mas no sólo éste), la propuesta epistemológica del poemilla y su proyección hacia el futuro.[43] Sobre esto es preciso entenderse

de Sor Juana, en la Biblioteca del Congreso de la ciudad de México (cfr. *O.C.,* IV, nota a las pp. 649-650).

[42] De la *Historia de la ciencia en México* (1983, nota de la p. 125).

[43] El mismo Vossler ha sido aún más exacto al respecto en otras ocasiones, cuan-

bien, y desde luego prescindiendo de las apariencias. Paz ha escrito: "la modernidad de Sigüenza [en la materia] era ambigua y contradictoria; la de Sor Juana, tímida e incompleta".[44] Pero Paz juzga la fuerte influencia de Kircher como fundamentalmente ajena a la ciencia y no la ve como una vía tortuosa de ésta. Y no encaja, pues, el *Primero sueño* en una genealogía más compleja de como aparece ante unos ojos atentos como los suyos: en una genealogía, en suma, en la cual creo vislumbrar muchas inquietudes y muchas fértiles contradicciones.

Por otra parte, quizá sea preciso situar el poema en época bastante precoz de Sor Juana, en cualquier caso anterior al manuscrito de la *Libra* de Sigüenza o contemporánea de ella, puesto que éste "debió de quedar contento con que lo conociesen sus amigos" (y Sor Juana entre ellos).[45] En suma, el *Primero sueño* es ciertamente una obra de alta y hasta altísima literatureidad (no sólo gongorina), con un sedimento de sublime diletantismo, más cónsono con una ambiciosa empresa juvenil que con un sutil y reflexivo o a veces hasta sufrido estilo poético, como se capta en los sonetos y en otros de sus versos. Basta decir por ahora que esta aura de atrevida invención literaria parece, por contraste, exigir una contención del pensamiento racional de Sor Juana, cual si fuese un estorbo a su vuelo poético, quimérico y cósmico.

do ha escrito: "En cuanto a esta correspondencia con la época diremos que en Europa, que había ya evolucionado, el pleno florecimiento del gusto barroco comenzaba a marchitarse hacia 1690, mientras la poesía didáctica, filosófica y científica estaba aún en sus principios. Colocado en este tránsito, el cósmico poema de la monja mejicana se nos muestra a la vez tardío y prematuro; expresión rezagada del barroco y precursora alborozada del Iluminismo" (1953). Véase lo que escribe Bénassy-Berling sobre el tradicionalismo del poema (1982, p. 126): "Por otra parte, en el *Sueño,* los dos ejemplos de hechos que el espíritu humano no sabe explicar se eligen en la tradición clásica: la fuente de Aretusa y los colores de las flores, mientras que todo el poema refleja la cosmogonía y la fisiología de la Antigüedad". Sobre el tema de la ciencia en el *Sueño* de Sor Juana véase el ensayo de E. Carilla (1952), que fue el primero en tratar este tema.

44 O. Paz (1982, p. 338).

45 Cfr. J. Gaos (1959, p. VII). En cuanto a la *Libra* atañe, vale la pena insistir en que se publicó en 1690 pero, como escribe Gaos (*ibidem,* p. V), se comenzó a escribir en noviembre de 1680 y se terminó "a fines del 1681" (p. 15), según el testimonio de Sebastián Guzmán.

Cabe suponer, por último, que el temor a la Inquisición frenara preventivamente en ella todo impulso innovador y como tal, según el dogma, transgresor, hasta inducirla a limitarse a unas cuantas referencias a las teorías y descubrimientos del jesuita Kircher y a alguna otra alusión más o menos descubierta. A esta última hipótesis podría inclinarnos la lectura del pasaje de la *Respuesta* donde Sor Juana confiesa no querer ningún "ruido con el Santo Oficio", aunque ello no concuerde con la proclamada "ansia de saber" y el declarado experimentalismo de aquel texto.

Y sin embargo es precisamente aquí, en esta ansia de investigación y experimentación, en esta "insaciable curiosidad científica",[46] donde Sor Juana coincide, por intuición o conciencia intuitiva, con algunas formulaciones cartesianas (por ejemplo, en el uso del término "método" o en la perspectiva misma del sueño), y con otras manifestaciones de la que podríamos, con justa razón, definir como *Zeitgeist.* Es singular, por ejemplo, que el *Somnium* de Kepler, que es de 1634 (seguramente nunca llegó a manos de la monja mexicana) y el *Sueño* de Sor Juana tengan algunas semejanzas, aunque sea con finalidades contrarias, siendo el primero una obra alegórica y de fantasía con fines científicos, y el segundo en cambio una obra de planteamiento moderadamente científico con intenciones literarias y alegóricas; pero no cabe negar que entre los dos existe una coincidencia genérica y una vaga instancia común.

Pero miremos el *Sueño* más de cerca. Dos son los campos en los cuales se despliega en él el espíritu científico de Sor Juana: primero, en las referencias a la noche, al cosmos, a los cuatro elementos naturales, a las esferas celestes y al sistema planetario; y, en segundo lugar, en la descripción de los comportamientos del cuerpo humano durante las diversas fases del dormir, hasta los

[46] De "insaciable curiosidad científica" habla J. P. Buxó en su discurso de ingreso en la Academia Mexicana (1984, p. 44). Cfr. también el mismo estudio para la "perspectiva del sueño". Sobre uno de los orígenes de tal "curiosidad", consúltese el vasto corpus erudito desplegado en las *Anotaciones a Garcilaso* (1580) de Fernando de Herrera. Y por lo tanto también el capítulo "La preocupación científica" de la rigurosa monografía de Oreste Macrì (1959) sobre el mismo autor (pp. 99-117), y, en lo que se refiere al sueño, las pp. 104-105.

sucesivos síntomas del sueño y, por el contrario, del gradual aunque rápido proceso del despertar, por la mañana. En el primer caso Sor Juana sigue las huellas de Ptolomeo y Aristóteles, con algún inserto de neoplatonismo renacentista y de hermetismo, encontrándose inmersa en abundantes ejemplos mitológicos y literarios;[47] en el segundo caso sigue las huellas de la medicina de Galeno y las interpretaciones que de ella había dado fray Luis de Granada. En conjunto, pertenecen al primer núcleo los versos iniciales del poema, hasta el verso 150, encabezados por los comentaristas como "La invasión de la noche" y "El sueño del cosmos"; numerosos versos de la parte central, titulados por ejemplo, siempre por los comentaristas, "El sueño intelectual del hombre"; y los versos finales, etiquetados como "Triunfo del día", desde el 887 al final, verso 975.[48] Pertenecen, en cambio, a la serie de observaciones fisiológicas y psicológicas sobre el sueño los versos del 151 al 291, así como, al final, los del despertar, desde el 827 al 887.

Ofrezco dos muestras del primero y el segundo núcleos. Para no crear incertidumbres sobre la naturaleza de las fuentes donde bebe Sor Juana (sistema tolemaico) comenzaré citando los versos finales (943-968), de carácter cosmológico (y siempre señalaré los versos correspondientes):[49]

> Llegó, en efecto, el Sol cerrando el giro
> que esculpió de oro sobre azul zafiro:
> de mil multiplicados
> mil veces puntos, flujos mil dorados
> —líneas, digo, de luz clara— salían
> de su circunferencia luminosa,
> pautando al cielo la cerúlea plana;

[47] Véase qué escribe a este respecto G. Sabat de Rivers, cuando trata de "Tópicos fisio-psicológicos" en su libro (1977, pp. 113 y ss.).

[48] Véase en las *O.C.*, ed. de A. Méndez Plancarte, en el vol. I, *Poesía,* el comentario de las pp. 587-588 y de las notas.

[49] Entre las diversas titulaciones del *Sueño,* seguimos ora la prosificación de A. Méndez Plancarte, *O.C.*, I, pp. 603-606, ora la subdivisión en secciones realizada por G. Sabat de Rivers (1977, p. 130).

y a la que antes funesta fue tirana
de su imperio, atropadas embestían:
que sin concierto huyendo presurosa
—en sus mismos horrores tropezando—
su sombra iba pisando,
y llegar al ocaso pretendía
con el (sin orden ya) desbaratado
ejército de sombras, acosado
de la luz que el alcance le seguía.
Consiguió, al fin, la vista del ocaso
el fugitivo paso,
y —en su mismo despeño recobrada
esforzando el aliento en la rüina—
en la mitad del globo que ha dejado
el sol desamparada,
segunda vez rebelde determina
mirarse coronada,
mientras nuestro hemisferio la dorada
ilustraba del sol madeja hermosa...

Comparada con esta descripción, la del cuerpo humano al acercarse el sueño aparece con mucho más detalle, como puede verse por estos fragmentos, a los que antepongo, entre corchetes, la parte o función del cuerpo a la cual se refieren:

[la llegada del sueño (192-203)]:

El Alma, pues, suspensa
del exterior gobierno, en que ocupada
en material empleo
o bien o mal da el día por gastado,
solamente dispensa
remota, si del todo separada
no, a los de muerte temporal opresos,
lánguidos miembros, sosegados huesos,
los gajes del calor vegetativo,
el cuerpo siendo, en sosegada calma,
un cadáver con alma,
muerto a la vida y a la muerte vivo...

[el corazón (204-211)]:

...dando tardas señas
el de Reloj humano
vital volante que, si no con mano
con arterial concierto, unas pequeñas
muestras, pulsando, manifiesta lento
de su bien regulado movimiento.
Éste, pues, miembro Rey y centro vivo
de espíritus vitales...

[el pulmón (211-221)]:

...con su asociado, respirante fuelle,
pulmón, que imán del viento es atractivo,
que en movimientos nunca desiguales,
o comprimiendo ya, o ya dilatando
el musculoso, claro arcaduz blanco,
hace que en él resuelle
el que le circunscribe fresco ambiente
que impele ya caliente,
y él venga su expulsión haciendo activo
pequeños robos al calor nativo...

[el estómago (234-236)]:

Y aquella del calor más competente
científica oficina,
próvida de los miembros despensera...

O bien de estos versos (827-852), referidos al despertar corporal, que repiten a la inversa el proceso entre "calor" y "humedad" (siempre según la medicina galénica, de nuevo en auge entre la Edad Media y el Renacimiento) antes descrito, en los versos 244-252, que se refieren al estadio del sueño:

Mas mientras entre escollos zozobraba
confusa la elección, sirtes tocando

de imposibles, en cuantos intentaba
rumbos seguir —no hallando
materia en que cebarse
el calor ya, pues su templada llama
(llama al fin, aunque más templada sea,
que, si su activa emplea
operación, consume si no inflama)
sin poder excusarse
había lentamente
el manjar transformado,
propia sustancia de la ajena haciendo;
y el que hervor resultaba bullicioso
de la unión entre el húmedo y ardiente,
en el maravilloso,
natural vaso, había ya cesado
(faltando el medio) y, consiguientemente,
los que de él ascendiendo,
soporíferos, húmedos vapores,
el trono racional embarazaban,
desde donde a los miembros derramaban
dulce entorpecimiento,
a los suaves ardores
del calor consumidos,
las cadenas del sueño desataban...

La admiración de Sor Juana por la ciencia y la técnica y sus hallazgos se desvela con claridad, por último, en la descripción de la linterna mágica, ideada por Kircher (figura 10). Pero en el mismo momento en que canta en versos dicha invención, la monja mexicana parece referirse a la teoría de la perspectiva, con una alusión preeminente a la pintura tardomanierista, como ya he observado en otro lugar.[50] Y el dato curioso de esos versos (868-887) es que Sor Juana compara en ellos los primeros resplandores

[50] En "L'immaginazione iconica nella poesia di Sor Juana Inés de la Cruz", que forma parte el volumen misceláneo *Identità e metamorfosi del Barocco ispanico,* ed. de Giovanna Calabrò, Nápoles, 1987, pp. 213-232, parcialmente publicado en *Vuelta,* núm. 114, mayo de 1986, y que constituirá el capítulo IV de este libro, con señaladas variantes.

del alba y sus vibraciones con los efectos de la linterna mágica: lo cual revela la curiosa pretensión de explicar algo conocido (el alba) mediante algo que ciertamente, en la época, debía de ser menos conocido (la linterna mágica). También por ello, en el fondo, lo que allí predomina es la imaginación icónica.

> Y del cerebro, ya desocupado,
> los fantasmas huyeron,
> y, como de vapor leve formadas,
> en fácil humo, en viento convertidas,
> su forma resolvieron.
> Así Linterna Mágica, pintadas
> representa fingidas
> en la blanca pared varias figuras,
> de la sombra no menos ayudadas
> que de la luz, que en trémulos reflejos
> los competentes lejos
> guardando de la docta perspectiva
> en sus ciertas mensuras,
> de varias experiencias aprobadas,
> la sombra fugitiva
> que en el mismo esplendor se desvanece,
> cuerpo finge formado,
> de todas dimensiones adornado,
> cuando aun ser superficie no merece.

Precisamente aquí, en el *Primero sueño,* se confirma la aserción de Paz, según el cual, como se ha visto, "la modernidad de Sor Juana era tímida e incompleta". Y si la comparación con la *Respuesta* confiere a ésta una decidida tendencia empírica, las razones en cambio de la "timidez" del *Sueño* han de buscarse en la relativa precocidad de la obra (como he tratado de explicar y mostraré de nuevo) o en la excesiva densidad de su convencida literatureidad. Cabría suponer, por ejemplo, que el *topos* del desengaño, tan copioso y a veces embarazador en todos o casi todos los textos del Siglo de Oro (en especial en Góngora, Quevedo y Calderón) limita casi, con su presencia estilísticamente impecable, el propio planteamiento y la propia intencionalidad de la obra, como en parte se ha dicho. Aunque Paz piense de distinto modo.[51]

En cualquier caso a ello se debe, y no a otros motivos y detalles, que la tradición literaria manierista y barroca (incluso antes que la ortodoxia contrarreformista), con sus tenaces códigos, ora de ascendencia medieval, ora neoplatónica y renacentista, asuma una gran preeminencia en el *Sueño,* incluso en menoscabo de sus agudas posibilidades de prefiguración y anticipación. A menos que se quiera otorgar mucho o demasiado crédito a una personificación simbólica de la rabia epistemológica, de la que acabo de hablar, en la figura final de Faetonte. El joven que osó desafiar la ira de Zeus y terminó con su carro en llamas en las aguas del Po vendría a representar la audacia y la infracción (la sabia infracción), no desde luego el alocamiento y la indisciplina, como se ve en los versos que narran la aventura y sobre todo en estos dos admirables endecasílabos (ya destacados por Paz):

> que, el vivir despreciando, determina
> su nombre eternizar en su rüina.[52]

Un modelo "prometeico y fáustico", en palabras de Vossler; un recuerdo, quizá vago, del soneto atribuido a Giordano Bruno "Poi che spiegate ho l'ali al bel desio" ("Pues desplegué las alas con hermoso deseo"), donde se ensalza la muerte de Ícaro *("ma qual vita pareggia il morir mio?",* "¿qué vida se empareja con mi muerte?"), según Méndez Plancarte; un ejemplo de "derrota gloriosa", paralela a la de Galileo, castigado por sus descubrimientos e innovaciones, según Georgina Sabat de Rivers; "el supremo punto de comparación de un esfuerzo vital" o "una especie de omnipotencia cósmica", según Giulia Poggi;[53] un arquetipo refe-

[51] *"Primero sueño* es irreductible a la estética del tiempo. O sea: a la poética del desengaño" (Paz, 1982, p. 500, o bien 494). Es acertadísimo decir que es irreductible a la estética de su tiempo.

[52] *Primero sueño,* vv. 801-802.

[53] Cfr. el artículo de Poggi que afronta con mucha finura el tema del "feminismo" *ante litteram* de Sor Juana (1994, p. 350). Se refiere al soneto "Si los riesgos del mar considerara", *O.C.,* I, núm. 149, p. 276, cuyos tercetos aluden claramente a

rible al intelectual que une el amor con el saber y la audacia: "la razón y la fuerza de ánimo", en palabras de Octavio Paz, quien dedica sagaces páginas al mito de Faetonte en Sor Juana. La serie podría cerrarse con un parangón en muchos aspectos paradójico: Faetonte como modelo que extrañamente preludia (en la visión de Sor Juana) al científico de hoy, expuesto a los riesgos de las radiaciones nucleares o a otros contagios...

Un elemento, empero, sigue siendo sólido y cierto, también en parte, espero, gracias a lo dicho hasta aquí: la monja mexicana atribuye, en el *Sueño,* a su ansia de saber un gran valor científico, al que pocas personas aspiraron en su tiempo, en su ambiente, en su estado y en su sexo. Si acaso, en el parangón palmariamente anacrónico recién mencionado (las radiaciones nucleares, etc.), se injerta un discurso muy serio y "moderno" sobre el aislamiento y la soledad de Sor Juana, motivo que pretende ser recurrente en mi libro y que anticipa, sin querer, la necesidad de diálogo que generalmente sienten los científicos: esa misma soledad, en suma, que ella denuncia en una frase de la *Respuesta,* cuando escribe: "Lo que sí pudiera ser descargo mío es el sumo trabajo, no sólo en carecer de maestro, sino de condiscípulos con quienes conferir y ejercitar lo estudiado, teniendo sólo por maestro un libro mudo, por condiscípulo un tintero insensible".[54]

Faetonte. Atribuido a Giordano Bruno, el soneto citado es en realidad de Luigi Tansillo, como ya suponía Francesco De Sanctis en la *Storia della letteratura italiana* y como señala también Niccolò Gallo en el volumen editado por él de la *Storia* (Turín, 1958, p. 780). Méndez Plancarte lo había tomado de D. S. Para lo que escribe G. Sabat de Rivers (1977, p. 146). Para O. Paz (1982, p. 498); pero véanse también las pp. 490-492 y 497-499.

[54] *Respuesta, O.C.,* IV, p. 450; poco antes (p. 447) había afirmado lo propio: "cuán duro es estudiar en aquellos caracteres sin alma, careciendo de la voz viva y explicación del maestro".

III. EL SUEÑO Y OTRAS ALEGORÍAS

EL "PRIMERO SUEÑO": ALGUNAS PREMISAS INDISPENSABLES

La puerta de acceso que hemos elegido para penetrar en el universo de problemas del *Primero sueño* —la de la ciencia o en cualquier caso la de una meditación racional sobre los fenómenos de la noche y del dormir y el sueño, que ya habían interesado por ejemplo a un ingenio de formación científica como Gerolamo Cardano—[1] es sin duda una puerta secundaria, aunque nada insignificante para quien desee comprender a fondo el poema. La moderadísima importancia (o no-importancia) y los grandes límites que al tema he asignado aquí sirven por lo demás para indicar cómo esta obra de Sor Juana —cosa nada secundaria— parte claramente de una intención (otros podrán llamarla veleidad) epistemológica.

La cual, a su vez, proviene de una atención sistemática a los reflejos que sobre el sueño nocturno pueden tener las impresiones y sentimientos que se han experimentado durante el día. En este aspecto, e incluso queriendo atenuar los efectos del pensamiento cartesiano sobre Sor Juana, como antes sobre Sigüenza y Góngora, tomados seriamente en consideración por algunos,[2] acaso sea provechoso recordar un pasaje que tiene mucho que ver con lo enunciado hasta ahora. "Considerando —escribe Descartes— que los mismos pensamientos que tenemos estando despiertos pueden también ocurrírsenos cuando dormimos, sin que en tal caso sea ninguno verdadero, resolví fingir que todas las cosas que has-

[1] En la obra *Synesiorum somniorum omnis generis insomnia explicantes,* de 1585, que ahora se puede leer en dos volúmenes en italiano: *Sul sonno e sul sognare* y *Sogni,* Venecia, 1989 y 1993, respectivamente.

[2] Es el caso de F. López Cámara, en el ensayo ya citado (1950, pp. 107-131). Pero es preciso también tener en cuenta otras opiniones: la de E. Carilla (1952), J. Gaos (1959), R. Xirau (1962), O. Paz (1982) y J. Pascual Buxó (1981 y 1984).

ta entonces habían entrado en mi espíritu no eran más ciertas que las ilusiones de mis sueños."[3]

Pero aunque el acto (poético) de "fingir" siga siendo un fecundo núcleo en el poema de Sor Juana, y aunque las "ilusiones de mis sueños" puedan hallar un terreno abonado en una época de visible influencia de una obra como *La vida es sueño* y en una seguidora clara de Calderón (en su teatro y en sus versos), el modelo mencionado en el *Discurso* no es el suyo, ni mucho menos su programa. Más bien, el *Primero sueño* semeja nacer y desarrollarse sobre la base de la peculiar experiencia intelectual de Sor Juana, tal y como se encuentra transcrita en un pasaje de la *Respuesta* que se nos muestra como la justificación genéricamente genética de aquél: "que ni aún el sueño se libró de este continuo movimiento de mi imaginativa; antes suele obrar en él más libre y desembarazada, confiriendo con mayor claridad y sosiego las especies que ha conservado del día, arguyendo, haciendo versos, de que os pudiera hacer un catálogo muy grande, y de algunas razones y delgadeces que he alcanzado dormida mejor que despierta".[4]

La cita, en mi opinión preciosa, sugiere dos inmediatas y urgentes precisiones previas.

La primera: que siempre, en cuanto se ha venido diciendo y se dirá, es menester tener presente el valor anfibológico de la palabra *sueño* en lengua española, que es "dormir" y "sueño"; y justamente aquí las dos acepciones suelen estar copresentes. Aunque obviamente la totalidad de la materia del poemilla es un sueño que surge en el dormir. Sobre la ambigüedad del término "sueño" Paz ha escrito: "La palabra sueño, en el texto, tiene principalmente cuatro acepciones: sueño como dormir, sueño como ensoñación pero no mentirosa sino como visión; sueño como nombre de esa misma visión; y sueño como ambición, deseo o ilusión no realizada".[5] La observación, válida también, por ejemplo, para *La vida es sueño,* donde no hay rastros de sueños, sino traslados forzados durante el sueño, sufridos dos veces por el protagonista del

[3] Descartes, *Discurso del método,* Alianza Editorial, Madrid, 1979, p. 94.

[4] *O.C.,* IV, p. 460, líneas 824-831.

[5] O. Paz (1982, p. 485).

drama, Segismundo, confiere a la segunda acepción de *sueño* un fortísimo valor simbólico, en el cual se basa el sentido de la obra.[6] Sor Juana no huye del acto onírico; al contrario, accede con profunda convicción a sus posibilidades creativas (y complejas) y lo convierte en eje del poema. Con consecuencias que iremos descubriendo poco a poco.

La segunda precisión (casi contigua a la primera) es ésta: la frase de la *Respuesta* presenta el sintagma "haciendo versos" entre "arguyendo" y "algunas razones y delgadeces" ("delgadez" proviene del uso metafórico arcaico y aquí se le prefiere a la gracianesca y más difundida "agudeza" o "sutileza" —quizás para indicar algo más leve y vago), en un conjunto de "movimientos" de la "imaginativa", que es un crisol en el cual no es dado distinguir los momentos de la creación poética de los de las "cogitaciones" (líneas 816 y 821) de cuño "filosófico" (línea 813). La mezcla y alternancia de esas diversas pulsiones, referida aquí casi espontáneamente al dormir o al sueño, constituyen la urdimbre del texto en su conjunto: no un sueño de revelación ultraterrena nacido en una noche excepcional, sino una especie de acto poético basado en la constante costumbre de una mente especulativo-imaginativa.

Siempre en el umbral del poema de Sor Juana se presenta sin embargo un problema previo mucho más consistente e inaccesible: el referido al título, un poco misterioso, *Primero sueño,* que presupondría una continuación inexistente. Pedro Henríquez Ureña ha observado que "el alba llega demasiado pronto en este primer sueño; es probable que en un segundo sueño Sor Juana hubiera llegado a esbozar una cosmología poética".[7] Y E. Carilla ha escrito más minuciosamente:

> El cotejo *Primero sueño* y *Soledades* se impone. ¿Trazó Sor Juana el plan de tantos *Sueños* como las cuatro *Soledades* que —como se

[6] Véase lo que he escrito a este propósito en la nota introductoria a *La vida es sueño,* publicada, en versión mía, en uno de los volúmenes (el dedicado a Calderón) del *Teatro del Siglo de Oro,* ed. de C. Samonà, M. Socrate y M. G. Profeti, Garzanti, Milán, 1990.

[7] P. Henríquez Ureña (1949, p. 84).

> dice— planeó Góngora, o —yendo a lo concreto— como las dos que, en sus dimensiones, realizó el poeta español? El título *Primero sueño* es significativo y se aproxima aún más por la extensión: 973 versos, junto a los 1 098 versos de la *Soledad primera* y a los 979 de la *Soledad segunda.* Claro que al entrar en el bosque la pista se pierde. Si éste es el primer *Sueño,* ¿cómo hubieran sido el otro o los otros? El campo abierto a la poesía de Sor Juana era mucho más limitado y restringido —por lo menos, en partes de clara diferencia— que el mundo de las *Soledades.*[8]

También Paz ha afrontado el tema de ese título, *Primero sueño*:

> En la *Respuesta* (1690) el poema se llama *El sueño* a secas; en la edición de 1692 el título se alarga; *Primero sueño, que así intituló y compuso la madre Juana, imitando a Góngora.* Es difícil que el editor se hubiese atrevido a añadir el adjetivo, *primero,* sin mediar una indicación de la autora. Tal vez ella tenía pensado escribir un *Segundo sueño* y de ahí la alusión a Góngora, autor de dos *Soledades,* la primera y la segunda. Sin embargo, algunos críticos piensan que el poema es una totalidad autosuficiente y que ni necesita una segunda parte ni Sor Juana tuvo intención de escribirla: el adjetivo *primero* es una intromisión impertinente de los editores.

Más adelante, comparando el *Sueño* con el cuadro *Melancolía I* de Durero, Paz afirma que "son obras que, aunque formalmente completas y acabadas, se abren hacia lo inacabado y que aún no tiene nombre".[9] Por mi parte, ya he observado, en la introducción a Paz, aquí en apéndice, que Sor Juana indicaba con aquel título "excesivo" y "embarazador" —que sin embargo no desaprobó— una filiación de Góngora, la cual, aunque mexicana, le permitía legitimarse a los ojos del mundo. Si en la *Respuesta,* como se ha dicho, ella habla sólo de *Sueño* y no de *Primero sueño,* cabe pensar que, ya entrada en una época borrascosa, acaso hubiera perdido la esperanza (al menos en aquel momento)

[8] E. Carilla (1952, p. 192). No afronto, por ahora, la comparación, desde otros puntos de vista, entre la obra de Góngora y la de Sor Juana, aunque me ocupe brevemente de ella en el Apéndice.

[9] O. Paz (1982, pp. 469 y 506).

de continuar una obra a la que se había dedicado "en años aún felices".[10]

¿"Años aún felices"? Este argumento, que abordaremos más adelante, merece otra consideración preliminar. Aunque carezcamos de referencias ciertas o aproximadas sobre su datación, y algunos críticos se hayan limitado a juzgarla "obra madura y adelantada",[11] el *Primero sueño* ocupa en el conjunto de la obra de Sor Juana una posición aislada y una connotación abstracta y puramente especulativa, en el fondo "más filosófica que propiamente religiosa",[12] que mal concuerda con el clima inquieto, contrastado e inestable de la vida mexicana en torno a 1690, con sus dogmatismos, sus rigores, sus dificultades, etc. Además, sobre todo al compararlo con algunos sonetos y poesías fechables entre 1687 y 1690,[13] el *Primero sueño* nos deja una imagen más "encerrada"[14] pero especialmente más serena y despegada, y hasta menos áspera y desgarrada. Por último, se distancia netamente del resto de la producción poética de la monja, en primer lugar desde el punto de vista de la estructura y del estilo. Por ejemplo, sólo compuso otra silva, titulada "Epinicio gratulatorio al Conde de Galve",

[10] A. Melis (1985, p. 30).

[11] Por ejemplo E. Carilla (1952, p. 288): "¿Cuándo escribió Sor Juana el *Primero sueño?* No lo sabemos con exactitud, aunque no erraremos mucho al afirmar que es obra madura y adelantada".

[12] Las palabras son de R. Ricard (1954, p. 22): "Otro rasgo que importa aclarar es que el *Sueño,* en su conjunto, posee una tonalidad más filosófica que propiamente religiosa. Cabe incluso llegar a decir que es apenas cristiano: al lado de innumerables menciones tomadas de la tradición grecolatina, el Evangelio no aparece sino una vez, e indirectamente, cuando la autora evoca a san Juan, el *Águila Evangélica* (v. 681). A Dios ni se le nombra y, si aparece varias veces, es por alusiones y bajo apelativos estrictamente filosóficos: *Alto Ser, Causa Primera, Sabia Poderosa Mano, Eterno Autor* (vv. 295, 408-411, 670-675). Casi no se supera el plano de un vago espiritualismo deísta" (p. 22). Más aún: O. Paz (1982, p. 489) ha señalado que Sor Juana sólo dos veces alude a la Biblia.

[13] Aparecen ya en la *Inundación castálida,* primer libro editado de Sor Juana (1689), los sonetos con los núms. 145, 146, 151 y algún otro. Mientras que en el *Segundo volumen,* de 1692 (donde salió el *Sueño),* aparecen casi todos. El retraso en imprimir el *Sueño* pudiera imputarse a varios motivos: o que hasta la fecha de publicación Sor Juana hubiese querido darle una continuación, o que hubiera deseado volver sobre él, etc. Hipótesis, sólo hipótesis…

[14] E. Carilla (1952, p. 292).

obra tardía, sí, de 1692, pero composición mediocre, una huera alabanza, en la cual la poetisa recuerda cansadamente el *Primero sueño* y su misma técnica. Se da el caso, además, de que una de las más frecuentes peculiaridades estilísticas gongorinas, el hipérbaton, se registra casi solamente en estas dos silvas.[15] En suma, ha de procederse con atención y cautela antes de situarlo en época tardía (aunque indudablemente madura).

El halo de misterio que envuelve en parte el *Primero sueño* tiene también otro aspecto (asimismo descuidado): en contraste con las costumbres de Sor Juana y de su tiempo no lleva ninguna dedicatoria, aunque la dedicatoria hubiera sido útil u obligada en obra tan ambiciosa. ¿Quizá porque pretendía proseguirlo? ¿Quizá porque quería publicarlo de otro modo? ¿O por cuál otro motivo?

Como conclusión de todas estas premisas indispensables asoma un elemento de interpretación y exégesis ineludible, de poderoso relieve. La opinión de Henríquez Ureña antes recogida ("el alba llega demasiado pronto en este primer sueño..."), no sólo confirma un dato convincente, sino que abre una lumbrera reveladora y bastante significativa sobre el célebre (y aún no bastante comentado) verso final de la obra:

> ...quedando a luz más cierta
> el Mundo iluminado y yo despierta.

Ahora bien, como el desarrollo del poema tiene un carácter preciosamente descriptivo y presenta una tendencia a la representación altamente estilizada, aunque llevada a cabo, en especial, con un lenguaje objetivo y sin connotaciones personales (un total de 974 versos frente a sólo dos: el 617, donde aparece el sintagma "*mi* entendimiento", y el final, donde surge bruscamente el "yo" de la autora), el cambio tiene un carácter imprevisto y sorprendente. En el inicio la noche llega con lentitud y el alma emprende ese largo viaje, similar al viaje que Dante (en otra época y en tres "cantos", y por ende en tres fases) había emprendido, perdiéndose primero "en una selva oscura" (pero conservan-

[15] Cfr. J. Pascual Buxó (1960, p. 43-45).

do siempre el protagonismo, acompañado al principio por Virgilio y después por Beatriz); en cambio el viaje intelectual de Sor Juana prosigue "sin rostro" y sin la menor digresión o intromisión subjetiva, hasta esa revelación última, que por tanto aparece como mucho más inusitada y poco explicable, incluso en relación con la amplitud, el peso y la seriedad de aquella extraordinaria aventura.

Resulta bastante curioso, por el contrario, que el padre Calleja, primer biógrafo de Sor Juana, en la "Aprobación" insertada en el volumen *Fama y obras póstumas* (en la cual designa al poemilla con el simple título de *Sueño),* parece casi referir algunas palabras pronunciadas por Sor Juana (utilizando la cursiva, señal, ya otras veces, de "discurso directo") allá donde escribe: "la Madre Juana Inés no tuvo en este escrito más campo que éste: *Siendo de noche, me dormí; soñé que de una vez quería comprehender todas las cosas de que el Universo se compone; no pude ni aun divisar por sus categóricas ni a un solo individuo. Desengañada, amaneció y me desperté*".[16] Es curioso, y nos deja también perplejos, que Calleja pase a primera persona lo que en el *Primero sueño* es, en cambio, como se ha dicho y repetido, impersonal y objetivo. No sabemos si ese pasaje recoge una declaración deducida (en mi opinión bastante improbable) por quien había conocido de veras a Sor Juana. En cualquier caso, es muy sintomático —eso sí— que el padre Calleja enlace el *despertar* con el *desengaño.*

Ello explica en parte la naturaleza de esta seca y repentina salida final ("y yo despierta"), que no es una locución catártica —pues durante el viaje onírico no se producen dilemas dramáticos—, sino seguramente un brusco cambio del punto de vista. Cambio que sólo cabría concebir en el caso de una "narración artificial" que se resolviese de golpe en "narración natural" o viceversa.[17]

Me atrevería a pensar —cediendo a una perspectiva predominantemente artística y ciertamente muy "moderna"— en un ale-

[16] Padre Calleja, en G. Bellini (1989, p. 91). (La cursiva, insisto, está en el texto.)

[17] Tomo el ejemplo del último libro de Umberto Eco, *Sei passeggiate nei boschi narrativi,* Milán, 1994, donde él recoge una definición de Thenk Dijk, de *Poetics,* 5, 1974, pp. 287-338.

tazo final que se asemeja o, como escribe Paz, al *coup des dés* de Mallarmé o, con mayor pertinencia respecto de los tiempos, a la inserción de la figura del pintor realizada por Velázquez en *Las meninas.* También Sor Juana —si bien con un impulso mucho menos solemne y poderoso— pone en aquel "yo despierta" su "firma" orgullosa, cual el pintor cuando pinta su autorretrato, y la coloca al final del poema: el texto —no lo olvidemos— que ella juzgaba su preferido, así como el más notable y de mayor aliento. Sor Juana, en suma, se despierta a la vida y al mundo real que quiere leer y sondear.

¿Quién puede decir, además, a este nivel, si aquel "yo despierta" no era el elemento de tránsito a un *Segundo sueño,* quizá muy personalizado: un sueño en versos, de acentos más explícitamente líricos?

Así, la excepcionalidad y la potencia de ese yo final —por un lado con su carga de amargura por el desengaño sufrido y por otro con el valor inusitado de una repentina desviación poética— no pueden dejar de repercutir en la entera silva, de modo que Paz ha podido afirmar en este punto, con toda la razón: "el poema es, simultáneamente, una alegoría y una confesión"; o bien, allá donde Sor Juana elogia "la figura trágica de Faetonte", él escribe que en dicha circunstancia la poetisa arriba a una "verdadera confesión intelectual".[18]

"Una alegoría del acto de conocer"

No me siento inclinado a coincidir con las arriesgadas hipótesis del finísimo crítico Ramón Xirau (uno de los pocos, a mi entender, que ha tratado de resolver el enigma de ese *yo despierta),* según el cual ese sintagma no aludiría al "despertar físico" sino también al "despertar espiritual", que "se define como rechazo de las sombras nocturnas, de las indecisiones emocionales y teóricas

[18] O. Paz (1982, pp. 481 y 496). Obsérvese que, como un pintor, Sor Juana escribe su nombre al final del ovillejo (composición de índole jocosa) del retrato de Lisarda (*O.C.,* I, p. 330).

de quien creyó en la ciencia, en la filosofía, en la poesía".[19] No es verosímil que Sor Juana haya querido desmentir, aunque sea con tan perentorio final, su impávida y seguramente penosa exploración cósmica.

Si acaso, ese brusco y repentino final viene más bien a confirmar que la exploración de Sor Juana quizás haya sido un vano llamar a las puertas del cielo, pero que tal exploración le pertenece por entero, consciente o inconscientemente, dormida o despierta: en cierto sentido, el último verso está en oposición simétrica con el primero:

> Piramidal, funesta, de la tierra
> nacida sombra...

Donde el *ex abrupto* del *piramidal* (que remite en parte a toda una sección del poema dedicado a las pirámides), al igual que el *ex abrupto* del *Hipogrifo violento* de Calderón (primer verso de *La vida es sueño),* es un exordio que encaja perfectamente con el carácter alegórico del poema.[20]

Ya se ha visto. Paz habla de "alegoría y confesión" (declaradas la una en el *incipit* y la otra por el *finis)* o bien, en una síntesis total y definitiva: "El sueño que nos refiere el poema es una alegoría del acto del conocer".[21]

El carácter alegórico del *Primero sueño* ha sido puesto de relieve, además de por Paz y otros, por José Pascual Buxó, cuando ha escrito, a propósito de las "dificultades" de descifrar la silva y apoyándose en un pasaje de los *Diálogos de amor,* de León Hebreo, que aquélla reclama "una exégesis atenta al carácter alegórico de su escritura, por obra del cual en un mismo proceso discursivo se

[19] R. Xirau (1962, p. 133).

[20] No se olvide, empero, que en un pasaje de la *Respuesta* (aquí recordado), Sor Juana, hablando de las líneas en apariencia convergentes a causa de la lejanía de la mirada, y redibujando a su manera la perspectiva del gran dormitorio del convento, escribía que aquellas líneas se desarrollaban en forma *piramidal.* (La cursiva es mía.) Eso significa que no siempre las referencias a las pirámides egipcias —¿o mexicanas?— responden a una visión de origen hermético y kircheriano.

[21] O. Paz (1982, p. 492).

manifiestan diversos sentidos compatibles" o bien, citando casi al pie de la letra a León Hebreo, habla de "sentidos medulados" que "reciben el nombre de alegóricos".[22]

Alegoría, en último extremo. Un término —repárese en ello— que le viene como anillo al dedo al *Primero sueño,* puesto que el poema conserva y actualiza muchos rasgos y modos de la alegoresis antigua y clásica (y barroca), como ahora trataremos de demostrar. Término —ha de decirse— que, aplicado generalmente a buena parte de la literatura medieval o, las más de las veces, en época barroca, a los autos sacramentales —y también Sor Juana los compuso— podía extenderse, conforme a la implícita sugerencia que nos viene de Walter Benjamin al margen del drama barroco alemán,[23] no sólo al *Primero sueño* sino también a una cantidad nada pequeña de la poesía de Sor Juana: aquélla donde reviven disfrazados (y por ende en zona de sublime artificio) emociones y sentimientos, gozos y dolores, "vivencias" y existencias y condiciones totalmente ajenas a ella. Por tanto, se puede y debe hablar, alentados asimismo por las ramificaciones deducibles de la citada sugerencia de Benjamin, de "alegoría profunda y no alegoría difusa",[24] como iremos viendo en este tercer capítulo y en el cuarto del presente volumen, dado que Benjamin define la alegoría como "expresión de la convención" y estudia, entre otras cosas, sus vínculos con la emblemática; con varias modalidades icónicas, que se originan en los jeroglíficos y los obeliscos, así como con las formas pictóricas propiamente dichas del barroco, etcétera.

Por lo demás, el término "alegoría" era de uso discreto en época barroca e hispánica y me parece significativo —para arrojar

[22] El término "alegoría" aparece también en el título del ya citado ensayo de J. Pascual Buxó: "El sueño de Sor Juana: alegoría y modelo del mundo" (1984, p. 238 del libro). (La cursiva es mía.)

[23] W. Benjamin, en *El drama barroco* (1980, p. 81). El cual es, como es sabido, una de las dos obras orgánicas de B. (con *París, capital del siglo* XIX*).* Es cierto que, como advierte C. Cases en la introducción a la edición italiana, "la elección del tema excluye lo que esa época tiene de más vivo", tanto en el caso de la literatura alemana (las novelas de Grimmelshausen) como en el de lo que existía en el ámbito internacional (Calderón y Shakespeare). Volveré sobre el texto de Benjamin.

[24] Así titulaba yo el segundo capítulo de la primera edición del presente libro, donde justamente analizaba parte de la obra poética de Sor Juana (1967, p. 89).

luz sobre los elementos retóricos constitutivos de la poética de Sor Juana— que lo empleen tanto el franciscano Juan Navarro Vélez como el jesuita Diego Calleja (a menudo recordado aquí), respectivamente, en sus "aprobaciones" al *Segundo volumen* (Sevilla, 1692) y al volumen *Fama y obras póstumas* (Madrid, 1700). El primero escribe, a propósito del difícil "desciframiento" del *Primero sueño,* que "las alusiones son recónditas y no son confusas" y que "las alegorías son misteriosas, con solidez y con verdad".[25] El segundo, biógrafo de Sor Juana, más enigmática aunque quizá más significativamente, escribe: "Pero los que saben los puntos de las facultades, historias y fábulas que toca, y entienden en sus traslaciones los términos *alegorizado* y *alegorizante,* con el que resulta del careo de ambos, están bien ciertos de que no escribió nuestra poetisa otro papel, que con claridad semejante nos dejase ver la grandeza de tan sutil espíritu".[26] Ahora bien, me gustaría entender mejor (también a mí) qué quiere decir Calleja con esos dos términos. "Alegorizado" se refiere ciertamente a lo que se encuentra en Sor Juana bañado y hasta inmerso en la alegoría o bien transferido a un ámbito que con sus elementos representa "otra cosa" con respecto a la letra de lo que está exactamente escrito: la visión de la noche y de las aves que la noche inauguran (los murciélagos) o en ella viven (las lechuzas) y representan la "entrada" en un mundo "funesto" y "pavoroso"; la pulsación gradual del sueño, esto es del alma, que surge del cuerpo inmoto, "muerto a la vida y a la muerte vivo", y se convierte, pues, en *representable;* el alma en el momento en que asciende al Atlas y al Olimpo; en suma, el vuelo del alma en el cosmos y su retorno.

Por "alegorizante" quizá Calleja entienda ese tropo que tiende a aludir a algo mediante un giro de palabras a menudo de origen mitológico o sacro (y casi siempre hermético), y que tanto Calleja como uno de los primeros comentaristas del *Primero sueño,* Pérez Álvarez de Lugo,[27] designan también con el término de "perífra-

[25] En F. de la Maza (1980, pp. 85-90). O bien, citado por Buxó (1984, p. 235).

[26] También este pasaje puede leerse ahora en G. Bellini (1987, p. 61).

[27] A. Sánchez Robayna ha descubierto y publicado *(Para leer "Primero sueño" de Sor Juana Inés de la Cruz,* México, 1990) el manuscrito de un literato menor del

sis". La cual sería una "alegoría" que se mide en pequeñas distancias, mínimamente alusiva, circunlocutoria, como parece sugerir también Pérez Álvarez de Lugo con algunos ejemplos, sacados de otra obra suya de retórica general, pero apoyándose en el *Primero sueño* de Sor Juana.[28] Helos aquí: "Para decir soror Juana Inés de la Cruz (en un sueño que finge) que la lechuza, ave nocturna, bebe a las lámparas su aceite, lo consigue muy despierta en este *Sueño.* Dice así usando de dos perífrasis, de uno para decir *lámpara* y de otro para decir *aceite*". Y aquí recoge los versos del 32 al 38 del poema, donde se describe a "la avergonzada Nictimene" (que es la lechuza en que se encontró transformada Nictímene de Lesbos a causa del incesto cometido) en el momento en que penetra en el sagrado recinto y bebe

> ...a los lucientes
> faroles sacros de perenne llama
> que extingue, si no inflama,
> en licor claro la materia crasa
> consumiendo, que el árbol de Minerva
> de su fruto, de prensas agravado,
> congojoso sudó y rindió forzado.

Más convincente, por ser menos tortuosa y desbordante, es la otra "perífrasis" (vv. 13-15)

> ...la Diosa
> que tres veces hermosa
> con tres hermosos rostros ser ostenta,

que es evidentemente la luna, que se muestra bajo tres rostros: creciente, plenilunio y menguante.

Otro elemento alegórico y figural es el uso de los "emblemas", sean los de Alciato (figura 2) o los de sus seguidores e imitadores

XVII, canario, Pérez Álvarez de Lugo, donde aparece también una *Ilustración al Sueño de la Décima Musa mexicana,* que es sin duda uno de los primeros comentarios del poema de Sor Juana.

[28] A. Sánchez Robayna (1990, p. 32).

españoles. A los dos emblemas de Alciato (el que lleva el número 24 y el que lleva el número 70) se refiere, por ejemplo, Álvarez de Lugo: el primero, a propósito del olivo, árbol sacrado de Minerva, que se queja a la vid porque lo circunda y aprieta con sus sarmientos y racimos; el segundo, donde al comentarista le parece que Sor Juana confunde los nombres de las personas, como hace Alciato en su emblema.[29] Del uso de los emblemas en general deducía Benjamin el carácter alegórico de cierta literatura barroca, y es significativo que el crítico José Pascual Buxó halle rastros ciertos de emblemas en el *Primero sueño*.[30]

Lo más importante desde el punto de vista alegórico, como es natural —y concluyo aquí la imagen en torno a este carácter del poema— son las líneas generales que contienen y justifican a un tiempo el *Primero sueño,* su idea y su ideación, en suma: alegoría como instrumento para penetrar profunda y poéticamente "el acto del conocer". Lo cual constituye la sustancia primordial, el meollo y el significado central de esta obra excepcional de Sor Juana. Un sueño del intelecto, también él excavado y sufrido en soledad: en una soledad tal que lo destina, según ella, a la incomprensión, si no al fracaso.

ALGUNAS DIGRESIONES CRUCIALES SOBRE EL "PRIMERO SUEÑO"

La travesía, hasta aquí atípica y hasta accidentada, de mi discurso sobre el *Primero sueño* (un texto atacado desde varias partes, sondables e insondables), me ha permitido navegar entre los remansos y los rápidos del texto y me ha consentido —al menos en dos puntos— realizar una rápida exploración, por lo menos diligente y acaso también penetrante. El texto, como se ha declarado desde los primeros comentarios, es laberíntico y está plagado de enigmas o de tropos oscuros, así como de referentes a veces vagos, plasmados en lenguaje ultrabarroco. En algunos casos la proximidad (ora

[29] *Ibidem* (pp. 75 y 133, respectivamente).

[30] Cfr. el capítulo V.

a Góngora y a Quevedo, ora a las enunciaciones mediante hipérbatos o "inversiones", ora a contracciones y elipsis conceptistas) halla en los versos de Sor Juana felices correspondencias, reflexiones esclarecedoras, contactos de sofisticada y exquisita invención.

El *Primero sueño* consta casi de un solo cronotopos, el de la noche. Pero como cabe comprobar en los veinte primeros versos y en otros muchos, la sombra nocturna, en vez de ascender sobre la tierra y sus mortales, sube de la tierra y desde allí invade el mundo. Ello se debe a la rígida aplicación de la concepción tolemaica en la que Sor Juana se inspira (el sol pasa "debajo" de la luna y hace subir la oscuridad hacia el cielo), y ha sido bien explicado por Buxó a través de la prueba adicional de emblemas y otras ilustraciones de la época en las que la poetisa bebía.[31] No obstante, sigue asombrándonos que la literatura no se atuviera entonces a ciertos esquemas y prefiriese apoyarse en imágenes poéticas tradicionales y casi diría antropológicas, o sea conforme al punto de vista humano. Piénsese sólo en estos versos de otro poeta, Pedro Espinosa, anterior a Sor Juana, el cual se figura así la noche, la sombra y la llegada del sueño y el reposo:

> La negra noche, con mojadas plumas,
> iba volando por la turbia sombra
> lloviendo sueño encima de la gente.[32]

Bien mirado, los puntos más profundos y a veces desconcertantes del *Primero sueño* son aquellos donde Sor Juana, con suma naturalidad y suprema elegancia, pasa de una prolongada imagen poética con función metafórica (y elegimos aquí dos fragmentos basados en metáforas marinas) a un discurso enunciativo, intelectual, filosófico: que éste es, además, el fin de su "vuelo intelectual", como reza el verso 301 del poema.

[31] Cfr. J. Pascual Buxó (1984, pp. 240-253), donde aparecen algunas ilustraciones: las del "Sistema de Tolomeo" y las de cuatro "empresas" (una especie de "emblemas") de Diego de Saavedra Fajardo, sacadas de su famoso libro *Idea de un príncipe político christiano representada en cien empresas* (1640).

[32] P. Espinosa, *Admiración de maravillas,* Santiago de Chile, Cruz del Sur (1946, p. 47). Se trata de los primeros versos de la canción *Al bautismo de Jesús.*

El primer ejemplo de metáfora, que parte de la fantasía (mnémica) y que torna a la fantasía (visual), tiene su vector en el Faro de Alejandría, desde el cual se ven las naves en lontananza. Antes de los versos aquí citados Sor Juana habla de los "cuatro humores" (sangre, bilis, flema, melancolía) que la "estimativa" pasaba a la "imaginativa" y desde éstas, a través de la memoria, permitía a la fantasía formar "imágenes diversas". Y he aquí el prodigioso Faro de Alejandría (vv. 266-291):

...Y del modo
que en tersa superficie, que de Faro
cristalino portento, asilo raro
fue, en distancia longuísima se vían
(y sin que ésta le estorbase)
del reino casi de Neptuno todo
las que distantes lo surcaban naves
—viéndose claramente
en su azogada luna
el número, el tamaño y la fortuna
que en la instable campaña transparente,
arresgadas tenían,
mientras aguas y vientos dividían
sus velas leves y sus quillas graves—:
así ella, sosegada, iba copiando
las imágenes todas de las cosas,
y el pincel invisible iba formando
de mentales, sin luz, siempre vistosas
colores, las figuras
no sólo ya de todas las criaturas
sublunares, mas aun también de aquellas
que intelectuales claras son Estrellas,
y en el modo posible
que concebirse puede lo invisible,
en sí, mañosa, las representaba
y al alma las mostraba.

El segundo ejemplo, también marino, aunque enlaza en cierto modo con cánones casi tradicionales (las velas, el viento, de la playa al barco, etc.) posee un valor metafórico-alegórico aunque sólo sea por el giro conceptual (y conceptista) que el enunciado poético imprime a la segunda sección del mismo fragmento. Se entiende que en su largo viaje en la noche, en el "silencio sosegado" y en el sueño, el intelecto recorre zonas profundas e insondables y penetra en ellas (guiado por las categorías artistotélicas), y es en estos momentos —conviene precisarlo— cuando la poetisa halla acentos desconcertantes y solemnes de atónito descubrimiento (vv. 560-599):

> Las velas, en efecto, recogidas,
> que fió, inadvertidas,
> traidor al mar, al viento ventilante
> —buscando, desatento,
> al mar fidelidad, constancia al viento—,
> mal le hizo de su grado
> en la mental orilla
> dar fondo, destrozado,
> al timón roto, a la quebrada entena,
> besando arena a arena,
> de la playa el bajel, astilla a astilla,
> donde —ya recobrado—
> el lugar usurpó de la carena
> cuerda refleja, reportado aviso
> de dictamen remiso:
> que, en su operación misma reportado,
> más juzgó conveniente
> a singular asunto reducirse,
> o separadamente
> una por una discurrir las cosas
> que vienen a ceñirse
> en las que artificiosa
> dos veces cinco son Categorías:
> reducción metafísica que enseña
> ....
> ciencia a formar de los universales,
> reparando, advertido,
> con el arte el defecto

de no poder con un intüitivo
conocer acto todo lo criado,
sino que, haciendo escala, de un concepto
en otro va ascendiendo grado a grado,
y el de comprender orden relativo
sigue, necesitado
del del entendimiento
limitado rigor, que a sucesivo
discurso fía su aprovechamiento...

En los dos casos aquí recogidos la alegoría se presenta "como una sucesión coherente de tropos" o bien como un instrumento poético "basado en la metáfora, gracias a la intersección de isotopías"; y éstas son las definiciones que se pueden leer en un buen manual de análisis literario, el cual aduce ejemplos, en este caso concreto, de Racine y de Baudelaire.[33]

Diremos, en el próximo capítulo, cómo la composición métrica que responde en español al término de "silva" se mueve, en el barroco, en presencia de una poderosa sensibilidad pictórica que entonces afloraba muy a menudo en la poesía y cómo ésta evoca, por consiguiente, semejanzas figurales y figurativas.[34] Cierto que en la silva de Sor Juana predomina, también en este sentido (según la sugerencia de Benjamin), una especie de *refoulément* medievalista, donde la alegoría halla su campo expansivo: modo difuso y/o profundo de transposición fantástica y de movimiento interno de los signos semánticos. El propio uso de la mitología no es accesorio en el poema ni está al servicio de una finalidad meramente descriptiva, sino, como se ha señalado, "dinámico-alegórica": "la mayor parte de los mitos que emplea son ilustraciones de las diversas formas de movilidad que integran el poe-

[33] Las dos definiciones de la alegoría están tomadas de la voz *allegorie* del *Vocabulaire de l'analyse littéraire* de D. Berger, Y. Gerard y J. J. Robrieux, ed. Dunos, París, 1994, pp. 8-11.

[34] Véase lo que escribe, sobre este punto, Aurora Egido (y no sólo ella, por supuesto) en el capítulo "La página y el lienzo: las relaciones entre poesía y pintura", incluido en *Fronteras de la poesía en el barroco,* Crítica, Barcelona, 1990 (sobre el que volveré más adelante), y especialmente en las pp. 193-194.

ma", es decir, son "imágenes-mitos".[35] Y alegórica, en las formas aquí especificadas, es su íntima naturaleza experimental, casi ensayo, prueba y sonda de los límites del conocimiento ("sirtes tocando / de imposibles, en cuantos intentaba / rumbos seguir...").

Para tener además una prueba adicional del planteamiento que Fontanier definiría como de claro "alegorismo"[36] resultan muy indicativos, aun en su ardua aproximación, los esquemas dentro de los cuales se ha querido contener y/o subdividir el *Primero sueño,* acompañándolos de su traducción a prosa o prosificación. Para el encargado de edición de las *Obras completas* de Sor Juana, Alfonso Méndez Plancarte, las partes en que dividir el poema serían doce, especificadas así: I - La invasión de la noche; II - El sueño del cosmos; III - El dormir humano; IV - El sueño de la intuición universal; V - "Intermezzo" de las Pirámides; VI - La derrota de la intuición; VII - El sueño de la omnisciencia metódica; VIII - Las escalas del ser; IX - La sobriedad intelectual; X - La sed desenfrenada de saber; XI - El despertar humano; XII - El triunfo del día.[37]

En la prosificación y el índice propuestos en las *Obras selectas,* edición de Georgina Sabat de Rivers y de Elías Rivers, el esquema subdividido en tres partes (subdivisión aceptada también por Paz) es el siguiente:

I - Prólogo: Noche y sueño del cosmos
II- El sueño intelectual del hombre
  1. El dormir humano
  2. Intuición neoplatónica
    A. Esfuerzo intuitivo
    B. Las Pirámides
    C. Intuición derrotada
  3. Raciocinio neoaristotélico

[35] R. Xirau (1962, p. 128).

[36] Cfr. el *Vocabulaire* ya citado, p. 9. La referencia es a P. Fontanier, *Les figures du discours,* 1821-1827, G. Genette, Flammarion, 1968.

[37] *O.C.,* I, pp. 603-617; a cada división se atribuyen los correspondientes versos del *Primero sueño,* que aquí no tengo en cuenta.

A. Entendimiento discursivo
B. Dialéctica última
a. Confianza
b. Cobardía
c. Atrevimiento
4. El despertar humano
III- Epílogo: Triunfo del día.[38]

Las discrepancias y los diversos intentos de captar la materia compleja y huidiza del *Primero sueño,* así como las diferentes definiciones de cada una de las partes, vienen a demostrar la naturaleza alegórica del poema, su continua remisión a conceptos y fórmulas filosóficas. No había, en verdad, manera más elocuente de confirmar la tesis aquí expuesta.

Otras alegorías

Alegoría esta vez como posibilidad de "doble lectura", es decir, "conjunto de una lectura literal y una lectura simbólica",[39] es la hipótesis de Irving A. Leonard[40] cuando propone una interpretación en clave de tres sonetos de Sor Juana ("Que no me quiera Fabio, al verse amado"; "Feliciano me adora y le aborrezco"; "Al que ingrato me deja, busco amante") que forman un "tríptico de variaciones sobre el mismo tema",[41] es decir, el tema del amor no correspondido, basado en las llamadas "encontradas correspondencias" o "antítesis triangulares". Tras haber centrado —como premisa de su audaz hipótesis— su indagación en la desatención de Sor Juana a los "métodos predominantes de la escolástica" y por ende sobre su atracción por las ciencias y el pensamiento experimentales, y habiendo identificado en ellos los motivos

[38] G. Sabat de Rivers, E. L. Rivers (1976, p. 718). También aquí se indican los versos relativos a cada punto del esquema, que yo transcribo.

[39] Sigo, por comodidad, el ya citado *Vocabulaire,* p. 8.

[40] I. A. Leonard (1959, pp. 176 y ss.).

[41] *O.C.*, núms. 166, 167 y 168, pp. 288-289, y cfr. las correspondientes notas de A. Méndez Plancarte en la p. 531.

esenciales de su choque final con las autoridades eclesiásticas, Leonard halla el mismo conflicto interior en esos tres sonetos de "antítesis triangular" (A ama a B, pero B no ama a A; C ama a A, pero A no ama a C). Donde el término central (A) sería ella (o bien la poetisa que se mete en la piel de A); el segundo (B) sería "el experimentalismo sensista y la metodología experimental" que ella amaba, pero que "se mostraba indiferente al amor de una mujer solitaria profundamente enredada en las mallas de un rígido medievalismo"; y el tercer término (C) sería "el amor de la Iglesia que le exigía gratitud y obediencia", pero al que ella no podía dar "en el fondo de su corazón una total adhesión sentimental". El crítico, naturalmente, sostiene que Sor Juana "no podía sino exteriorizar su dilema en versos de oscuro simbolismo", y en apoyo de su hipótesis (más articulada de cuanto pueda parecer en mi resumen), señala que en muchas de sus poesías la monja adoptó el nombre simbólico de Fabio, como figura emblemática adorada por ella, y "los de Silvio, Feliciano y otros como aquellos a quienes desdeñaba y detestaba", suponiendo que "su preferencia por Fabio se deriva de la semejanza del nombre con la palabra *sabio,* hombre culto", mientras que "Silvio, como otros nombres, bien pueden referirse a pedantes a quienes no lograba estimar".[42] A esto podría añadirse, siempre a propósito de la simbología onomástica, que el nombre de Silvio viene aquí a significar lo contrario de sabio, según la tradición gracianesca de *El criticón* (antítesis Andrenio y Cratilo), esto es, según el étimo, "silvano", "silvestre", "salvaje"...

Resulta arduo adherirse a la extremista y simplificadora propuesta de lectura "en clave" avanzada por Leonard, por una razón fundamental: mal podía Sor Juana formular contraposiciones tan netas, por cuanto —como se ha visto— su anhelo cognoscitivo jamás había mermado la estructura esencialmente observante de su pensar. Más bien, sin desmerecer con ello el valor del libro de Leonard, rico en documentación y sentido crítico e histórico, me parece que los tres sonetos responden sólo a la forma tradicional de las ya citadas "antítesis triangulares" o de las "encontradas

[42] I. A. Leonard (1959, pp. 178 y 188).

correspondencias" (cual reza el título del primero de los tres sonetos), tradición que parte de Ausonio y llega al teatro del Siglo de Oro —Lope, Calderón y sobre todo Moreto— y al Shakespeare de *El sueño de una noche de verano (Midsummer Nigth's Dream)* —¡otro sueño!— y que no era sino la solución, en cualquier caso alegorizante, de una práctica literaria lúdica y hasta frívola, propia del mundo cortesano seiscentista. El mismo espíritu, por lo demás, impregna de cabo a rabo la misma comedia de intriga o comedia de las equivocaciones que escribió justamente Sor Juana: *Los empeños de una casa.* En último extremo cabría pensar, con Elías Rivers, que en los tres sonetos "se desarrolla una cuestión de amor trovadoresca", forma de discreteo poético característica de la tradición del "amor cortés".[43]

Si acaso podemos, por ejemplo, tratar de leer en transparencia —con el método de Leonard— un romance, en nuestra opinión bastante indicativo, de Sor Juana.[44] Lleva un título que parece circunscrito a una leve y ociosa conversación cortesana y amorosa: "Que resuelve con ingenuidad sobre el problema entre las instancias de la obligación y el afecto". Pero ya en los primerísimos versos se comprende que el argumento es menos fútil y mucho más serio de cuanto el título pueda decir o diga:

Supuesto, discurso mío
que gozáis en todo el orbe,
entre aplausos de entendido,
de agudo veneraciones,
mostradlo, en el duro empeño
en que mis ansias os ponen,
dando salida a mis dudas,
dando aliento a mis temores.
Empeño vuestro es el mío;
mirad que será desorden
ser en causa ajena, agudo,
y en la vuestra propio torpe.

[43] E. L. Rivers (1965, p. 39).

[44] Por lo demás Leonard, al formular su hipótesis, había citado ya los versos finales de este romance.

Ved que es querer que, las causas
con efectos desconformes,
nieves el fuego congele,
que la nieve llamas brote.
Manda la razón de estado
que, atendiendo obligaciones,
las partes de Fabio olvide,
las prendas de Silvio adore.[45]

Sin demasiado esfuerzo es posible imaginar que con estos últimos versos Sor Juana —fingiendo meterse en la piel de una rica hembra forzada por la "razón de Estado" a elegir un marido— alude o a sus obligaciones eclesiásticas contrapuestas a su libre elección de una fe sincera o, mejor aún, alude a una decisión de vivir para sí (y quizá para la poesía) su propia pasión humana. Esta última interpretación, o también la primera (aunque sea bajo los velos de unos versos de amor), se puede extrapolar de las dos siguientes cuartetas de la misma composición (vv. 117-124):

No es amor correspondencia;
causas tiene superiores:
que lo concilian los Astros
o lo engendran perfecciones.
Quien ama porque es querida,
sin otro impulso más noble,
desprecia al amante y ama
sus propias adoraciones.

Pero la alusión se vuelve más límpida cuando ella escribe, refiriéndose primero a su actitud hacia Silvio, y después a su atención a Fabio:

Porque aquél sigue obediente
de su Estrella el curso dócil,

[45] *O.C.*, I, p. 17. Nótese, ya en esta cita, la simetría bilateral de los terceros y cuartos versos de cada cuarteta: procedimiento bastante frecuente en nuestra poetisa, tanto en forma de oxímoros (por ejemplo, en varias estrofas del romance núm. 49, pp. 54-59), como en forma de paralelismos. (La cursiva es mía.)

y ésta contra la corriente
de su destino se opone.[46]

Los cuatro últimos versos —con sus admirables elipsis sintácticas y conceptuales— podrían, por último, probar que Sor Juana, orgullosa y altiva, o no se había plegado a las imposiciones de sus superiores o, más exactamente, estaba decidida a seguir sus inclinaciones poéticas y sus estudios (es sintomática la referencia al mundo):

Y en fin, cuando en mi favor
no hubiera tantas razones,
mi voluntad es de Fabio;
Silvio y el mundo perdone.[47]

Pero la densidad del artificio o el valor difuso de su tenaz alegorismo se reconocen en otras muchas ocasiones. "Poetisa de excitaciones intelectuales",[48] se diría que Sor Juana haya querido vivir en el plano de la imaginación intelectualista —o mejor dicho en el de la "honesta" disimulación— situaciones y "vivencias" a ella fundamentalmente ajenas, con una disposición gozosa y rica al disfraz, que a menudo hacen de ella un caso rarísimo incluso en el ámbito de la imprevisible y extraña poética barroca. Y hete aquí que ora ella, monja, se mete por dos veces en el papel de la "mujer amante" que llora la muerte del marido;[49] ora discurre "con ingenuidad ingeniosa sobre la pasión de los celos";[50] ora "in-

[46] *Ibidem,* p. 20, vv. 97-100. A. Méndez Plancarte, en nota (pp. 368 y 498), recuerda que en Calderón y Quevedo aparece el mismo uso de la palabra "estrella"; pero habría podido perfectamente recordar tres versos de Moreto, más próximos al espíritu de la poetisa: "El ser querida una dama / de quien desea, no es lauro, / sino dicha de su estrella" *(El desdén con el desdén,* III acto, vv. 720-722).

[47] *Ibidem,* p. 21, vv. 149-152.

[48] A. Reyes (1958, p. 242).

[49] Dos veces se observa en sus poesías este tipo de "ficción": la primera, con menos "participación", en versos de endechas *(O.C.,* I, núm. 78, p. 204); la segunda, con acentos más conmovidos y desgarrados, en una lira *(ibidem,* núm. 213, pp. 317-319).

[50] *Ibidem,* núm. 3, pp. 9-17.

terpreta" indiferentemente amor de mujer o amor de hombre;[51] ora por último aconseja a una mujer cómo conservar el amor de su hombre celoso.[52] Como es sabido, y más que Quevedo, "en el reino de amor huésped extraño",[53] a menudo Sor Juana —más que nunca "huésped extraño (o ajena) del amor"— se complace en estas alegorías sentimentales, esforzándose por describir "racionalmente los efectos irracionales del amor" (como reza un título, suyo o "ajeno", de un poema), y alternando falsa participación y riguroso despego en un juego de amores o desamores todos ellos racionales o falsificados.

Llega a ensalzar, en versos esta vez "sinceros" (y en el grado más diáfano), su soledad, su despego del mundo, su egocentrismo, su libertad y —en último extremo— su posición de absoluta literatureidad.

Lo que me ha dado más gusto,
es ver, que de aquí adelante,
tengo solamente yo
de ser todo mi linaje.
¿Hay cosa como saber
que ya dependo de nadie,
que he de morirme y vivirme
cuando a mí se me antojare?
¿Que no soy término ya
de relaciones vulgares,
ni ha de cansarme el pariente
ni molestarme el compadre?
....
¿Que las plumas con que escribo
son las que al viento se baten,

[51] Además de los sonetos del tríptico citado, véanse los dedicados a varias mujeres: Anarda, Lisarda, etc. (*ibidem,* núms. 177, 178 y 179, pp. 293-295), y todos los que Méndez Plancarte reúne bajo el título de sonetos "satíricos-burlescos". Paz (1982, p. 373) ha observado: "la mayoría de las veces la que habla es una mujer pero otras veces es un hombre y aun una voz neutra —la voz misma de la razón".

[52] *O.C.,* I, 78 y 218.

[53] Francisco de Quevedo, *Obras completas,* I; edición, introducción, bibliografía y notas de José Manuel Blecua (Barcelona, 1963, n. 460, 504, v. 12).

no menos para vivirme
que para resucitarme?[54]

Este romance sugiere tres observaciones. La primera —comentario de los versos "que he de morirme y vivirme / cuando a mí se me antojare"— es que esta curiosa pretensión de elegir el tiempo y el modo de la propia muerte no se sabe si deba atribuirse a un curioso movimiento de *coquetterie* femenina o bien a una voluntad, casi suicida, de morir joven y (no nos atrevemos a pensarlo) también bella, y en cualquier caso no ciertamente en edad decrépita o poco consciente. Repárese en que esta "pretensión" se observa hasta tres veces en la obra de Sor Juana: en los versos recién citados, justamente; en los de un delicado lamento de amor, que suena así: "Mas, supuesto que muero / sin resistir a mi infelice suerte, / que me des sólo quiero / licencia de que escoja yo mi muerte"; y una tercera vez en el soneto "Miró Celia una rosa que en el prado", donde terminará casi aconsejando a la mujer, a imagen del esplendor efímero de la rosa, "morirte siendo hermosa", pues le sugiere obrar "sin temor del hado" y titula el soneto: "Escoge antes el morir que exponerse a los ultrajes de la vejez":

mira que la experiencia te aconseja
que es fortuna morirte siendo hermosa
y no ver el ultraje de ser vieja.[55]

La segunda observación se apunta en los últimos versos de la poesía antes citada, donde Sor Juana muestra su orgullo y su ufana complacencia de considerar su ejercicio de la escritura no sólo a alto nivel ("las plumas que al viento se baten"), sino, en significativo añadido, como un ejercicio solitario y autónomo.

La tercera observación es la sugerida por Paz en un pasaje de su libro, donde escribe: "Celos, ausencia, muerte: nombres distintos de la *soledad.* A solas y porque está sola, inventa esas situa-

[54] *O.C.*, I, núm. 49, pp. 146-147.

[55] *Ibidem,* p. 316 (núm. 212), vv. 31-34 y pp. 278-279 (núm. 148), vv. 12-14 (terceto final).

ciones; a su vez, las situaciones inventadas le sirven para desahogarse y conocerse: su vida imaginaria también es un método de introspección".[56] De todas estas consideraciones, fiel al título de mi libro, creo que se debe hacer hincapié en la soledad: ese estado de separación del mundo, que necesita poblarse con presencias, que son también fantasmas, tras las cuales se esconde un alma herida por tal soledad impuesta. Quizá también por esto, como Paz[57] nos sugiere, aunque no hasta sus últimas consecuencias, entre las *Soledades* de Góngora y el *Primero sueño* de Sor Juana hay una clara fractura: mientras que el primero es el poema del "desengaño español", el segundo es el poema de la soledad americana.

[56] O. Paz (1982, p. 376-377). (La cursiva es mía.)

[57] *Ibidem,* pp. 493-494. En realidad, Paz habla de "soledad americana", pero, bien mirado, es ésta una interesante pista de lectura.

IV. FANTASÍAS Y VERDADES DE AMOR EN LOS VERSOS DE UNA MUJER SOLA

Dos sonetos del amor decepcionado

La ficción contenida, el disfraz bien pergeñado y el artificio difuso, risueño o apasionado: en suma, la alegoresis, ora puntual, ora matizada, ora oportunamente despersonalizada, nos han acompañado hasta aquí, tras las arduas pruebas del *Primero sueño,* alegoría sustanciosa de un viaje por el cosmos y el conocimiento humano. Este uso le venía a Sor Juana directamente de las costumbres de su tiempo (que después se llamarán "barroco"), de la vida cortesana, del ambiente circunscrito y provinciano del virreinato de la Nueva España, de su condición de mansa reclusa y de su espíritu de melancólica y áspera soledad. El disfraz propiamente dicho, tal y como aparece en escena en la comedia *Los empeños de una casa,* se verificó, por ejemplo, en Castaño, el servidor que se viste con prendas femeninas para cumplir una orden recibida; disfraz nada frecuente y hasta raro (el más frecuente y menos raro es el inverso: la mujer que se viste de hombre) incluso en el accidentadísimo teatro del Siglo de Oro.

No es de asombrar. No siempre la persona que dice "yo" en un poema —sea romance o soneto— debe ser necesariamente el poeta de carne y hueso; pero muchas veces ese "yo" coincide con la personalidad de Sor Juana; y entonces la coincidencia tiene un tono y un carácter orgulloso, y hasta prepotente. (Como se ha visto y se verá.)

En las fantasías de amor, sean reflexivas, amargas, alegres y por último realmente personales o personalizadas que examinaremos aquí, Sor Juana suele pagar también un tributo a las formas habituales de su tiempo: sobre los temas del desengaño, de la muerte, de la caducidad de la vida y de la esperanza, al lado de

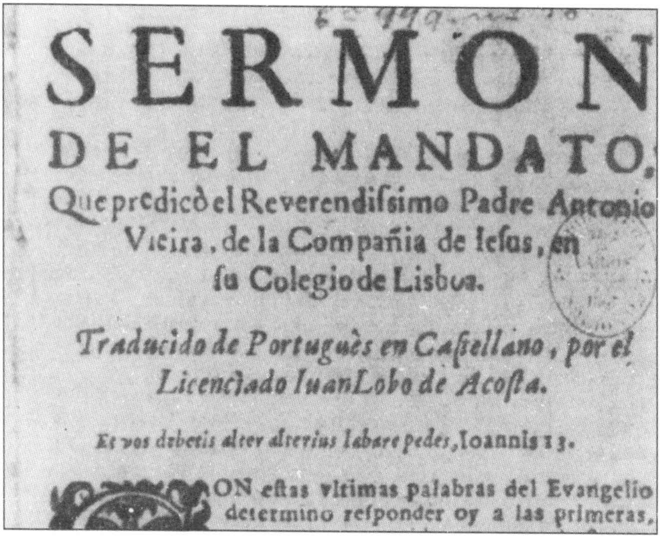

SERMON
DE EL MANDATO,
Que predicò el Reverendiſsimo Padre Antonio
Vieira, de la Compañia de Ieſus, en
ſu Colegio de Lisboa.

Traducido de Portuguès en Caſtellano, por el
Licenciado Iuan Lobo de Acoſta.

Et vos debetis alter alterius lavare pedes, Ioannis 13.

ON eſtas vltimas palabras del Evangelio
determino reſponder oy a las primeras,

FIGURA 1. Opúsculo del *Sermón del Mandato* del jesuita portugués Antonio Vieira (1508-1697). *(Véase* p. 35 del texto.)

LIBRO PRIMERO
DE LOS EMBLEMAS DE
Alciato traducidos en rimas
Españolas por Ber-
nardino Daza
Pinciano.

Al Duque de Milán.

De la garganta un niño que saliesse
De una feroz culebra y enrroscada

FIGURA 2. Ilustración del *Libro de los emblemas* (1522), de Andrea Alciato. *(Véase* p. 113 del texto.)

FIGURA 3a. Emblema que aparece en la *Emblemática política* (1618), de Jacob Bruck. (*Véase* p. 145 n. 1 del texto.)

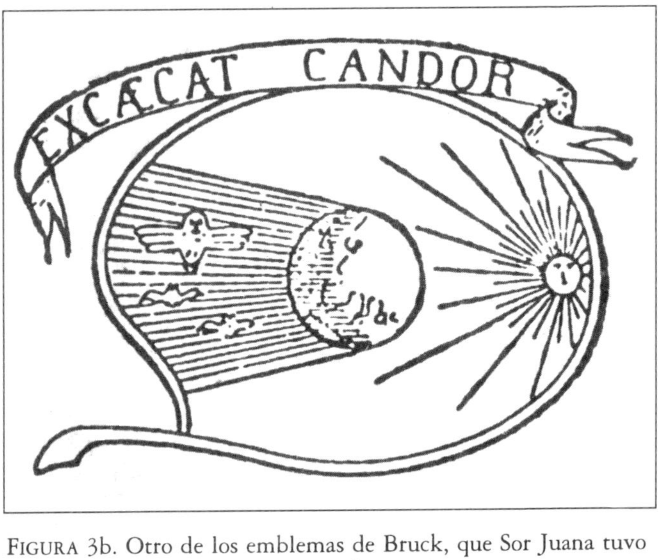

FIGURA 3b. Otro de los emblemas de Bruck, que Sor Juana tuvo presente en sus escritos. (*Véase* p. 145 n. 1 del texto.)

FIGURA 4. Emblema de la *oculata manus* de Alciato. (*Véase* p. 143 n. 29 del texto.)

Del silencio.

El necio no diffier' si esta callando
De aquel en quien está toda cordura.
La lengua y voz descubren en hablando
(Como señal del pecho) su locura.
Luego encubrirse su boca cerrando
Al necio cosa es cierta y muy segura,
Tomando la figura de aquel sabio [1]
Que a callar muestra con el dedo al
[labio.

FIGURA 5. Emblema de Alciato donde se retrata al sabio egipcio Harpócrates sentado ante una escribanía con el dedo en los labios. (*Véase* p. 146 del texto.)

FIGURA 6. Neptuno y Anfitrite. Frontispicio del libro *Le immagini de i dei de gli antichi* (Venecia, 1571), de Vincenzo Cartari. *(Véase* p. 146 del texto.)

FIGURA 7. Emblema de Alciato utilizado por Sor Juana. *(Véase* p. 148 del texto.)

FIGURA 8. Otro emblema de Alciato utilizado por Sor Juana. *(Véase* p. 148 del texto.)

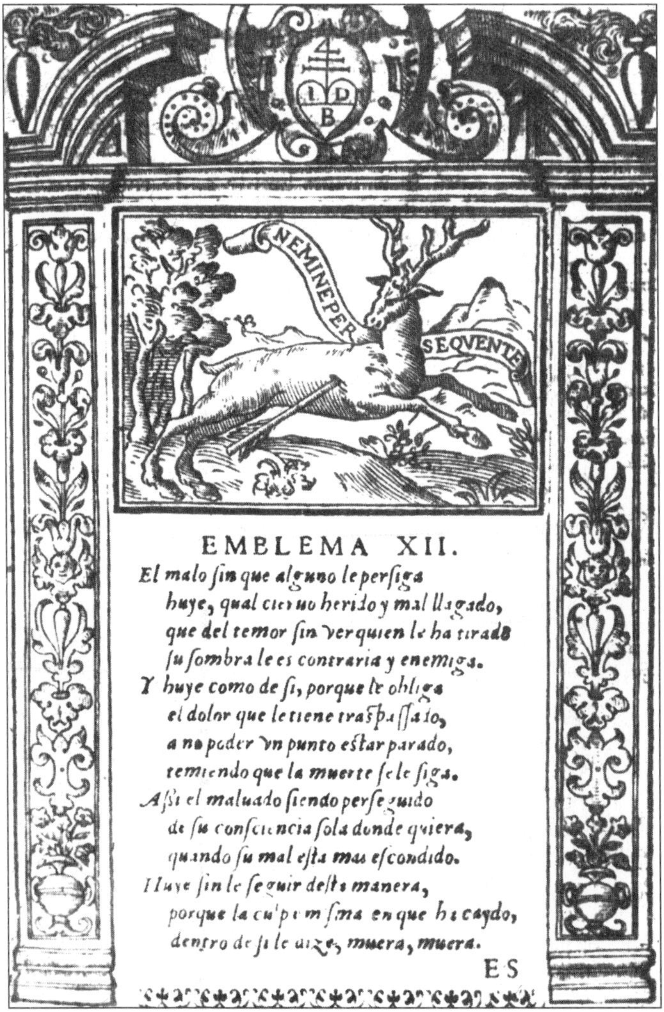

EMBLEMA XII.

El malo ſin que alguno le perſiga
huye, qual cieruo herido y mal llagado,
que del temor ſin ver quien le ha tirado
ſu ſombra le es contraria y enemiga.
Y huye como de ſi, porque le obliga
el dolor que le tiene traſpaſſado,
a no poder vn punto eſtar parado,
temiendo que la muerte ſe le ſiga.
Aſsi el maluado ſiendo perſeguido
de ſu conſciencia ſola donde quiera,
quando ſu mal eſta mas eſcondido.
Huye ſin le ſeguir deſta manera,
porque la culpa miſma en que ha caydo,
dentro de ſi le dize, muera, muera.

ES

FIGURA 9. Emblema del ciervo herido extraído de los *Emblemas morales* (Zaragora, 1604), de Sebastián de Covarrubias. *(Véase* p. 150 del texto.)

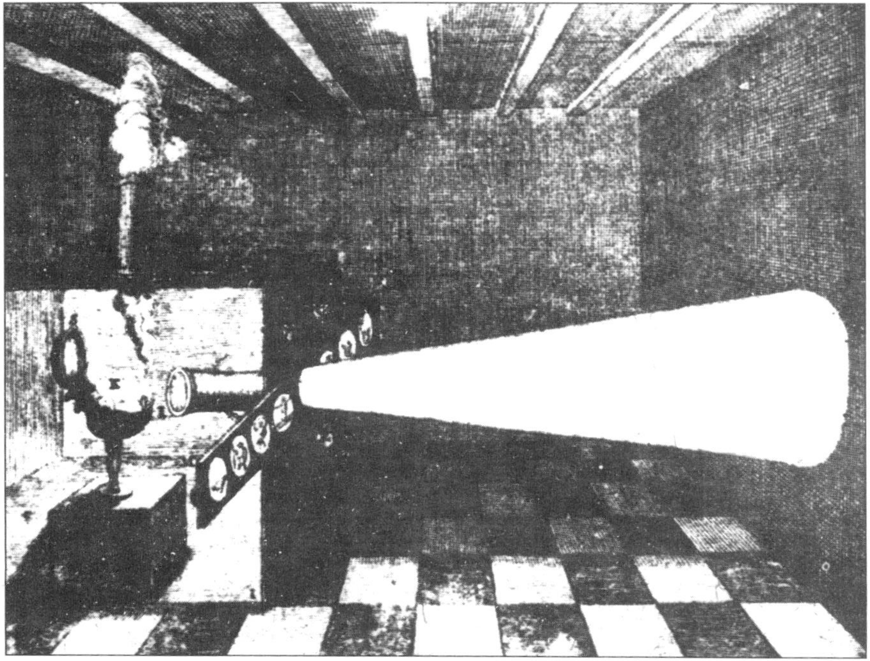

FIGURA 10. La linterna mágica de Atanasio Kircher. (*Véanse* pp. 98 y 156 del texto.)

los del amor o del "amor loco" (o "metafísico", a lo Quevedo). Son temas —donde ciertamente ella dejó huellas de su corazón— que componen la materia sublimada de los más graves y penetrantes sonetos de Sor Juana, quien —y es significativo—, como para confirmar su asentimiento a la poesía del tiempo, no vacila en intercalar metáforas ajenas y hasta versos enteros de otros en su obra poética. También lo veremos aquí suficientemente.

Algo se ha visto ya: en los versos de romance (octosílabos) Sor Juana nos ha mostrado a menudo (y nos mostrará aún) una rara capacidad para hacer estallar su metaforismo en breves esquirlas relampagueantes. Pero es preciso añadir algo más con diversos ejemplos de metáforas: "cenizas de disimulo / cubran amantes ardores"; "la locura de los ramos"; "fábrica de fingimientos" (que recuerda el "edificio de quimeras" de Quevedo); las "informaciones de bronce"; "el verde torno del tiempo"; "ayunar de tus noticias"; "vibrando luces el prado"; "pedí con mentales gritos"; "en caracteres de estrellas / conceptos de luz produjo"; o, por último, hablando de las minas mexicanas: "de sus abundantes venas / desangra los minerales", y así sucesivamente.[1]

Y cuando de los romances se pasa a la compacta, perentoria e ineludible arquitectura de los sonetos, veremos que ciertas fugas o exageraciones de inteligencia vital y ciertas formas radicalizadas de la expansión barroca cuajan a veces en una lúcida apodíctica poética. Es el caso del soneto "Detente, sombra de mi bien esquivo", cuyo delirio imaginativo examinaremos más adelante, y que sólo es comparable con la más desenfrenada modalidad de Quevedo. De todas formas, para honrar el paso del octosílabo al endecasílabo y de la estructura abierta del romance a la estructura cerrada del soneto, tengo por significativa la comparación entre el soneto que lleva por título "En que satisface un recelo con la retórica del llanto" y el romance "Con que, en sentidos afectos, prelude al dolor de una ausencia". Tanto en el soneto

[1] *O.C.*, I, p. 18 (vv. 23-24); p. 7 (v. 100); p. 10 (v. 42); p. 22 (v. 19); p. 58 (v. 176); p. 53 (v. 40); p. 42 (v. 80); p. 36 (v. 132); p. 39 (vv. 15-16) y p. 103 (vv. 95-96)

como en el romance el tema es el siguiente: la mujer (la que dice "yo" en ambas composiciones) trata de recobrar el amor inseguro (por celos o frialdad) del hombre, a través de la "demostración visible" de su llanto, confirmación de su cariño y de su dolor ante las sospechas y dudas del hombre.

Esta tarde, mi bien, cuando te hablaba,
como en tu rostro y tus acciones vía
que con palabras no te persuadía,
que el corazón me vieses deseaba;
y Amor, que mis intentos ayudaba,
venció lo que imposible parecía:
pues entre el llanto, que el dolor vertía,
el corazón deshecho destilaba.
Baste ya de rigores, mi bien, baste;
no te atormenten más celos tiranos,
ni el vil recelo tu quietud contraste
con sombras necias, con indicios vanos,
pues ya en líquido humor viste y tocaste
mi corazón deshecho entre tus manos.

Aun cuando las indicaciones de amor sean muy similares en el romance, la situación descrita es un poco distinta: mientras que en el soneto el dolor está provocado por una incomprensión momentánea pero localizada en el tiempo ("esta tarde"), en el romance en cambio es fruto de la partida del amado. Y no sólo eso: el romance se configura como epístola escrita al "dulce idolatrado dueño" de su corazón y se confía por ende "a los tristes rasgos" "de mi triste pluma", rasgos "nunca / con más justa causa negros" (donde el "negros" es señal de duelo y tristeza, así como, obviamente, de la tinta con que están escritos). Y, sin embargo, de inmediato se pasa del escribir al "hablar", al oír y al mirar:

Hablar me impiden mis ojos:
y es que se anticipan ellos,
viendo lo que he de decirte,
a decírtelo primero.

Oye la elocuencia muda
que hay en mi dolor, sirviendo
los suspiros, de palabras,
las lágrimas, de conceptos.
Mira la fiera borrasca
que pasa en el mar del pecho,
donde zozobran, turbados,
mis confusos pensamientos.[2]

En suma, en el romance la mujer transmite al hombre amado las mismas expresiones de dolor y emoción que en el soneto, en cambio, se producen "en presencia" de él. Pero la comparación, creo, no sería tan significativa si no implicase, en una y otra composición, la concreción de los sentidos: la vista y el oído en el romance, la vista y el tacto ("viste y tocaste") en el soneto. Y que en ambos se hable o de "retórica del llanto" o de "elocuencia muda" de las lágrimas, dando a los dos términos un sentido doble, real y virtual, poético y de poética, metaliterario, en fin.

También por ello (y vuelvo al soneto) me parece sintomático que en esos versos Sor Juana lleve a las últimas consecuencias una forma metafórica tomada de un dicho popular y por ende lexicalizada ("deshacerse en lágrimas", o "deshacerse el corazón en lágrimas", como dicen los diccionarios), en vista sobre todo de los contactos que ella establece con Góngora y Herrera. Mientras que en Góngora, con "Suspiros tristes, lágrimas cansadas / que lanza el corazón los ojos llueven",[3] o bien, en versión satírica, con "Mientras Corinto, en lágrimas deshecho / la sangre de su pecho vierte en vano",[4] la forma lexicalizada aparece o delicadamente aludida y trascendida o directa y toscamente asumida; en Herrera no sólo tenemos más de una vez "triste humor" y "tristes lágrimas", sino versos como "En lágrimas deshago el triste canto / y

[2] Y a partir de aquí muchas estrofas se inician, anafóricamente, con este "Mira", *O.C.*, I, p. 24.

[3] Soneto 223 (1582), en las pp. 444-445 de la edición de las *Obras completas* de Juan e Isabel Millé y Giménez, Aguilar, Madrid, 5ª ed., 1961.

[4] Soneto 295 (1608), *ibidem,* p. 482. Cfr. a este respecto el ensayo sobre las "Lágrimas barrocas" de Bodini (1964, pp. 39-61).

en ellas ya debía estar deshecho / el duro corazón, que sufre tanto". Señal de que la forma prebarroca herreriana y la forma ultrabarroca sorjuaniana acaban por asemejarse extrañamente: la primera, porque es casi anterior a la lexicalización; la segunda, porque exagera y hasta sobrecarga tal lexicalización. Por otra parte, la fascinación —y en parte la debilidad de aquel "corazón deshecho", ya anticipado en el octavo verso— de nuestro soneto está cabalmente en la exasperación de los signos metafóricos, tal y como se concentra en los dos últimos versos y como lo va preparando el verso "que el corazón me vieses deseaba", en conjunto casi una transposición a código lingüístico y poético de una pintura o escultura de la época, en especial de las coloniales, con sus toques de hiperrealismo, rostros lacrimosos y corazones deshechos, conseguidos con relieve de estucos y coágulos de laca rojo sangre.[5]

Ahora bien, si la exageración de los datos metafóricos tradicionales (tradicionales respecto a la literatura renacentista y barroca), aunque ensalzada al máximo, parece aquí como institucionalizada y casi fin en sí misma (en el sentido de una finalidad expresiva y poética), acaba por resolverse, en cambio, en una mucho más honda transfiguración fantástica y alegorizada en el soneto 165:

Detente, sombra de mi bien esquivo,
imagen del hechizo que más quiero,
bella ilusión por quien alegre muero,
dulce ficción por quien penosa vivo.

[5] Obsérvese, además, en ese v. 8º, la aliteración "deshecho destilaba", que rima en asonancia interna, y naturalmente en consonancia, con "intentos ayudaba" (v. 5). Y obsérvese además —en muy distinto plano— cómo el uso de los imperfectos continuativos en los dos cuartetos imprime al soneto un inicial tono evocador, casi melancólico. Véase, por último, de qué modo el amplio y solemne inicio del primer cuarteto se localiza en el 4º v. y el movimiento del segundo en el 8º; cómo, después del "baste", se produce la bifurcación "celos tiranos"-"vil recelo", que continúa, tras el encabalgamiento entre los vv. 11 y 12, en los paralelos "sombras necias" e "indicios vanos"; y cómo por fin todo se compone de nuevo, en ángulo agudo, en el "corazón deshecho" y en los verbos no ya paralelos sino coincidentes "viste y tocaste", subrepticia o mejor dicho surrealísticamente confluyentes en "entre tus manos".

Si al imán de tus gracias, atractivo,
sirve mi pecho de obediente acero,
¿para qué me enamoras lisonjero
si has de burlarme luego fugitivo?
Mas blasonar no puedes, satisfecho
de que triunfa de mí tu tiranía;
que aunque dejas burlado el lazo estrecho
que tu forma fantástica ceñía,
poco importa burlar brazos y pecho
si te labra prisión mi fantasía.

La sombra evanescente del amado ¿es la de un sueño o la de una aparición fugaz? Fantasía de una fantasía de la mujer que implora y luego, al final, reivindica el poder de su amor, capaz de aprisionar con la imaginación a su hombre, tan esquivo que pretende huir de ella a toda costa, como un auténtico burlador: este soneto pertenece por entero a Sor Juana, como ha observado positivamente Paoli, sobre todo en el final donde la poetisa se sale con un "respingo de dignidad y orgullo femeninos".[6] El hecho de que ella haya inventado semejante situación, que sólo como situación corresponde a la tradición barroca (la misma de Quevedo en el soneto "A fugitivas sombras doy abrazos", recordada, con otros varios pasajes extraídos de Calderón, en las notas de Méndez Plancarte a las *Obras completas),* no hace sino confirmar lo antes dicho, pues en ninguna de esas composiciones hay signos de tan orgullosa reacción. Más aún: en su soledad sustancial, "precisamente porque [la del hombre o del ente amado] es forma fantástica, la fantasía de Sor Juana la creará siempre de nuevo",[7] confiriendo así a la fantasía un poder del que otros sentimientos carecen.

Por lo demás, en la rigurosa estructuración del soneto, basado en una serie de contraposiciones simples o compuestas *(sombra-bien, imagen-hechizo, bella ilusión-alegre muero, dulce ficción-penosa*

[6] R. Paoli (1983, p. 189, nota).

[7] Cfr. C. Blanco Aguinaga (1962, pp. 145-162). El soneto de Quevedo, famosísimo, es el 14, p. 511. Pero Blanco Aguinaga atribuye a Sor Juana un "realismo" y una "participación" amorosa que no son suyos.

vivo, etc.), que se cierra con la palabra *fantasía,* verdadero *clímax* de la composición,[8] así como en las indicaciones de "parentesco" ofrecidas por Méndez Plancarte (y en la nota ya citada), se revela toda la abierta literatureidad de Sor Juana. Y ésta resulta más evidente que nunca allá donde retoma al comienzo del soneto el inicio de otro soneto ya conocido: el de Luis Martín de la Plaza, cuyo primer verso es "Amante sombra de mi bien esquivo". Lo cual significa que Sor Juana, como ya se ha dicho, bebe muy a menudo en la poesía y las ficciones para llegar a otra poesía y otra ficción. O, mejor dicho, siempre está dispuesta a vivir la ficción hasta sus últimas consecuencias —teatral o dramáticamente consumada en su inconsciente profundo— a través de "excitaciones intelectuales"; hasta tal punto que arrolla (y en esto tiene de nuevo razón Blanco Aguinaga) los propios valores que en otras partes parece aceptar tranquilamente y compartir sustancialmente.

Tampoco se le escapa aquí al lector atento una nota de contenida aunque vigorosa sensualidad en las expresiones usadas por ella, como esa repetición de la palabra "pecho": "sirve mi pecho de obediente acero" o "poco importa burlar brazos y pecho". Sensualidad y sentido erótico que se hallarán asimismo en otros momentos de verdad de su poesía, como bien ha señalado en su libro Octavio Paz.[9]

Algunos versos tomados aquí y allá dejan incluso perplejo al lector —ora atraído por la ficción, ora por la probable realidad de los sentimientos, ora por el artificio y la alegoría, ora por francas expresiones de amor—. Así ocurre cuando se adentra en la lectura del romance núm. 3 *(O.C.,* vol. I, pp. 9-17), dedicado por entero a los celos, y se detiene en versos de este tipo, donde se habla de la "fiebre" de los celos:

[8] Es preciso reconocer que ese final responde en lo más hondo al verbo inicial: detente. De ahí se deriva la serie "negativa" sombra-, imagen-, hechizo-, ilusión-, ficción, que al final se dobla en forma fantástica, y que llega a su apogeo con el espléndido verbo labrar prisión del último verso.

[9] Véanse, en particular, en el libro de O. Paz (1982), todo el capítulo titulado "Religiosos incendios" y el capítulo "Óyeme con los ojos" o, más concretamente, en este último capítulo, las pp. 364 y 367.

De la fiebre ardiente suya
son el delirio más cierto;
que, como están sin sentido,
publican lo más secreto.

Y eso mismo ocurre con un verso de un soneto donde del amor se afirma "que daña lo que falta y lo que sobra"[10] o donde describe a una persona presa del amor como "Toda en el mal el alma divertida".[11]

Poemas de amor sin velos

Nadie puede creerlo. Nadie puede creer que la fantasía o la imaginación se nutran de la nada. Y así hasta las más abstrusas y más "inventadas" fantasías amorosas de Sor Juana se apoyan en un oculto aunque impetuoso erotismo. Que sale empero a la luz —tiene razón Paz— a través de formas inducidas e indirectas, basadas en el neoplatonismo de raíz renacentista, donde el amor suele asumir rostros diversos, a menudo ambiguos, oblicuos, ambivalentes, con ramificaciones que llegan hasta la homosexualidad masculina y femenina.

No es de asombrar, por tanto, que a los versos ya aquí citados:

¿Hay cosa como saber
que ya dependo de nadie,
que he de morirme y vivirme
cuando a mí se me antojare?
....
¿Que yo soy toda mi especie
y que a nadie he de inclinarme,
pues cualquiera debe solo
amar a su semejante?

versos que son una respuesta a un "caballero del Perú" llegado hacía poco a Nueva España, el cual le responde así, aunque sea sin malicia:

[10] Se trata del soneto núm. 169, *O.C.*, I (último verso), p. 290.

[11] Cfr. soneto núm. 172, *O.C.*, I, p. 291, v. 5.

...para usar en ambos sexos
de versos hermafroditos...[12]

donde se capta uno de los caracteres del amor ostentativamente "neutro" o asexuado, aunque en realidad cargado de *furor eroticus,* como es el que surge en cierta poesía de Sor Juana.

Y que ora se configura de este modo:

Ser mujer, ni estar ausente,
no es de amarte impedimento;
pues sabes tú que las almas
distancia ignoran y sexo.[13]

Ora de este otro, mucho más vehemente (donde ya está implicada su fuerte amistad amorosa con la virreina):

Y aunque en los Príncipes todos
es costumbre tan usada
dar por Pascuas libertad
a los que en prisión se hallan:
yo, que en las dulces cadenas
de vuestras luces sagradas,
adonde, siendo precisa,
es la prisión voluntaria
(donde es oro la cadena
que adorna a un tiempo y enlaza
y joyeles de diamantes
los candados que la guardan),
vivo; no quiero, Señora,
que con piedad inhumana
me despojéis de las joyas
con que se enriquece el alma,
sino que me tengáis presa;
que yo, de mi bella gracia,

[12] *O.C.,* I, p. 152 (núm. 49 bis). Los versos anteriores están en la p. 146 y pertenecen al núm. 49.

[13] *Ibidem,* p. 57 (núm. 19).

por vos arrojaré mi
libertad por la ventana.[14]

O bien, lamentándose porque a causa de sus obligaciones le resulta imposible verla, se salga con estos versos:

¿Que no he de ver tu semblante,
que no he de escuchar tus ecos,
que no he de gozar tus brazos
ni me ha de animar tu aliento?[15]

A todas las voces de la pasión Sor Juana —prolija y sobreabundante y no pocas veces también desordenadamente fluyente— les ha puesto un filtro (o una máscara) de pureza y sublimación, confundiendo no en vano los "religiosos incendios" con los laicos (como forma de rescate), como observa Paz en el título del capítulo citado, y en los versos y en el romance (uno de los más encendidos de amor a la virreina María Luisa, condesa de Paredes, a quien llama ora Lysi, ora Filis, ora Lisarda) donde aparece cabalmente esa expresión.[16] Ha sido decisiva, en este ámbito, la intervención de Antonio Alatorre, quizás el primero en indicar la anomalía de esa *Advertencia* que extrañamente precede —como nota precautoria, *non petita*— a una serie de romances dedicados a la belleza de la virreina y a los homenajes que le rinde Sor Juana en inflamados versos. Y ha sido el primero en señalar como "poema erótico" el romance dodecasílabo (núm. 61) que se inicia con los versos:

Lámina sirva el Cielo al retrato
Lísida, de tu angélica forma...

y que se titula "Pinta la proporción hermosa de la Excelentísima Condesa de Paredes", usando la ya ritual (a partir de Petrarca, o

[14] *Ibidem,* p. 49 (núm. 16).

[15] *Ibidem,* p. 25 (núm. 6).

[16] *Ibidem,* I, p. 55, vv. 49-56. "Pues del mismo corazón / los combatientes deseos / son holocausto poluto / son materiales afectos, / y solamente del alma / en religiosos incendios, / arde sacrificio puro / de adoración y silencio."

antes de éste) "panorámica" del cuerpo femenino, partiendo del cabello para llegar a los pies de aquel cuerpo tan soberbiamente "venerado" y adorado.[17]

Es suficiente con reproducir aquí sólo algunos de los versos sobrecargados y desbordantes —sensuales, en suma—, donde la primera palabra de cada verso, esdrújula, impone un ritmo precioso y amanerado, capaz de producir conjunciones atrevidas e inéditas (que no podían por menos de agradar a Gerardo Diego, el cual lo eligió para su *Antología poética en honor de Góngora* de 1927).

Cátedras del Abril, tus mejillas,
clásicas dan a Mayo, estudiosas:
métodos a jazmines nevados,
fórmula rubicunda a las rosas.
Lágrimas del Aurora congela,
búcaro de fragancias, tu boca,
rúbrica con carmines escrita,
cláusula de coral y de aljófar.[18]

Por último, en otra composición, inspirada e irónica —eso dice el título— a Jacinto Polo (la composición es el poco usado ovillejo), donde "pinta en jocoso numen una belleza", que es la inolvidable Lisarda:

Es, pues, blanca y hermosa con exceso,
porque es de carne y hueso,
no de marfil ni plata: que es quimera
que a una estatua servir sólo pudiera.[19]

[17] El artículo, ahora mencionado por muchos (también por O. Paz, 1982, p. 295) es de A. Alatorre (1977). El romance dodecasílabo se encuentra en las pp. 171 y ss. de las *O.C.*, I.

[18] *O.C.*, I, p. 172 (núm. 61), vv. 29-36.

[19] *Ibidem*, p. 328 (núm. 214), vv. 335-336.

Dos sonetos escritos al margen de dos retratos

En el ovillejo recién citado, Sor Juana, como se ha visto, parte de Jacinto Polo, que utilizaba en diversas composiciones las formas jocosas o satíricas (por ejemplo en la *Fábula burlesca de Apolo y Dafne,* citada en nota por Méndez Plancarte) y que, según Cossío,[20] ofrece varios ejemplos de cómo "una escuela poética se caricaturiza a sí misma"; Sor Juana, en suma, no vacila en adueñarse de versos enteros de otros poetas. Lo había hecho ya, explícitamente, en el romance núm. 3, "Si es causa amor productiva", recordando en el título el nombre de José Pérez de Montoro, "uno de los más célebres poetas de este siglo" (?!). Y ahora, aparte de inspirarse en Jacinto Polo, repite dos famosos versos de Garcilaso, sustituyendo la palabra "prendas" por "luces", como si citase de memoria:

> ¡Oh dulces luces, por mi mal halladas,
> dulces y alegres cuando Dios quería...![21]

También en los sonetos que me dispongo a transcribir y comentar, Sor Juana se apoya palmariamente en dos versos ajenos, uno —como veremos— bastante célebre y otro algo menos, aunque igualmente revelador y felizmente elegido. Los dos sonetos, como se dice en el título, están suscitados por la visión de su retrato y se incluyen en las diversas composiciones que en la época dedicaban los poetas al *desengaño,* a la desilusión (vital y amorosa) y a las apariencias engañosas e ilusorias de las imágenes pictóricas.

He aquí el primer soneto (núm. 145):

> Éste, que ves, engaño colorido,
> que del arte ostentando los primores,
> con falsos silogismos de colores
> es cauteloso engaño del sentido;

[20] J. M. de Cossío (1952, p. 58).

[21] Es el primer verso del soneto núm. X de Garcilaso de la Vega, *Obras completas,* Aguilar, Madrid, 1944, p. 195 (Col. Crisol).

éste, en quien la lisonja ha pretendido
excusar de los años los horrores
y venciendo del tiempo los rigores
triunfar de la vejez y del olvido,
es un vano artificio del cuidado
es una flor al viento delicada,
es un resguardo inútil para el hado:
es una necia diligencia errada,
es un afán caduco y, bien mirado,
es cadáver, es polvo, es sombra, es nada.

El verso casi enteramente recuperado o citado es este último, puesto ya por Góngora al final de un soneto famoso, el que empieza con "Mientras por competir con tus cabellos" y termina justamente con el verso:

en tierra, en humo, en polvo, en sombra, en nada.[22]

Pero en tanto el soneto gongorino, preclaro ejemplo de un juego de correlaciones de cuatro términos (cuatro tomados de la naturaleza y cuatro del cuerpo de la mujer) se cerraba con cuatro términos y el conclusivo (y decisivo) *nada,* el de Sor Juana se basa no sólo sobre una correlación (los cinco *es* anafóricos al principio de los versos se corresponden con los cuatro *es* del verso final —siempre con ese *nada* con una auténtica función de "aniquilación"), sino en una serie de oxímoros, aquí anticipados al cuarto verso ("es cauteloso engaño del sentido"), que en parte debilita el bellísimo *crescendo* final—. La sustitución del término "tierra" (que estaba en Góngora) por el vocablo, muy caro a Sor Juana, "cadáver", con su acento levemente anómalo (para un endecasílabo) hace que se rompa, con un añadido que podríamos denominar ultrabarroco, el retorno del último cuarteto que corre hacia su clímax.[23]

[22] Cfr. *O.C.,* soneto 228 (1582). Ya en la primera edición de este libro enumeraba yo una serie de otros ejemplos donde se utilizaban, de forma compacta o dispersa, los mismos vocablos, símbolos de la caducidad de la vida (cfr. Puccini, 1967, pp. 140-141). El soneto de Góngora puede leerse en *Obras completas,* Aguilar, Madrid, 1961, núm. 228, p. 447.

[23] La estructura del soneto presenta un curioso paralelismo con la del soneto

Con todo, me parece mucho, pero mucho más indicativa (por diversos indicios) esta tendencia de Sor Juana —entre el narcisismo y la soledad— de construir un soneto del *desengaño* tomando como pretexto un cuadro que la representa (la indicación está en el título del soneto, donde se habla de "un retrato de la poetisa") y por tanto casi a costa de su misma persona.

La misma consideración, aunque el centro de la desilusión sea aquí la Esperanza frustrada (sobre la base del título, "A la Esperanza, escrito al margen de uno de sus retratos") se puede extraer de otro soneto que posee caracteres muy estimulantes y en ciertos aspectos hasta reveladores. Éste es:

> Verde embeleso de la vida humana,
> loca esperanza, frenesí dorado,
> sueño de los despiertos intrincado,
> como de sueños, de tesoros vana;
> alma del mundo, senectud lozana,
> decrépito verdor imaginado;
> el hoy de los dichosos esperado
> y de los desdichados el mañana:
> sigan tu sombra en busca de tu día
> los que, con verdes vidrios por anteojos,
> todo lo ven pintado a su deseo;
> que yo, más cuerda en la fortuna mía,
> tengo en entrambas manos ambos ojos
> y solamente lo que toco veo.

Antes de ninguna otra observación, me interesa señalar que también en esta composición Sor Juana toma un verso de Herrera casi entero. En efecto, donde escribe:

> que yo, más cuerda en la fortuna mía,

374 de Quevedo *(op. cit.,* pp. 387-388), basado igualmente en una serie de oxímoros: en Quevedo vienen primero los "es" declarativos, y después la conclusión con "éste" demostrativos, mientras que en Sor Juana prima el "éste" demostrativo e introductivo, y después los "es" explicativos y conclusivos.

Herrera había acuñado el verso:

> Yo más dichoso en la fortuna mía.[24]

De todas formas este soneto, ahora incluido en todas las ediciones, nunca fue recogido en las obras de Sor Juana, ni siquiera en el volumen póstumo. Se lee, en cambio, en una inscripción que aparece en el retrato que pintó en 1713 (?) Juan de Miranda, deduciéndolo quizá de otros retratos y recuerdos de Sor Juana para el convento de San Jerónimo.[25]

Debo a una nota de insólita precipitación de Paoli ("la lectura transmitida del v. 4 —'como de sueños, de tesoros vana'— está seguramente corrompida porque no tiene un sentido racional. El verso enmendado por nosotros, etc.")[26] la reflexión sobre este pasaje y por ende la comprensión completa del soneto, donde los versos 3 y 4 juegan con las distintas acepciones de la palabra *sueño* (como ya advertía Paz, en un pasaje ya citado, en la p. 103). No es casual además que la palabra aparezca la segunda vez en plural ('como de sueños') para confirmar su uso más frecuente en el sentido de "ilusiones, quimeras, etc.". Un *sueño* vacío de *sueños*... ¿hay algo más barroco que este "juego" de Sor Juana?

Dirigido a la esperanza, inmediatamente definida "loca", y "embeleso", "frenesí", "sueño", "senectud", etc., y construido en la arcada de un solo y largo periodo,[27] el soneto aparece sumamente sencillo e incisivo, y en los tercetos, hasta descarnado y crudo. También aquí, hasta el inicio del segundo terceto, la habitual línea conceptual del "desengaño" barroco parece respetada y seguida; y se piensa que la conclusión no puede sino ser la de siempre: la solitaria y heroica del implícito reconocimiento de la falacia

[24] Se trata del soneto que empieza con el verso "Dichoso fue el ardor, dichoso el vuelo", que se lee en la p. 266 de la *Obra poética* de Fernando de Herrera, ed. crítica de José Manuel Blecua, Anejos de la Real Academia Española, Madrid, 1975.

[25] Ahora en *O.C.*, I, núm. 152, pp. 280-281.

[26] R. Paoli (1983, p. 231, nota 2).

[27] Obsérvese, también en este soneto, la asonancia interna en los vv. 1 y 4: "verde embeleso"-"como de sueños". También un hilo sutil y tenaz atraviesa toda la estructura del soneto: "verde" (v. 1), "verdor" (v. 6), "verdes" (v. 10), parecido al "burlar" del soneto 165.

de la esperanza, de la sobrentendida certeza de una vida sobrenatural o de la amarga constatación de la inutilidad de todo esfuerzo humano. Pero a partir del segundo terceto ("que yo...") se produce algo que es infrecuente ver en una poesía española del siglo XVII (ni siquiera en ciertos desesperados desiertos de Quevedo):

> que yo, más cuerda en la fortuna mía,
> tengo en entrambas manos ambos ojos
> y solamente lo que toco veo.

No sólo Sor Juana usa a su modo en el primer terceto la frase de Gracián "ni hay anteojos de colores que así alteren los objetos como los afectos",[28] sino que transforma también el emblema de la *"oculata manus, credens in quod videt"* de Alciato, tantas veces citado por Gracián,[29] en la afirmación única de una directa percepción sensible y concretamente visual: no dice "creo en lo que toco", sino "veo lo que toco". Invertido aquí, casi con espíritu blasfemo, el famoso mitema de santo Tomás, y superando todos los *impossibilia* de la ortodoxia católica, Sor Juana reafirma en los últimos versos el poder de la personalidad humana, incluso contra la voluntad de la "fortuna" (y de la providencia), la validez de la experiencia sensible, etc. Sor Juana expresa y esboza en último extremo algo que se asemeja a la "duda metódica". ¡Se comprende, pues, que el soneto no aparezca en las obras impresas en vida ni en las póstumas! Esto ya se intuía en los repliegues del romance "Finjamos que soy feliz".[30]

En dicho romance se leen versos como éstos (vv. 41-44):

> Para todo se halla prueba
> y razón en que fundarlo;

[28] *El criticón,* parte III, en B. Gracián, *op. cit.,* p. 683. Recuérdense los versos de Calderón en *La vida es sueño:* "No sueño, pues toco y creo / lo que he sido y lo que soy".

[29] En *Oráculo Manual,* 222 (ed. cit., p. 212); y en *El criticón,* parte II, crisis I (pp. 672 y 679); crisis II (p. 686: "tocar con ocular mano todas las cosas, antes de creerlas"); y parte III, crisis VII (p. 924) (figura 4).

[30] *O.C.,* I, pp. 5-8.

y no hay razón para nada,
de haber razón para tanto.

Versos que Rivers comenta así: "Escepticismo radical, expresado con la ingenuidad típica del conceptismo escolástico español".[31] Pero véanse también las endechas que se inician con los versos:

Ya, desengaño mío,
llegásteis al extremo
que pudo en vuestro ser
verificar el serlo.

Por lo demás, que en el soneto se defina a la esperanza como "alma del mundo" no me parece del todo correcto desde el punto de vista teologal.

Se da, pues, el caso de que en "Verde embeleso" hemos ascendido a las cimas de la alegoría transfigurante de la poesía de Sor Juana. En el soneto se ha derramado de nuevo en poesía toda la carga simbólica y figural del emblema, pero ésta también ha dado lugar a dos opciones sólo en apariencia contradictorias: por un lado, a una desconfianza hacia cuanto no sea sensiblemente verificable, contra toda ilusión y toda sombra sin esperanza del probable día; por otro, a una confianza en las posibilidades de la fantasía creativa, concentrada en su energía visual. La zona del libre albedrío se dilata también en dos direcciones diversas y divergentes, aunque no contrapuestas ni que se anulen la una a la otra. A una fe enteramente humana responde un extremado desencanto, igualmente humano y nada más que humano. Llegados a estas cimas, advertimos —en pocas palabras— que se han derrumbado los últimos esquemas y obstáculos que se interponían ante la iniciativa personal y terrena. Y también en el campo de la expresión poética algo se ha resquebrajado, se ha roto, y el nuevo germen ha hallado su camino. Y su luz.

[31] E. L. Rivers (1965, p. 22, n. 3). La cita siguiente está en *O.C.*, I, núm. 79, p. 207.

V. IMAGINACIÓN ICÓNICA Y PICTÓRICA EN LA POESÍA DE SOR JUANA

La abundante presencia de emblemas

En páginas anteriores hemos recordado un famoso emblema de Alciato —el de la mano en cuyo centro aparece un ojo— que gozó de gran fortuna en la época barroca, también en el ámbito hispánico, y que en Sor Juana funciona, como hemos visto, de modo bastante audaz y desacostumbrado.

Pero es preciso ahora recomponer una lista y redactar un compendio de los elementos icónicos que, en el curso de estas páginas, hemos ido recordando a medida que aparecían. Hasta diez, y digo diez, rastros de emblemas se han identificado en el cuerpo del *Primero sueño:* cuatro deducidos, con gran sagacidad y agudeza, por José Pascual Buxó, de las "empresas" de Saavedra Fajardo;[1] y seis de los famosos *Emblemata* de Alciato, siguiendo el comentario de Álvarez de Lugo al *Primero sueño,* comentario recientemente sacado a la luz y publicado por Andrés Sánchez Robayna.[2] Me parece sintomático que un casi contemporáneo de Sor Juana se haya inspirado con tanta generosidad, para su comentario, en los emblemas de Alciato: aun admitiendo que la atracción por esas formas de lenguaje mixto —escrito y dibujado— fuese más fuerte en el comentarista que en el comentado (no lo creo, aunque el primero exageró en varias ocasiones), no cabe duda de que la poesía barroca tenía en alta estima las figuraciones "morales", o sea los "emblemas", las "empresas" y otras formas semejantes. Mas como de estas seis últimas referencias a emblemas de Alciato sólo hemos aludido anteriormente a dos, evocaré rápidamente ahora los otros cuatro, sobre

[1] Cfr. el presente volumen, p. 114. Parece que Saavedra Fajardo los había tomado, a su vez, de la *Emblemática política* de Jacob Bruck, de 1618 (figuras 3a y 3b).

[2] A. S. Robayna (1990). Véase el presente volumen, pp. 112-113.

todo para empezar a subrayar de alguna manera (en este caso no siempre pertinente) el seguro origen figurativo de gran parte de la poesía sorjuaniana.

Primero. Aunque el emblema alciatiano (núm. 11) se refiera al silencio que deberían mantener los necios, partiendo del consejo del sabio egipcio Harpócrates, que apoya el dedo en los labios, y la figura retrata justamente a Harpócrates sentado ante una escribanía con el dedo en los labios, es verdad, en este caso, que los versos de Sor Juana (*Primero sueño,* vv. 73-76) donde se cita a Harpócrates parecen sólo inspirados en la parte figurada del emblema, y en absoluto en su parte escrita (figura 5). (La leyenda del silencio impuesto por Harpócrates podía venirle a Sor Juana también de Vincenzo Cartari, autor italiano del XVI que escribió un libro muy divulgado de mitología, *Le immagini de i dei de gli antichi* [figura 6], y de segunda mano de Baltasar Vitoria, como insinúa Paz a propósito del *Neptuno alegórico* de Sor Juana.)[3] *Segundo.* Poco convincente me parece la referencia a Alciato (emblema núm. 42) y a su encina que resiste sólidamente sobre sus raíces pese al viento impetuoso, si se relaciona con los vv. 127-128, en los cuales Sor Juana se refiere sólo al nido, y a los pequeñuelos que lo habitan, batido por el viento que agita el árbol (no se especifica si se trata de una encina) donde el nido se encuentra. *Tercero.* Igualmente poco convincente resulta el emparejamiento del emblema también de Alciato (núm. 6), donde se ve a una prostituta a lomos de un extraño animal, pero con un peplo de púrpura, y los versos 179 y 191 del *Primero sueño* en los cuales se dice que en el sueño son perfectamente iguales tanto quien viste púrpura y brocado como quien se cubre con tosco sayal. *Cuarto.* Y menos convincente aún, y hasta del todo gratuita, me parece la idea del comentarista cuando cree ver un contacto entre la descripción del cuerpo humano del sueño (vv. 201-203), comparado con "un cadáver con alma" y el emblema de Alciato donde se describe y representa a Alcides (Hércules) que despierta del sueño y aplasta cual si fuesen pulgas a los pigmeos que se agolpan a su alrededor para matarlo (núm. 58).

[3] O. Paz (1982, p. 215).

A pesar de este celo quizás excesivo de Álvarez de Lugo, una cosa es cierta: parte nada insignificante de la mitología, en su mayoría de origen ovidiano, que Sor Juana despliega en sus obras proviene también de la emblemática.

Una prueba evidente la aporta el *Neptuno alegórico,* recién citado: obrilla ciertamente menor y de puras circunstancias, escrita en prosa y versos, que se remonta al momento de máxima adhesión y entrega de la monja a las fastuosas y pomposas ceremonias virreinales. Se trata de la ilustración verbal y no verbal (como pronto diremos) que le encargaron para uno de los arcos de triunfo erigidos en 1680 para recibir en la ciudad de México al nuevo virrey, don Tomás de la Cerda, marqués de la Laguna. En este texto, trufado de citas y referencias mitológicas (al nuevo virrey, llegado del mar, se le compara con Neptuno), es natural que Sor Juana emplease a fondo sus dotes de escritora en función figural, en este caso en sentido laico, y que para ello recurriese hasta cinco veces al ejemplo y a la autoridad de los emblemas de Alciato, como para dar una indicación al anónimo pintor a quien se le confiaban los "lienzos", las grandes telas que se supone punteaban el recorrido del cortejo virreinal. Obsérvese que Sor Juana ofrece en el curso de la obrilla los "argumentos" y descripciones de cada uno de los lienzos y de otras pinturas que aparecían en las columnas y en otros puntos de la catedral. Acaso tenga cierto interés, siempre con el mismo propósito descriptivo-pictórico, que Sor Juana se sirviese, amén de numerosas citas de Ovidio, Horacio, Virgilio y Quintiliano, de algunos textos, con frecuencia ilustrados, de la literatura mitológico-alegórica del XVI italiano, como los *Hierogliphica* de Pierio Valeriano, la obra de Vincenzo Cartari antes recordada y las *Mythologiae* de Natale Conti.

(Entre paréntesis ha de anotarse y remacharse que el *Neptuno alegórico* y la explicación que de él da Sor Juana en las páginas que titula *Razón de la fábrica alegórica y aplicación de la fábula*[4] entran de lleno en esa zona de abierto alegorismo de la que he hablado por extenso en el tercer capítulo de este mismo volumen.)

[4] Cfr. *O.C.*, IV, en especial las pp. 355 y 357.

Las citas de los *Emblemata* de Alciato que aparecen en el *Neptuno* son las siguientes. La primera, a propósito de la ilustración del "Quinto lienzo"; Sor Juana recuerda las palabras del emblema núm. 145: ...*Magnum fertur Achillem / in stabulis Chiron erudisse suis;* pero aunque el tema del lienzo sea el de Neptuno como "numen tutelar de las ciencias" y en la explicación se hable por extenso de los centauros, la figuración de Alciato (que sólo retrata al centauro Quirón mientras indica con insistencia un libro ya en las manos de Aquiles, seguido por otros jóvenes), debería darle una pista al anónimo pintor (¿un indio?) para hacerse una idea de cómo eran los centauros y de cómo representar la relación libros-ciencia. Y así, la referencia al emblema 89 de la misma colección, donde se ve a Arión montado en un delfín, del cual tanto se habla en el texto, debía inspirar el dibujo del delfín al mismo pintor del "Sexto lienzo" (figura 7). A este emblema une luego Sor Juana otro, a propósito de la "prudencia" del delfín, una prudencia a la que se amolda también la figura que ornaba el escudo de César Augusto para ilustrar el lema *Festina lente:* el emblema titulado *Maturandum* (núm. 20), el cual representa una rémora que se enrosca en torno a una flecha (la primera símbolo de la lentitud, la segunda de la rapidez). Este emblema, al igual que el más famoso dicho *Festina lente,* significaba que es buena norma hacerlo todo con arreglo al tiempo justo, ni demasiado deprisa ni con demasiado retraso, esto es, con maduración (figura 8). La última referencia no parece tener mucho que ver con la figura del "Séptimo lienzo", pues en ella se cita el emblema de Alciato en el cual el autor se pregunta si Minerva (o Palas) nació de veras del cerebro de Júpiter (emblema núm. 1), y ello porque Sor Juana identifica a Neptuno con Júpiter, atribuyendo al primero el nacimiento de la doctísima diosa...

Me he demorado bastante con este texto secundario (y tedioso) de Sor Juana sólo para evidenciar los lazos que ella veía entre palabra escrita y representación con signos visuales. De lo que resulta evidente que partió en cierto sentido de los emblemas para reforzar esta tendencia suya. Siguiendo, también en esto, a su maestro Gracián, para el cual "el emblema, el jeroglífico y la empresa son distintas especies de lenguaje metafórico"; y es bien sabido en cuánto tenía Gracián la metáfora, que consideraba "el más ingenioso, peregrino, agudo y admirable parto de nuestro entendimiento".[5]

Distinto de todos los hasta ahora examinados y ciertamente sintomático para una dilatación del tema es el caso, referido asimismo al empleo de los emblemas de Sor Juana,[6] de algunos versos de una composición amorosa (una lira) en la cual la mujer que emplea la primera persona (¿la poetisa?) manifiesta su pasión por un amante lejano y quizá perdido. Y precisamente en este poema, confiado a imágenes visuales de la melancolía y la ausencia, o a sucesivas efigies bien visualizadas, es donde aparece el verso sinestésico "óyeme con tus ojos" ya citado, que semeja concentrar en sí el tema aquí tratado. Los versos que nos interesan son los siguientes:

> Si ves el ciervo herido
> que baja por el monte, acelerado,
> buscando, dolorido,
> alivio al mal en un arroyo helado
> y sediento al cristal se precipita,
> no en el alivio, en el dolor me imita.[7]

La imagen del ciervo herido, que busca alivio en el gélido arroyuelo, aunque ya frecuente en la poesía de la época, está segu-

[5] Tomo estas citas (la segunda es de Gracián) del ensayo de A. Egido (1990, p. 176), ya recordado aquí en la nota 34 del cap. IV. Egido, que se ocupa por extenso también de los emblemas, saca muchas de sus observaciones de F. Calvo Serraller (1981).

[6] Sobre los emblemas y su influencia véanse Karl L. Selig, "Emblem Literature: Directions in Recent Scholarship", *Yearbook of Comparative and General Literature*, XII, 1963, pp. 36-41; y Giuseppina Ledda, *Contributi allo studio della letteratura emblematica in Spagna* (1549-1603), Pisa, 1970, y las correspondientes bibliografías. Así como Mario Praz, *Studies in Seventeenth Century*, Roma, 1975, A. Sánchez Pérez, *La literatura emblemática española. Siglos* XVI *y* XVII, Madrid, 1977, y K. Josef Holtgen, *Aspects of the Emblems. Studies in the English Emblem Tradition and the European Context*, Kassel, 1986.

[7] *O.C.*, I, vv. 37-42. La poesía lleva el núm. 211 y su título es "Liras que expresan sentimientos de ausente". Recuérdese que el ciervo (no herido) que corre hacia la fuente está ya en el salmo 42.2 de la Biblia.

ramente promovida en esta ocasión por un emblema de Sebastián de Covarrubias[8] (figura 9), obra entonces muy de "moda"; pero me parece sumamente indicativo que un *topos* externo y de *maniera* se traduzca en expresiones de delicada subjetividad o, en otros términos, que toda la carga simbólica del emblema —visual y emotiva— confluya en un sentimiento poético auténtico o auténticamente simulado.

Es sintomático, por lo demás, que la comparación aparezca aquí invertida: no es el *yo* (al menos el de la poesía) el que declara asemejarse al *ciervo,* sino que es precisamente el *ciervo* —con su imagen canónica de sufrimiento— el que *imita* al *yo* de la composición. De forma que éste, el ciervo, evocado por Sor Juana, se sustrae en cierto sentido al parangón y se inventa como metáfora, dando lugar a una figuración puramente intelectiva.

Los fundamentos y los símbolos de la visualidad en "El divino Narciso"

Pero hay algo más, y más consistente: el predominio que Sor Juana asigna a los elementos *visuales* no es nuevo en el tiempo en que vivió, y no es ciertamente cualidad exclusiva suya. Pertenece a toda una tradición: contrarreformista, jesuítica, etc. Sobre la vista como el más importante de los sentidos corporales, Buxó observa: "Aristóteles hizo derivar el nombre de *fantasía* de la palabra griega *faos* (luz), porque sin luz no es posible ver y porque, a causa de ella, esas coloreadas imágenes de las cosas que el alma contempla en sí misma son equiparables a pinturas que se dan en lugar de los objetos ausentes; esto es —añadiríamos— son una especie de signos".[9] Pero en Sor Juana ésta se caracteriza de forma bastante

[8] S. de Covarrubias, *Emblemas morales,* Zaragoza, 1604. (Emblema 12, libr. II, f. 23r). Para Alciato me he servido de la reedición de la traducción de Bernardino Daza Pinciano (1549), acompañada ahora de una introducción de M. Montero Vallejo (Madrid, 1975).

[9] Entre los dos términos confinantes "visual" y "visivo" doy preferencia al primero porque me parece más idóneo para explicar las formas transfiguradoras del

relevante y peculiar: se vierte en la poesía (como se ha visto y se verá), impregna versos y prosas, y tiene una motivación profunda, o profundamente circunstancial; tiene a sus espaldas la presencia y la urgencia del verbo evangelizador, vivido en este caso —hay que decirlo— desde la parte del evangelizado, o sea del indio. Lo visual está considerado, y con toda la razón, entre pueblos de lenguas diferentes, numerosas y difíciles, como ya en fray Bernardino de Sahagún y en otros, como el mejor instrumento de persuasión,[10] y la "retórica de los colores" (la expresión se halla más de una vez en Sor Juana) o la retórica *tout court* vuelve a ser "arte de la persuasión". Una cita aclarará todo esto de modo eficaz.

El auto sacramental *El divino Narciso* está precedido por una loa, breve composición inicial también destinada a la escena, en la cual dialogan en una perfecta alegoría el Occidente ("indio galán, con corona") y América (con aspecto de "india bizarra") por un lado, y por otro la Religión (vestida de "dama española") y el Celo (vestido de capitán general, armado), acompañados éstos por algunos Soldados españoles. En cierto momento la Religión, que debe explicar al Occidente (indio) el sacramento de la Eucaristía, afirma:

> Pues vamos. Que en una idea
> metafórica, vestida
> de retóricos colores
> representable a tu vista
> te la mostraré, que ya
> conozco que tú te inclinas
> a objetos visibles, más
> que a lo que la Fe te avisa
> por el oído; y así
> es preciso que te sirvas

acto sensorio que es la vista y también por el empleo que de él hacen en sus libros algunos expertos en los lenguajes visivos o visuales, como Panofsky, Arnheim, etc. La cita de J. Pascual Buxó se encuentra en *op. cit.*, 1984, p. 55.

[10] Véase, entre otras cosas, el apéndice que J. A. Maravall puso a su libro *La cultura del barroco* (Barcelona, 1975), ahora también en italiano, *La cultura del Barocco* (Bolonia, 1985), que lleva un título sumamente actual: "Objetivos sociopolíticos del empleo de los medios visuales".

de los ojos, para que
por ellos la Fe recibas.[11]

Ahora bien, la conversión del indio ya en posesión de creencias propias y ajenas (y Sor Juana también habla de ellas, sin definirlas como diabluras paganas) debe pasar a través de los ojos, a través de concretas y "elocuentes" imágenes visuales.

Pero si éste es el fundamento o el origen doctrinal del uso de las alegorías figuradas, otros y más profundos efectos obtiene Sor Juana de su predilección visual —icónica y pictórica—, tras las huellas, repito, de una copiosa e ininterrumpida tradición.

Volviendo al texto propiamente dicho de *El divino Narciso,* nos tropezamos con gran abundancia de "colores alegóricos", así como de "metafóricas frases", de "metafórica idea", de "locución metafórica", de "métricas voces" y otros enunciados por el estilo que podríamos definir como casi metapoéticos, así como con una vasta gama de oposiciones binarias entre efectos ópticos y efectos acústicos manejada con habilidad. El primer fenómeno brota de una voluntad de persuasión, y por ende del uso de oportunas fórmulas, que anima a Sor Juana y la induce a crear un diálogo entre la Naturaleza Humana, bien consciente de la verdad cristiana, y la Sinagoga y la Gentilidad, como para alzar el nivel del discurso en torno a la religión. El segundo fenómeno, de momento más inherente a mi razonamiento, deriva del asunto central de esta obrita teatral "a lo divino", que es cabalmente la traducción a términos evangélicos de los avatares y la figura mitológica de Narciso. No era este género de traspaso de la mitología a la sacralidad un instrumento nuevo inventado por Sor Juana; todo lo contrario: baste con recordar aquí, por contigüidad, otro auto, *El divino Orfeo,* de Calderón, que es de 1663 y donde también aparece como personaje alegórico la Naturaleza Humana. Pues bien, en *Narciso* Sor Juana encarna la imagen de Cristo que, al sacrificarse por la salvación de los hombres, anhela hallar consuelo y correspondencia en la Naturaleza Humana, que aparece justa-

[11] *O.C.,* III, pp. 17-18. También en la loa que precede al auto *El cetro de José* se habla de "hacer visibles las Profecías", *ibidem,* p. 199.

mente entre las "personas que hablan en él" (el auto sacramental). Narciso-Cristo debe además defenderse y resistir las insidias que le va tendiendo la ninfa Eco, con su malévola y maléfica belleza. De ello se deriva, como es fácil adivinar, una contraposición, de alto valor simbólico, entre dos reflejos: el visual (positivo), centrado en la fuente cristalina, hacia la cual se abre paso entre tantos reveses Narciso, y el reflejo acústico (negativo) al cual recurre Eco con sus cantos hechiceros.

El triunfo del elemento visual se produce en dos tiempos: en primer lugar cuando Eco, cegada por la Soberbia y el Amor Propio, casi enmudece y sólo puede pronunciar la última palabra de cualquier frase dicha por los otros, sobre la base de la acepción de su nombre y casi por ley semántica (transmutada luego en juego poético); a propósito de la transformación de Eco en demonio, Octavio Paz observa que "el demonio es el imitador, el simio de Dios, que repite lo que dice la divinidad sólo que convirtiendo su sabiduría en ruido vacío";[12] y en segundo lugar, cuando por fin Narciso logra reflejarse en la Fuente (o bien en la Naturaleza Humana), antes de morir:

> ...de ver el reflejo hermoso
> de Su esplendor peregrino,
> viendo en el hombre Su imagen
> Se enamoró de Sí mismo.
> Su propia similitud
> fue Su amoroso atractivo
> porque sólo Dios, de Dios
> pudo ser objeto digno.[13]

Esta última escena, como es fácil comprender, posee un gran significado simbólico, y hasta emblemático, pues sanciona la victoria del elemento visual y se traduce en el "descubrimiento" excepcional por el cual el espejo de agua se convierte en metáfora del propio reconocerse en lo más hondo, a través de los ojos y la

[12] O. Paz (1982, p. 463).
[13] *O.C.*, III, p. 93.

vista. De nuevo Paz afirma, sobre este punto: al contrario que en Ovidio, "en el auto de Sor Juana el conocimiento no mata: resucita".[14]

Para este auto sacramental Sor Juana tuvo como fuente inmediata no otro auto sacramental, sino un drama de Calderón (también en este caso), *Eco y Narciso,* escrito en torno a 1661, de un claro carácter mitológico, tomado a su vez de fuentes ovidianas y semejantes,[15] y de ambientación pastoral, con abundantes efectos rústicos y naturales, de los cuales tanto Calderón como Sor Juana, y ésta en mucho mayor medida, según Paz, extraen acentos de delicado lirismo. Pero Paz ha encontrado en *El divino Narciso* ecos del *Cantar de los cantares,* de Tomás de Aquino, de Garcilaso, de San Juan de la Cruz y de Lope.[16]

Resulta obvio decir, como conclusión de todo ello, que nunca debemos olvidar —¿y cómo sería posible?— el enorme y variadísimo relieve que la cultura del barroco en general y la cultura pictórica del barroco en particular reservaron siempre, bajo todos los cielos y en todas las latitudes, a la figura, tan concorde con él y ambiguamente oportuna, de Narciso.

CUANTO SOR JUANA DEBE A LA PINTURA: DOS NOTAS TÉCNICAS

En un pasaje de *El divino Narciso,* en el cual la Naturaleza Humana discurre con la Sinagoga y la Gentilidad para conducirlas a la comprensión del verbo cristiano y usa, en un número li-

[14] O. Paz (1982, p. 461).

[15] Para una primera y sumaria información en tal sentido, en lo que atañe a la obra de Calderón, véase la "Nota preliminar" que aparece, antes del drama *Eco y Narciso,* en la edición de las *Obras completas* de Pedro Calderón de la Barca de Ángel Balbuena Briones, Madrid, 1959 (4ª ed.).

[16] O. Paz (1982, p. 460). Sobre *El divino Narciso* cfr. también el estudio de Jean Krynen, "Mito y teología en el Divino Narciso de Sor Juana Inés de la Cruz", en *Actas del Tercer Congreso Internacional de Hispanistas,* México, 1970; el de Sergio Fernández sobre "Los autos sacramentales de Sor Juana Inés de la Cruz", en el volumen *Homenaje* (México, 1972) y el amplio e interesante espacio que le dedica Bénassy-Berling (1982, pp. 371-409). Un análisis muy respetable.

mitado de versos, buen número de términos técnicos de la literatura (como "métricas voces" y otros), en cierto punto afirma:

> Y así, pues Madre de entrambas
> soy, intento con *colores*
> *alegóricos,* que *ideas*
> *representables* componen
> tomar de la una el sentido,
> (a la Sinagoga)
> tomar de la otra las voces,
> (a la Gentilidad)
> y en *metafóricas frases,*
> tomando las locuciones
> y en figura de Narciso,
> solicitar los amores
> de Dios, a ver si *dibujan*
> estos obscuros *borrones*
> la claridad de Sus luces...[17]

De estos versos se desprende que Sor Juana recurre al empleo de términos pertenecientes al mundo de la pintura (en este caso también del dibujo): "colores", "representables", "dibujan", "manchas"... En particular, y precisamente en este contexto, también el término "borrón" o "borrones" pertenece si no a la jerga por lo menos al lenguaje entonces en uso en la pintura: para distinguir un tipo de pintura "de mancha" de una pintura basada en el dibujo, en la creación de contornos vagos o primarios (de "cartón preparatorio"). La discusión sobre estos "instrumentos" y estos términos, a los que la literatura de la época no podía sentirse ajena, pues en cierto modo la afectaban (aunque de forma un poco distinta) los mismos problemas "técnicos", ha sido que yo sepa bien puesta de relieve en un interesante estudio de Mario Socrate, y no creo que esté ausente en textos, digamos, de estudiosos como Julián Gallego o Emilio Orozco, por dar dos prestigiosos nombres del ámbito español, aunque acompañados por otros no del

[17] *O.C.,* III, p. 26. (La cursiva es mía.)

mismo ámbito.[18] En el debate pictórico-literario participaron, en los siglos XVI y XVII, pintores que van desde Ticiano a Velázquez y escritores como Lope y Tirso, así como diversos tratadistas de arte italianos y españoles. Sor Juana, desde su "periferia" mexicana y en su soledad de mujer y monja, supo algo de ello (quizá mucho): como se ve en otros dos fragmentos de su poesía, donde habla de "borrón" en contraposición a "bosquejo". Y esto ocurre primero en el romance núm. 19, ocasionado por un retrato de Filis, la virreina, su protectora y amiga. He aquí los versos:

pues ya al pincel permitiste
querer trasladar tu Cielo
en el que siendo borrón
quiere pasar por bosquejo.[19]

Y después en versión jocosa en una endecha donde el verso repite el ritmo de un baile "que llaman el Cardador", probablemente tomado del oficio de los cardadores de lana. La composición se cierra con estos versos, para celebrar a la inversa un fracaso ("éste" se refiere al retrato):

Éste, de Belilla
no es retrato, no;
ni bosquejo, sino
no más que un borrón.[20]

Una confirmación de tal sensibilidad pictórica, llevada de nuevo a niveles tecnicistas, se halla acaso en un pasaje, ya aquí citado, del *Primero sueño,* en el punto donde Sor Juana se refiere a la Linterna Mágica inventada por el tan citado por ella Atanasio Kircher (véase la figura 10 en el pliego central), cuyos resultados es muy probable que ignorase; en dicho pasaje parece aludir con

[18] Cfr. Mario Socrate, "'Borrón' e pitura 'di macchia' nella cultura letteraria del Siglo de Oro", en *Studi di letteratura spagnola* (revista anual), Roma, 1966, pp. 46 y ss.

[19] *O.C.,* I, p. 54.

[20] *Ibidem,* p. 192 (núm. 71).

toda evidencia a efectos más exquisitamente pictóricos, que en cambio ella conocía, y bien. Para describir las últimas visiones del sueño y el dormir, de la primera y vaga llegada del alba a la conciencia humana, cuando en el cerebro humano se desvanecen los fantasmas de la noche, Sor Juana escribe:

> Así linterna mágica, pintadas
> representa fingidas
> en la blanca pared varias figuras
> de la sombra no menos ayudadas
> de la luz: que en trémulos reflejos
> los competentes lejos
> guardando de la docta perspectiva,
> en sus ciertas mensuras
> de varias experiencias aprobadas,
> la sombra fugitiva,
> que en el mismo esplendor se desvanece,
> cuerpo finge formado,
> de todas dimensiones adornado,
> cuando aun ser superficie no merece.[21]

Intento una prosificación, con la esperanza de que resulte más clara, y dejo para el final el comentario:

> Del mismo modo la linterna mágica representa pintadas varias figuras, sólo simuladas en la blanca pared, ayudadas no menos por la sombra que por la luz. Y, guardando en sus temblorosos reflejos las distancias adecuadas que marca la docta perspectiva según ciertas medidas aprobadas por repetidos experimentos, la sombra fugitiva que en el mismo esplendor se desvanece forma un cuerpo fingido, adornado de todas las dimensiones cuando aún ni merece ser considerada una superficie.

Dejando a un lado otras consideraciones, aquí es preciso subrayar al menos tres puntos: *1º)* que las figuras producidas por la linterna mágica son "ayudadas" o mejor determinadas tanto en la sombra (un poco más) como por la luz —como, hipótesis al mar-

[21] *Ibidem,* p. 357, vv. 873-886.

gen, a mi manera, ocurre con cierta pintura digamos de influencia caravagesca—. *2º)* que todo depende de las "competentes distancias" dictadas por la "docta perspectiva", fijadas en exactas medidas en varios experimentos. (Aquí el término *docta perspectiva* recuerda, por aliteración [y no sólo por aliteración], la *dolce prospettiva* de remota tradición italiana pero también la *docta pintura* del tratadista hispano-italiano Carducho, e incluso, por contraste, la dudosa perspectiva de Calderón.)[22] Repárese en que el pasaje de Leon Battista Alberti, que entra en la discusión sobre la *dolce prospettiva,* reza así: "a cada pintor, cuando se aleja de lo que pinta, lo induce la naturaleza casi como a buscar allí la punta y ángulo de la *pirámide* donde entiende que las cosas pintadas mejor se miran". El fragmento de Alberti está tomado de un libro de Alessandro Parronchi que se ocupa justamente de la perspectiva (la *"dolce prospettiva")* y de sus tratadistas.[23] Pero, a más de las semejanzas, que pueden ser también casuales o mejor dicho indirectas, entre la frase de Alberti y los versos de Sor Juana, asombra en sumo grado que en la *Respuesta a sor Filotea* ella hable de "pirámide" cuando descubre por sí sola, a través de su propia experiencia, las líneas que tienden a cerrarse en el momento en que mira de lejos el dormitorio del convento.[24] Lo cual podría hacer pensar que a menudo Sor Juana superponía a los recuerdos de su ingenua juventud algunas certezas adquiridas en su edad madura. (Por lo demás, esta referencia "egipcia" me exime casi de referirme al "intermezzo sobre las pirámides" que ocupa tanto espacio en el *Primero sueño.) 3º) y último:* que, a través de la sombra fugitiva producida por la Linterna Mágica se obtiene una voluminosidad consistente, compuesta de todas las dimensiones, de forma que la

[22] Aparte el recuerdo, ciertamente muy vago y mediado, de la tradición renacentista y de Brunelleschi, y de otras varias referencias, advierto que las expresiones de Vincenzo Carducho y de Pedro Calderón de la Barca se encuentran respectivamente en los *Diálogos de la Pintura* (1633) y en la *Declaración a favor del Arte de la Pintura* (1677).

[23] Cfr. A. Parronchi, *Studi sulla "dolce prospettiva"*, Milán, 1964, p. 301 y la correspondiente nota. (La cursiva de la cita de Alberti es mía.)

[24] Véanse las pp. 86 y ss. del presente volumen, donde se habla de algunas referencias científicas que se pueden captar en la *Respuesta.*

blanca pared, con sus trémulos reflejos, no merece ser llamada superficie o, dicho en otros términos, la blanca pared ya no parece plana, gracias al juego de las sombras, sino que se diría que cobra relieve y cuerpo. Así pues, tal relieve y tal cuerpo son provocados mañosamente por la movilidad de las figuras, a la cual ya nos ha habituado el movimiento simulado de cierta pintura, capaz de efectos pluridimensionales.

TANTAS POESÍAS SOBRE RETRATOS Y UN SOLO PESAR: NO VERLOS VIVIR

Basta una primera y fugaz ojeada para sacar de la obra poética de Sor Juana Inés de la Cruz una clarísima impresión: el mundo de la reproducción pictórica la seduce y fascina, tanto como expresión de pura visualidad (que va mucho más allá de las numerosas poesías inspiradas en retratos) como por las ambiguas relaciones que ella va deduciendo entre el retrato y el modelo real. Más aún: estas relaciones de mimesis (exitosa o fallida), vividas casi como una insistente rabia, parecen estimularla al verso o disponerla a menudo a la meditación y a la confesión poética, con frecuentes acentos eróticos, como anotaré de pasada al final de este apartado y capítulo.

Antes de echar una mirada atenta a las muchas composiciones sobre retratos pienso que deberíamos partir del agudísimo sentido de la visualidad que animaba a Sor Juana. Ya he hablado de ello, pero vale la pena volver un instante sobre el tema. Aunque dictado para una poesía jocosa, me parece profundamente indicativo que en el ovillejo dedicado a Lisarda Sor Juana se salga con el verso: "El diablo me ha metido en ser pintora",[25] del cual cabe inferir tanto que quizá se deleitaba con la pintura cuanto que consideraba pintar, si no una actividad pecaminosa, sí al menos en el límite de lo lícito, como se comprueba en otros pasajes. Hay fragmentos de poemas de Sor Juana perfectamentre traducibles en figuraciones pictóricas, no por la pompa de los colores sino por

[25] *O.C.*, I, p. 320 (núm. 214), v. 22.

la suntuosidad de las descripciones. O porque pone en versos imágenes canónicas de la pintura sacra, como en este caso:

> todo era cúmulo en mí
> de dolor, siendo mi pecho
> de tan dolorosas líneas
> el atormentado centro.[26]

Y si la vista proporciona a Sor Juana las sensaciones más vivas, cabe hablar, en su caso, de los placeres sensuales de la vista, como ha hecho Paz: "Entre los grandes placeres eróticos están los de la vista. Sor Juana no se privaba de ellos y en sus poemas la visión no es menos primordial que el concepto. Incluso puede decirse que su conceptismo parte casi siempre de una imagen visual o desemboca en otra".[27] Y poco antes Paz había citado estos versos, que tienen que ver con cuanto acabamos de observar:

> ¡Oh cuán loca llegué a verme
> en tus dichosos amores,
> que, aun fingidos, tus favores
> pudieron enloquecerme![28]

Partiendo del título de una composición (la núm. 142), Paz observa asimismo que ésta "se ajusta enteramente a la tradición de la superioridad del fantasma sobre la criatura real: *Porque la tiene en el pensamiento, desprecia, como inútil, verla con los ojos.* El placer de imaginar es doble porque es ver con los ojos y con el espíritu".[29] Ya se ha dicho algo, creo, sobre la primacía que en Sor Juana tiene el sentido de la vista sobre los otros cuatro sentidos. Ciertamente que para ella triunfa sobre el tacto, cuando escribe al final de un soneto "solamente lo que toco veo", porque tiene "en entrambas

[26] *Ibidem,* p. 75 (núm. 25), vv. 69-72. O en estos versos, donde "la Vid" muestra sus racimos y pámpanos: "Y de vuestra Vide hermosa / gozad el tálamo casto / fecundado de racimos / de pámpanos coronado" *(ibidem,* p. 85 [núm. 29], vv. 3-6).

[27] O. Paz (1982, pp. 296).

[28] *O.C.,* I, p. 227 (núm. 91), vv. 25-28.

[29] O. Paz (1982, p. 296).

manos ambos ojos" (núm. 152), o cuando le dice al amado que "en líquido humor viste y tocaste / mi corazón deshecho entre tus manos" (núm. 164), dando por supuesto que lo que más importa siempre es ver. O bien en otra ocasión, cuando de san Juan afirma que "con la vista toca" (núm. 210). Y como demostración de que la vista es más fuerte que el oído basta el verso ya tantas veces recordado "óyeme con los ojos" (núm. 211). Pero aún hay más: los ojos sustituyen a veces a la palabra, como se lee en estos versos:

Hablar me impiden mis ojos;
y es que se anticipan ellos,
viendo lo que he de decirte,
a decírtelo primero.[30]

O bien en éstos:

Las niñas de mis ojos
que, con mirar travieso,
sinceramente parlan
del alma los secretos.[31]

Numerosísimas, ya lo señalábamos, son las poesías inspiradas por cuadros. Georgina Sabat de Rivers, en un estudio muy serio y erudito,[32] ha enumerado y distribuido en diversos grupos las poesías relacionadas con retratos, los cuales son todos de mujeres. Ha contado hasta 16 (5 décimas, 2 redondillas, 2 sonetos, 3 romances, 2 endechas y 1 ovillejo)[33] y ha propuesto una ingeniosa clasificación de tipo técnico-temático. He aquí lo que escribe al respecto: [Tal clasificación]

> se basa en la relación que el poema mantiene con el "retrato" que se hace de la persona. El grupo I es el más nutrido: lo forman ocho poe-

[30] *O.C.*, I, p. 24 (núm. 6), vv. 14-17.

[31] *Ibidem*, p. 200 (núm. 75), vv. 45-52.

[32] Cfr. G. Sabat de Rivers (1992, p. 208). El estudio aquí mencionado se titula "Sor Juana: la tradición clásica del retrato".

[33] En realidad el número de 16 que indica Sabat de Rivers se alcanza solamente añadiendo la seguidilla del núm. 80, aunque ella no hable de seguidillas.

> mas donde se hace una descripción, en forma vertical, de la hermosa en cuestión yendo de los rasgos más altos de la figura, la cabeza, hasta el más bajo, el pie. El grupo II lo constituye un conjunto de poemas nacidos como coyuntura de un verdadero retrato, es decir, de una pintura. Son disquisiciones de tipo amoroso, moral y filosófico que surgen de la contemplación de la persona retratada. Los grupos III y IV consisten en un poema cada uno. En el primer caso se habla de un retrato y en el segundo es el retrato mismo el que habla. Hay que señalar, además, una composición escrita en redondillas que está a caballo entre los grupos II y III. Es decir, en la primera mitad se hacen consideraciones de tipo amoroso cortés y en el resto se habla directamente al retrato.

En la nota a pie de página Rivers da una lista de los números de las poesías, basándose en los que se leen en las *Obras completas.* "Grupo I: 41, 61, 71, 72, 80, 87, 132 y 214; grupo II: 19, 126, 127, 145 y 208; grupo III: 103; grupo IV: 102. La composición que está entre los grupos II y III es el número 89." En el artículo, sin embargo, Rivers se ocupa sólo del romance decasílabo número 61, ya citado aquí, que empieza con el verso "Lámina sirva el Cielo al retrato" (estudiando los orígenes y las razones de los "retratos verticales") y del soneto núm. 145, que empieza con el verso "Éste, que ves, engaño colorido", a partir del cual despliega un análisis basado en la mimesis aristotélica y en la contrapuesta visión platónica. Ignoro si la estudiosa, que hace caso omiso de a quién están dedicadas las poesías (la mayoría a su amiga la virreina, y hasta hay una, un soneto, el núm. 208, que comenta un cuadro de la Virgen), ha vuelto luego a tratar tan sugestivo tema.

Como primera y rápida observación, que no empaña mínimamente el perspicaz razonamiento de Rivers, hay que decir que a menudo la supuesta insuficiencia del retrato con respecto a la belleza retratada es un consumado recurso retórico, y además de antigua progenie. En el mismo plano de recurso retórico está la citada "insuficiencia" cuando se la llama a demostrar la suerte efímera de la juventud y la galanura: recurso asimismo consumado de los módulos y tendencias de la época, tan propensa al tema del "desengaño". Quizás debido a ello aparecen en Sor Juana —y de modo siempre insólito por su verve femenina— varias versiones del "retrato vertical": y no en balde en el tan citado "Lámina sirva el Cielo al retrato" Sor Juana recurre a una fórmula técnica distinta y rara (comenzar cada verso con una palabra esdrújula) para dar libre curso a una auténtica "furia" amorosa en el límite de lo erótico. Y quizá también por ello, siguiendo el difundido hábito de su siglo de caricaturizar la retórica de cierta poesía —retórica utilizada en otras partes con plena seriedad y empeño— en Sor Juana hallamos una décima que acumula los lugares comunes de muchas composiciones de puro amor cortés, con una especie de "autoburla de escuela", como se la ha llamado:

> Tersa frente, oro el cabello,
> cejas arcos, zafir ojos,
> bruñida tez, labios rojos,
> nariz recta, ebúrneo cuello,
> talle airoso, cuerpo bello,
> cándidas manos en que
> el cetro de Amor se ve,
> tiene Fili: en oro engasta
> pie tan breve, que no gasta
> ni un pie.[34]

En verdad, aun siguiendo las teorías platónicas, más concordes con su época, su sensibilidad y su cultura, Sor Juana —como se ha dicho y se verá— parece seducida por el tema del retrato como "copia" imperfecta o mentirosa, aunque tratando siempre de liberarse de los hábitos retóricos dominantes y más que nada de las fórmulas, basándose en cuanto su temperamento le dictaba. De modo que en tres composiciones, todas ellas inspiradas en retratos, la primera a Lysi, o sea la marquesa de la Laguna, su amiga la virreina, las otras dos sobre retratos de anónimos, aunque quizás indirectamente pensadas para la misma persona,[35] pasa de una

[34] *O.C.*, I, p. 132 (núm. 132). El término "pie", en el último verso trunco, alude obviamente al equivalente término métrico.

[35] Son las poesías que Sabat de Rivers (1992) incluye en los grupos III y una a caballo entre el II y el III. Para ser más exactos, se trata de las siguientes poesías: *O.C.*, I, pp. 239-241 (núms. 102 y 103) y pp. 221-224 (núm. 89).

inicial observancia del módulo habitual (la pintura no da sino un pálido reflejo de la belleza real), a una insistencia en el término "copia" (palabra repetida cinco veces en unos cuantos versos en la primera de las poesías examinadas), para terminar con una agobiante y hasta obsesiva búsqueda de razones y motivos del comprometido tema o problema elegido.

Para la primera composición examinada, Méndez Plancarte ha hablado de "conceptismo madrigalesco", tomando cierto carácter elucubrador del discurso poético no por un apasionado tormento (y es así, si bien se mira) sino por un juego cortés. Léanse de momento estos versos:

> Amor, hecho tierno Apeles,
> en tan divina pintura,
> para pintar tu hermosura
> hizo las flechas pinceles.
> Mira si matará verte
> formada tan homicida
> que es cada línea una herida
> y cada rasgo una muerte.
> Y no fue de Amor locura,
> cuando te intentó copiar:
> pues quererte eternizar
> no fue agraviar tu hermosura.[36]

La copia, perfecta en tan alto grado, induce a Sor Juana a hablar de espejo ilusorio, como el reflejo de Febo captado en el color rosado del alba ("hermoso rosicler"), o bien a afirmar:

> Así, en tu copia, advertí
> que el que llegare a mirarte
> se atreverá a contemplarte
> viendo que estas tú sin ti.

Y después de haber usado dos veces el término técnico de la pintura "copia dura" (es decir, "carente de contrastes y claroscu-

[36] *O.C.*, I, p. 223 (núm. 89), vv. 49-60.

ros"), termina con estos versos (en los que se contraponen Original y Retrato):

Vive, sin que el tiempo ingrato
te desluzca; y goza igual
perfección de Original
y duración de Retrato.[37]

En las otras dos poesías, en las cuales el que habla es el retrato, no sin algún brusco cambio de sujeto y de "persona" —tal y como éstas son en la forma prosódica, las más de las veces meditativa y problemática, y a menudo también moralizante, de la décima—, el pesar se hace más intenso, empezando por los primeros versos del primero (núm. 102), donde el verbo "retratar" juega con sus dos significados ("representar" y "retractar"):

A tus manos me traslada
la que mi original es,
que aunque copiada la ves
no la verás retratada:
en mí toda transformada
te da de su amor la palma;
y no te admire la calma
y silencio que hay en mí,
pues mi original por ti
pienso que está más sin alma.[38]

Un tono harto más dramático y en algunos momentos casi desgarrador, como Sor Juana nos ha mostrado en otras partes, asume el discurso poético en la última poesía de la serie, que sería exagerado, aunque al mismo tiempo altamente probatorio, citar más copiosamente. Me limito, para cerrar el tema, a una cita; donde, entre otras cosas, reaparece el dilema "tocar-ver", que ya hemos encontrado en diversos puntos y hemos conocido en varios aspectos en la versificación tan profusa y abundante de nuestra poetisa (adviértase que el yo se dirige aquí al cuadro):

[37] *Ibidem* (núm. 89), comprendidos los versos citados, respectivamente pp. 222 y 224 y vv. 9-12 y 109-112.

[38] *Ibidem,* p. 239 (núm. 102), vv. 1-10.

Toco, por ver si escondido
lo viviente en ti parece:
¿posible es, que de él carece
quien roba todo el sentido?
¿Posible es, que no has sentido
esta mano que te toca,
y a que atiendas te provoca
a mis rendidos despojos?
¿Que no hay luz en esos ojos?
¿Que no hay voz en esa boca?[39]

Este diálogo directo de la poetisa con la muda pintura de la mujer amada suscita una fuerte emotividad, emotividad que llega hasta la congoja de confesarse rendida y derrotada ("¿es posible que no sientas que esta mano que te toca te pide comprensión para mi pobre situación de mujer ya inerme y a tus pies?"). Pero en el origen está ese estupor especial que surge al comparar el Retrato, tan perfecto, con el Original (ambos términos se repiten a menudo, contrapuestos, en estas poesías): un Original quizá ya perdido, pues es de suponer que la virreina, en el momento en que se escribió la poesía, había regresado a España para siempre. En cualquier caso, el milagro de la pintura, ese arte que ella admira por encima de todo, induce a Sor Juana a exclamar perpleja: ¿es posible "que puede copiarse el alma / que es visible la deidad"?[40]

No cabía decir más de un cuadro, esto es de una visión capaz no sólo de mimar en profundidad lo verdadero, sino sobre todo de estimular sentimientos verdaderos y dolorosamente sufridos.

[39] *Ibidem,* p. 241 (núm. 103), vv. 41-50.
[40] *Ibidem,* p. 240 (núm. 103), vv. 29-30.

VI. DEL SINCRETISMO RELIGIOSO A LAS FORMAS POPULARES DEL VILLANCICO

La evangelización conforme a razón y concordia

Explico, ante todo, el título del capítulo. Es posible o, mejor dicho, indispensable establecer un fuerte nexo por un lado entre la libre y despreocupada manera de evangelizar a los indios que Sor Juana delinea con mano firme en dos oportunidades, y por otro entre las obrillas devotas de tono popular que habían tomado en España y después en sus colonias el nombre de "villancicos", género muy cultivado por nuestra monja.

Si es cierto lo dicho en el primer capítulo sobre los lazos, aunque fueran limitativos, reluctantes y a veces casi subterráneos, que algunos intelectuales novohispánicos mantienen en el XVII con el mundo indígena (repito: los indios eran entonces mayoría en las ciudades y mayoría aplastante en el campo, y la presencia de las antiguas culturas que ellos, aunque degradados, representaban, estaba próxima en el tiempo), es justo considerar en profundidad y con gran atención este aspecto del pensamiento de Sor Juana.

Su preocupación severa y en algunos aspectos temeraria y reformadora sobre este tema crucial se lee e interpreta sobre todo en tres textos: en la loa que precede al auto sacramental *El divino Narciso;* en algunos pasajes de esta misma obra; y, por último, en la loa que antecede a otro auto sacramental, *El cetro de José.* Al margen de cuestiones de este tipo queda el tercer auto compuesto por Sor Juana, *El mártir del sacramento, san Hermenegildo,* obra de menos valor literario, pero donde Bénassy-Berling señala un decidido y radical pacifismo, que en cambio se le antoja injustificado a la mentalidad de católico intransigente propia de Méndez Plancarte, defensor en todos los casos de las "guerras santas".[1]

[1] Cfr. Bénassy-Berling (1982, pp. 337-368). Para las opiniones de A. Méndez

Ya en el capítulo anterior, al tratar el tema de la "persuasión" mediante elementos visuales, he aludido a la loa que acompaña a *El divino Narciso* y he citado un fragmento. Decía allí que la breve pieza se desarrollaba como un coloquio entre América y el Occidente por un lado (la primera con semblanzas de "india bizarra", de hermosa apariencia, y el segundo con ropas de "indio galán, con corona") y por otro entre la Religión y el Celo (la primera vestida de "dama española" y el segundo de capitán general, con un séquito de soldados españoles). Pero aparte de que alguien quizá se asombre de que el Occidente, término al cual hoy damos muy distinto significado, esté aquí para designar la dignidad del Nuevo Mundo, ha de observarse de inmediato que el escenario les pertenece a ellos, hombres del Mundo Nuevo, y la acción se remonta a la primera fase de la Conquista.[2] Centro y tema de la loa —según indicaciones que a Sor Juana le vienen de la *Monarchía indiana* de Juan de Torquemada y de la *Historia eclesiástica indiana* de fray Jerónimo de Mendieta, y más de cerca de Juan de Palafox, ex obispo de Puebla, y de su libro *De la naturaleza del indio*— es el rito celebrado anualmente por los aztecas el 3 de diciembre y llamado *Teocualo* (dios comido), consistente en que cada participante comía al final de la ceremonia un trocito de la estatua del dios Huitzilopochtli, compuesta de maíz y semillas amasados con sangre de niños sacrificados. Dicha ceremonia se comparará, en el curso de la loa, con el rito cristiano de la Eucaristía, defendido, como forma más idónea, por la Religión con argumentos racionales y conciliadores, en pugna con el Celo, el cual, frente a los músicos, que repiten "celebrad al gran Dios de las semillas", quisiera imponer con las armas el rito católico.

Como la historia enseña (o debería enseñar), la escena se inicia con los indígenas, vistos aún en su vida íntegra e independiente:

Plancarte, véase en particular la nota que comenta los vv. 75-86 de la loa para *El cetro de José* (*O.C.*, III, p. 599).

[2] Tanto que Bénassy-Berling (1982) ha definido la loa de la que nos estamos ocupando como "alegoría de la Conquista", y la que precede a *El cetro de José* como "alegoría de la evangelización" (¡aunque siempre alegoría, en cualquier caso!) en los resúmenes del capítulo "Sor Juana et les Indiens", p. 508. En realidad se trata de dos obrillas dedicadas al misterio de la Eucaristía.

se baila el "tocotín" (que luego se pondrá de moda en España) y los indios (ellas vestidas con *cuipiles,* o sea con el traje típico mexicano llamado *huipil)* celebran, cantando y bailando, al "Dios de las semillas". Después entran en escena la Religión y el Celo, que despiertan el estupor de América y el Occidente, quienes lo ignoran todo sobre los recién llegados, incluidos sus "Centauros monstruosos" [3] (o sea los caballos, cuya existencia desconocían los americanos). En este punto la Religión tercia para frenar al Celo, que quisiera desenvainar las armas, afirmando: "a mi piedad le toca / el conservarle la vida". Y entonces América exclama:

Si el pedir que yo no muera,
y el mostrarte compasiva,
es porque esperas de mí
que me vencerás, altiva,
como antes con corporales,
después con intelectivas
pues aunque lloro cautiva
mi libertad, ¡mi albedrío,
con libertad más crecida
adorará mis Deidades![4]

Aun cuando Méndez Plancarte afirma en nota a este respecto que "en todo este pasaje, bellamente representa Sor Juana la altiva independencia espiritual de nuestros Indios", limita en seguida su alcance cuando distingue entre *libertad (física)* y *albedrío (libertad psicológica),* allá donde el texto habla de "libertad más crecida", fruto justamente del libre albedrío, según la clara enseñanza de Molina. Pero no es eso sólo lo que importa, como ha observado Octavio Paz, en las dos loas (núms. 367 y 371). Sor Juana, pese a sus contactos con el hermetismo, coincide en parte con la

[3] Puede hacernos sonreír la mezcla de mitología antigua y de "descubrimiento" de novedades por parte de los personajes "americanos" de Sor Juana; pero piénsese que lo que se describe aquí era un espectáculo con destinatarios muy especiales, cosa de la que valdrá la pena ocuparse más adelante.

[4] *O.C.,* III, p. 12 (vv. 226-236). La nota de Méndez Plancarte está en las pp. 506-507.

postura de los jesuitas, que no siempre "adoptaron el hermetismo neoplatónico pero sí se sirvieron del método de interpretación sincretista utilizado por Lactancio y Clemente de Alejandría",[5] y, añado yo, consolida su visión universalista y tolerante hacia el mundo de los indios, con quienes —como alguien ha mencionado—[6] había tenido un contacto humano bastante familiar, íntimo y sentido, durante su infancia. Que esta opinión mía no es fruto de deducciones de índole más psicológica que sustancial lo demuestra (y se demostrará) el espíritu mismo de los villancicos.

Una confirmación muy especial de esta audaz y decidida afirmación de sincretismo y universalismo se da ya en las primeras páginas del auto *El divino Narciso,* allá donde conversan la Sinagoga y la Gentilidad con la Naturaleza Humana, la cual se proclama madre de ambas. A la primera, representante del mundo judaico, la Naturaleza Humana le debe, en palabras de la Sinagoga, "los versos de mis Profetas, / los coros de mis Cantores", y a la segunda debe, en palabras de la Gentilidad, "de humanas letras / los poéticos primores / de la historia de Narciso" (lo cual equivale a decir: sin mí, mundo clásico y pagano, tú no tendrías voz). Mas no es este rasgo lo que me interesa subrayar, sino la implícita correspondencia que Sor Juana establece con límpida vehemencia entre la religión de los aztecas y las religiones de la remota Antigüedad, en cuya atmósfera encajan, por lo demás, las peripecias de Narciso. Si la loa antecede al auto, el vínculo lógico, literario y teatral (todas cosas muy claras en la mente del destinador y del destinatario), se traduce en una consecuencia tan esencial como valiente. ¡Y no cabe ciertamente pasarlo por alto en el conjunto de los textos y de la labor espiritual de Sor Juana!

Por último, con respecto al "retorno" a los tiempos iniciales del encuentro entre los dos pueblos y al momento de la Conquista,

[5] O. Paz (1982, pp. 454-462).

[6] La mención, sólo mención, es de Bénassy-Berling (1982, p. 342). Una nota semejante, a propósito del tocotín, baile popular, la encontramos en J. Lafaye (1977, p. 128).

reinventado por Sor Juana para la loa de *El divino Narciso,* conviene recordar que inauguraba inconscientemente una usanza india, muy difundida en el Perú andino, donde muchas festividades rurales ponen en escena, con diverso espíritu pero con idéntica "obsesión" histórica, momentos de la Conquista y de los atropellos españoles.

Análogas y en ciertos puntos más atrevidas son las observaciones que suscita la loa antecedente a *El cetro de José.* Obsérvese de inmediato que el escenario ha cambiado: estamos ya lejos de los primeros contactos entre gentes distintas, es ya la época de las "Indias conquistadas", donde aún se practican, sin embargo, sacrificios humanos. Los personajes que aparecen son la Fe, la Ley de Gracia, la Ley Natural y la Naturaleza: y la tarea de todos es convencer a la Idolatría del rito de la Eucaristía. Aquélla es una especie de emblema o bandera, pues es ejemplo del indio ya convertido, el cual se siente ligado, sin embargo, por ancestral devoción y por tenaz (si no imborrable) tradición religiosa a las fuentes divinas o míticas de sus orígenes. Ya en su tardía aparición (nótese cómo se ha invertido también el orden de "entrada en escena" respecto de la otra loa), la Idolatría, que toma la palabra como "Plenipotenciaria de todos los indios" *(¡sic!),* se muestra acérrimamente porfiada y rebelde, tanto que no sólo habla de "tiranía" refiriéndose a la conquista española sino que, en contraposición, recuerda las largas épocas de pacífica política de las "naciones" indígenas. Éstas son sus palabras:

¡No, mientras viva mi rabia,
Fe, conseguirás tu intento,
que aunque (a pesar de mis ansias)
que por edades tan largas,
pacífica poseía,
introdujiste tirana
tu dominio en mis Imperios,
predicando la Cristiana
Ley, a cuyo fin te abrieron
violenta senda las armas...![7]

[7] *O.C.,* III, p. 192, vv. 32-42.

Pero el núcleo central del pensamiento de Sor Juana sobre el mundo de los indios, sobre su tipo de religiosidad y la dignidad que éste merece —idea que se insinúa poderosamente en los repliegues de la loa— está en estos versos, que se encuentran casi al final de la misma "frase", pronunciada por la Idolatría:

> ¡no ha de ser tu fuerza tanta,
> que pueda de una vez sola
> quitar las tan radicadas
> reliquias de mis costumbres![8]

Justamente estos versos han sido comentados así por Bénassy-Berling: "Sor Juana se ha dado cuenta de que tales reliquias no eran un residuo destinado a menguar, y por tanto a desaparecer, sino algo mucho más esencial a la personalidad de los indios, y cuyo remedio específico aún no se había encontrado... La etnóloga no está lejos de surgir entre los hábitos de la religiosa".[9]

Y no se diga, como ha insinuado varias veces Méndez Plancarte, que estas loas y estos autos sacramentales de Sor Juana *(El divino Narciso* es bellísimo), nunca representados en México ni tampoco en España (¡donde no hubieran sido precisamente gratos!), quedaron como encerrados en una botella lanzada al mar: un hermoso gesto, quizás apoyado o solicitado por su protectora la virreina, y nada más. Que Sor Juana hubiera escrito todo esto para sí sola es simplemente una bestialidad y una calumnia: como mínimo es de suponer que esperase poner en escena estas obras, como había logrado hacer con los villancicos, en México, o, en el peor de los casos, que se hubiera contentado de momento con hacerlas circular manuscritas entre amigos y hombres de cultura y de iglesia, como merecían.

Su destinatario era, pues, el público culto —aunque no desde luego convencido de cuanto en ellos se afirmaba— que se movía entre las iglesias, los conventos, la corte y la universidad de la capital.[10] ¿No estaban destinados los autos a indios y mestizos?

[8] *Ibidem,* p. 193, vv. 252-255.

[9] Bénassy-Berling (1982, p. 325).

[10] En la primera parte de su libro, tantas veces citado aquí, O. Paz ha trazado un

Es muy probable, pero debe quedar muy claro que Sor Juana hablaba de sacrificios humanos en un ambiente que los veía con asco (a menudo hipócrita) o con abierta condena, si se piensa que ni siquiera el siglo siguiente fue capaz de "justificarlos" de algún modo (también Abraham había ofrecido un sacrificio, y los de los aztecas no eran, desde luego, los primeros sacrificios rituales conocidos).

¿Qué decir, en suma? ¿Sor Juana etnóloga moderna? Quizás algo más o algo menos...

El lugar de los villancicos en la obra de Sor Juana

La respuesta a ciertos interrogantes, así como el variado destino de una obra que, en prosa y verso, y quizá en formas teatrales, posee un relieve en sí y recibió además una privilegiada consideración tanto en la literatura del México colonial como en la propia España del Siglo de Oro (en vista de que son dos las literaturas que se disputan la obra de Sor Juana) deberá brotar también de cuanto todavía es preciso ver y afirmar a propósito del sector "menor" (?) de esa obra, constituido justamente por los villancicos.

Destinados al *metro músico* de expertos *maestros de capilla* y por ende a la ejecución de devotos cantores en las principales iglesias de la Nueva España, con motivo de especiales festividades y funciones religiosas, los villancicos ocupan en la obra de Sor Juana un lugar bastante notable: concretamente —con las "Letras Sacras", de empleo y caracteres similares, también "para cantar", como se lee en el correspondiente volumen— la cuarta parte del total de sus escritos.[11] Los villancicos cubren además casi todo el arco de la actividad literaria de Sor Juana: por lo menos de 1676

cuadro muy vivo y detallado del ambiente social y cultural de la Nueva España, en el cual encajan bien estas y otras anotaciones que he hecho y haré aún, a partir de aquí, al margen de los villancicos de Sor Juana.

[11] El segundo de los cuatro volúmenes de las *Obras completas* de Sor Juana Inés de la Cruz recoge solamente *Villancicos y letras sacras.*

a 1691, si nos limitamos a considerar los firmados por ella o a ella atribuidos con certeza. (Los "atribuidos" son 12; los otros, los "atribuibles", son 10 más.) No cabe, empero, decir honradamente que la monja mexicana asignase a esta parcela de su trabajo de escritora —desde el punto de vista estrictamente literario— un valor equiparable a su vastedad y riqueza.

Y en ello no se aparta de la preceptiva o de la praxis literaria de su tiempo, que ponía en el vértice de su poética piramidal (y culterana) el *Polifemo* y las *Soledades,* después los sonetos y el resto, y en la base todos los ejercicios de versificación festivos (y hasta fortuitos, aunque ligados a fechas concretas), destinados a un público entonces tan indeterminado cuanto evidentemente curioso y partícipe. Sor Juana cabalmente situaba en la cima de su obra el poemilla gongorino *Primero sueño,* aunque para ella, como veremos, el "público" al cual reservaba sus textos secundarios fuese todo lo contrario de indeterminado.

No obstante, aun admitiendo que Sor Juana olvidase firmar muchos villancicos que probablemente eran suyos, que muchos de ellos se imprimieran solamente en México en forma de opúsculos y que a menudo en las escasas dedicatorias transcritas hiciera hincapié en su "modesta importancia" (según una costumbre retórica), me parece obligado observar que no desdeñó incluir dos "juegos completos de villancicos" (formados por tres "nocturnos", que articulaban su armoniosa y variada composición) en el primer volumen que hizo imprimir en España con el título, "barroco y sugestivo" lo define Georgina Sabat de Rivers, de *Inundación castálida,* publicado en Madrid en 1689. Y era el libro que debía "lanzarla" en el difícil y atestado panorama español: el que hubiera debido consagrarla entre los grandes, o a lo menos entre los poetas dignos de atención en la metrópoli, tan ilustre entonces por sus deslumbrantes actividades literarias y teatrales.[12]

[12] En vida, y con el consentimiento de Sor Juana, se publicaron sus siguientes obras de conjunto: a) *Inundación castálida,* Madrid, 1689; b) *Poemas de la única poetisa americana* (2ª ed.), Madrid, 1690; c) *Poemas de la única poetisa americana* (3ª ed.), Barcelona, 1691; d) *Poemas de la única poetisa americana* (Tercera impresión),

"Para dar una idea del éxito clamoroso que Sor Juana obtuvo con esta su primera edición —escribe Sabat de Rivers—, digamos que se editó un total de nueve veces. Se publicaron en diversas ciudades españolas: Madrid, Barcelona, Zaragoza y Valencia."[13] Éxito que no se explica del todo, o cuyo alcance sólo se puede justificar cuando el título (a partir de la segunda edición o reedición) fue el que exaltaba su inédita y ciertamente algo exótica excepcionalidad: *Poemas de la única poetisa americana*... En cualquier caso, los villancicos allí presentes sirvieron para ofrecer un rostro más complejo y variado de Sor Juana, acorde por lo demás con su singularísima figura de monja.

Entre las pocas dedicatorias impresas con los villancicos merece un sutil y matizado interés la que aparece al frente de los villancicos en honor de san Pedro Apóstol (1677), dirigida al canónigo de la catedral de la ciudad de México, donde se cantaron luego. Aparte las primeras palabras donde Sor Juana se excusa de su poca cultura y su escasa salud, en esa dedicatoria recurre dos veces a citas de san Jerónimo: una primera para hacerse perdonar el carácter "festivo" ("lo festivo de sus alegorías se debe a la fiesta") y su tono "jocoso" (el *iocosus sermo* de san Jerónimo); una segunda, para que no se tenga en cuenta "lo pequeño del don", aunque insinuando —siempre según san Jerónimo— que "*in ipsis minusculis esse mysteria...*" Pero se comprende que estas obrillas de Sor Juana, por las cuales percibía incluso una compensación económica, como recuerda Octavio Paz,[14] no necesitaran presentación ni mucho menos una justificación más o menos culta o pomposa...

Si se piensa que el barroco de Sor Juana no es el agotado producto de una literatura en la cima de su plenitud y derroche de medios y de su a veces excesiva pujanza, sino el casi natural despliegue de destreza y fantasía lingüística y versificadora (no es

Zaragoza, 1692; e) *Segundo volumen de las obras,* Sevilla, 1692; f) *Segundo tomo de las obras* (segunda impresión), Barcelona, 1693; y dos "ediciones correlativas" de esta última (1693).

[13] Cfr. G. Sabat de Rivers (1982, pp. 26-27)

[14] O. Paz (1982, p. 412).

casual que Navarro Tomás ponga a Sor Juana como ejemplo de versatilidad métrica ni que Alatorre la juzgue, por sus innovaciones métricas, el "poeta más representativo del barroco español, su culminación más visible"),[15] un despliegue de destreza rejuvenecido y vigorizado en tierras lejanas, no es de extrañar que los villancicos, textos todo lo periféricos que se quiera, le permitieran grandes libertades de invención y humor. Dentro de un cuadro si se quiere aún más modesto y restringido, los villancicos de Sor Juana recuperan todas sus potencialidades y virtualidades poéticas: por la intensidad lírica de su espontáneo surgir, por la disolución en música de la estilización barroca, por la consistencia (o "utilidad") moral y social de su destino.

De momento, resultado inédito de esta libertad y esta inspiración, y al borde de la degustación moderna de estos deliciosos libretos de opereta devota, está el recuerdo a García Lorca aventurado por José Reyes Ruiz[16] para estos versos de villancico de la poetisa mexicana:

...la que si compone el pelo,
la que si se prende el manto,
no tiene para alfileres
en todo el Cielo estrellado...

¡No es nada! De sus mejillas
están, de miedo temblando,
tamañitos los Abriles,
descoloridos los Mayos.

¡Los ojos! Ahí quiero verte
Solecito arrebolado:
por la menor de sus luces
dieras caballos y carro...[17]

[15] De nuevo *apud* Paz (1982, pp. 409 y 421).
[16] Reyes Ruiz (1951, pp. 24-25).
[17] *O.C.*, II, pp. 68-69, vv. 25-44.

Las coincidencias, consistentes en comparaciones ingenuas e infantiles, en el límite de lo mágico y lo inesperado, lo extraño y lo maravilloso, se basan en la fortísima tradición de los Cancioneros, en los que beben desde lados y mundos inventivos distintos y quizás incluso opuestos tanto Sor Juana como poetas delicados e inspirados como Lorca y Juan Ramón Jiménez, con efectos de modernidad casi desconcertantes en Sor Juana.

¿Encierra el villancico elementos escénicos?

Enlazada con el problema de la más exacta inserción de los villancicos de Sor Juana (y no sólo de ella) está la siguiente cuestión: ¿deben los villancicos incorporarse al ámbito de la literatura dramática *in nuce,* como sostiene Pedro Henríquez Ureña, o bien al ámbito de la poesía lírica, como propugna Alfonso Méndez Plancarte?[18] Llamando a los villancicos ora "rudimentos de dramas líricos sacros, nacidos de la canción popular", ora "representaciones musicales para iglesia", Henríquez Ureña los ha clasificado siempre entre las obras dramáticas, apoyándose también en una definición de Carolina Michaelis ("especie de opereta sacra") tanto en su ensayo sobre Sor Juana como en los estudios sobre la *Música popular de América* y sobre *El teatro de la América española en la época colonial.*[19] La cuestión no es ni capciosa ni marginal. Cierto es que el villancico pertenece a un género sustancialmente híbrido y mixto: en él concurren a un tiempo elementos musicales, dramáticos (aunque sea esbozados) y puramente líricos, que son los predominantes. No obstante, si examinamos su evolución histórica —desde sus probables orígenes árabes hasta su diversa evolución medieval, desde su aplicación a temas devotos hasta su

[18] Méndez Plancarte, y no sólo él, usa los términos "lírica personal" y "lírica colectiva", que resultan aberrantes y absurdos, sin necesidad de adherirse a la estética de Benedetto Croce…

[19] Los tres estudios, publicados por separado en 1931, 1930 y 1936, se hallan ahora reunidos en el volumen P.H.U., *La utopía de América,* ed. de R. Gutiérrez Girardot y Ángel Rama, Biblioteca Ayacucho, Caracas, 1978, en las pp. 129-146, 410-450 y 146-179, respectivamente.

evolución en lugares de culto, y luego hasta los "juegos completos de villancicos" de José Pérez de Montoro y de Manuel León Marchante en España y los coetáneos de Sor Juana Inés de la Cruz y de otros muchos—[20] descubrimos claramente en el villancico un progresivo acercarse al carácter y la estructura de la loa y al movimiento del auto sacramental, hasta casi suplantarlos. De la vasta fortuna y difusión de los villancicos en México entre los siglos XVI y XVII se ocupó de modo bastante minucioso Alfonso Méndez Plancarte, no sólo en la introducción al segundo volumen de las *Obras completas* de Sor Juana sino también en los tres volúmenes antológicos de los *Poetas novohispanos,* constelados de numerosos ejemplos de villancicos.[21] Tal fortuna y difusión corren paralelas a la fortuna y difusión del teatro sacro de aquellos siglos: villancicos y letras sacras entran en autos, comedias de santos y loas; los autores de villancicos son los mismos de las varias obras teatrales de aquel periodo; y sólo se advierten ligeras diferencias, por ejemplo, entre los *Coloquios espirituales* de Fernán González de Eslava y sus villancicos, contemporáneos y posteriores. Por lo demás son semejantes, si no idénticas, las necesidades de evangelización o de posterior adoctrinamiento de las poblaciones indígenas, que están tanto en la base de la creación y el desarrollo de un auténtico teatro mexicano, en el que desde el principio se cuenta con la contribución de las cualidades "escenográficas", mímicas y recitativas de los indios, cuanto en la base del incremento de los villancicos.

[20] Cfr., entre otras cosas, sobre este tema Pierre Le Gentil, *Le Virelai et le Villancico, Les problèmes des origines arabes,* París, 1954; A. Viscardi, *Storia delle letterature d'oc et d'oil,* Milán, 1954; y, para España, Mary Paulina St. Amour, *A Study of the "Villancico" up to Lope de Vega,* Washington, 1940; y José Manuel Blecua *Sobre poesía de la Edad de Oro, ensayos y notas eruditas,* Madrid, 1970; Robert Jammes, "La letrilla dialogada", copia mecanografiada de una ponencia, 1982, *apud* Fernán González de Eslava, *Villancicos, romances, ensaladas y otras canciones devotas,* ed. de Margrit Frenk, El Colegio de México, México, 1989; M. Frenk, *Corpus de la antigua lírica popular hispánica, siglos XV a XVII,* Madrid, 1987.

[21] *O.C.,* II, pp. XXX-XLV; y *Poetas novohispanos,* México, 1942, p. 45. Cfr. también M. Frenk, "Romances y villancicos en la Nueva España del siglo XVI", en *Actas del Congreso Romancero-Cancionero, UCLA,* 1982, Madrid, 1989.

Las limitaciones que a las sacras representaciones teatrales pusieron el III Concilio Mexicano (1585) y el ejercicio nunca interrumpido de la censura eclesiástica debieron sin duda de favorecer la expansión de los "juegos de villancicos" en detrimento de aquellas otras representaciones más o menos elaboradas.

Méndez Plancarte señala, contra la inserción de los villancicos en la literatura dramática, que "lo más a que llegan por tal rumbo los Villancicos (y muchísimas veces, ni eso) es a la alternación de dos o tres 'voces' con algún dialogismo elemental, o con algún remoto esbozo de 'escena', nunca 'representada' en acción plástica, mas sólo en sugestión imaginativa". Y como réplica a Chávez, que se figura los villancicos de Sor Juana dichos por varias voces y en varios puntos de la iglesia, declara: "Hermosa fantasía, contra los hechos, ya que todo cantábalo desde el Coro la 'Capilla' u Orfeón de las Iglesias, sin nada que aun de lejos se acercara a la decoración, vestuario y acción teatrales".[22] No sabemos en qué documentos se basa Méndez Plancarte al declarar la presencia de esos "hechos", pero sus argumentos resultan relativamente serios y convincentes.

Observemos de cerca los villancicos de Sor Juana. Es difícil, sobre todo al leer las "ensaladillas" y "jácaras", donde entran las voces del castellano deformado de los negros, los "tocotines" en lengua náhuatl y hasta trozos en portugués, vasco o congoleño, no referirse al ambiente heterogéneo y multicolor de la Nueva España del siglo XVII y no imaginar movimientos y pasos de danza, tan connaturales al indio y al negro, como acompañamiento de aquellos ritmos cantados. He aquí cómo Sor Juana, en cuatro admirables versos del villancico de san Pedro Nolasco (1677), describe la "entrada en escena" de un indio, ritmada con pasos de danza en los que participa todo el cuerpo e incluso la cabeza:

[22] *O.C.*, II, p. LII. Cfr. las observaciones de Chávez (1951, pp. 217 y 253). Y aquí menciono algunos textos sobre el teatro mexicano: A. Reyes (1948); A. Magaña Esquivel y Ruth S. Lamb, *Breve historia del teatro mexicano,* México, 1958; A. de Maria y Campos (1959); M. Ekdahl Ravicz, *Early Colonial Religious Drama in Mexico: from Tzompantli to Golgotha,* Washington, 1970; María Sten, *Vida y muerte del teatro: el Olimpo sin Prometeo,* Xalapa, 2ª ed., 1982.

...un indio,
que, cayendo y levantando,
tomaba con la cabeza
la medida de los pasos...[23]

Por lo demás la jácara —como recuerda Henríquez Ureña al hablar de las jácaras en los villancicos de Sor Juana— "de baile había pasado a breve forma teatral";[24] y un baile era justamente el "tocotín" de los indios. Además, el diálogo no se alterna sólo a dos o tres voces, como afirma Méndez Plancarte, sino que se desarrolla hasta seis o nueve voces y un coro, respectivamente, en los villancicos dedicados a san José (Puebla, 1690) y a santa Catalina (Antequera, 1692).[25] Y eso no es todo. En el "juguete" (o "adivinanza") incluso en los primeros de esos villancicos se repite el estribillo "no fue tal", que, con *acompañamiento de música,* figura casi idéntico en el segundo acto, escena V, de la comedia de Sor Juana *Los empeños de una casa.*[26] Más aún. No cabe imaginar este divertido diálogo entre un "Bachiller afectado" y un "bárbaro que encontró" —donde los *quid pro quo* del latín repiten el hallazgo cómico de cien comedias del Siglo de Oro— sin *ver* a los dos dialogantes *en escena* (señalo los equívocos surgidos de la incomprensión del latín):

—*Hodie Nolascus divinus*
in Caelis est collocatus.
—Yo no tengo asco del vino,
que antes muero por tragarlo.
(*Nolascus divinus* = asco del vino)

—*Uno mortuo Redemptore,*
alter est Redemptus natus.
—Yo natas buenas bien como,
que no he visto buenos natos.
(*natus* = natas y natos)

[23] *O.C.*, II, p. 41.
[24] En la nota 29 del ya citado ensayo sobre la *Música popular de América.*
[25] *O.C.*, II, pp. 131-141 y pp. 174-176.
[26] Compárense *O.C.*, II, pp. 140-143 y *O.C.*, IV, pp. 91-96, que es verdadero teatro.

—*Omnibus fuit Salvatoris*
ista perfectior imago.
—Mago no soy, voto a tal,
que en mi vida le he estudiado.
(*imago* = mago; y quizás *Salvatoris* = voto a tal)

—*Amice, tace: nam ego*
non utor sermone Hispano.
—¿Que te aniegas en sermones?
Pues no vengas a escucharlos.
(*nam ego... sermone* = aniegas en sermones)

—*Nescio quid nunc mihi dicis,*
nec quid vis dicere capio.
—Necio será él y su alma,
que yo soy un hombre honrado.[27]
(*nescio = necio)*

Impensable es también la ausencia de "escenario" en el caso de los dos recitantes de la introducción de la "ensalada" de los villancicos para la Asunción (Ciudad de México, 1685), que se inicia con estas frases:

—Yo perdí el papel, señores,
que a estudiar me dio el Maestro
de esta fiesta, porque yo
siempre la música pierdo.
—Pues no os dé ningún cuidado,
que otras cosas cantaremos;
que el punto propio es cantar
aunque no es el punto mesmo.
—¿Pues qué podemos decir?
—Lo que dictare el cerebro,
cualquier cosa...[28]

[27] *O.C.*, II, pp. 40-41. (Siempre en los villancicos a san Pedro Nolasco.)
[28] *Ibidem*, pp. 94-95.

Frases que tienen un sabor de teatro dentro del teatro y, permítaseme la exageración y la paradoja, casi de comedia del arte...

Una vez puestos de relieve estos valores escénicos espigados en algunos villancicos es obligado precisar que los valores propiamente líricos, expresados aquí y allá en delicadas y frescas cancioncillas puestas en el centro y a veces en el diapasón compositivo de los villancicos, son más amplios y predominantes, y a menudo más corpóreos y significativos. Pero es cierto que la tendencia a su teatralización quizá proviniera de los propios indios que los interpretaban y del público heterogéneo y festivo que los acogía y aplaudía. No es casual que en Eugenio Gerardo Cobo (1679-1750) los villancicos aparezcan con el subtítulo de "Cantada" y se subdividan en "Recitados", "Arias" y "Minués". ¡Hemos entrado en pleno siglo XVIII!

UNA ESTRUCTURA SENCILLA PARA UN USO SENCILLO Y VARIADO

Debiendo responder a una demanda insistente, que provenía de diversas partes de la Nueva España, y encontrándose a sus anchas en una extensa y articulada composición de motivos sacros y populares, insertos en una realidad deforme y abigarrada, Sor Juana fue creando una estructura y casi un estatuto de fuerte identidad y relativa originalidad "mexicana" del villancico. Los temas, incluidos los atribuidos inciertamente a Sor Juana, eran los de las fiestas de guardar: Navidad (3), Asunción (7), Concepción (2), o bien los dedicados a santos de primer plano como san Pedro Apóstol (7), mientras que sólo un villancico está dedicado a cada uno de estos santos: san José, san Pedro Nolasco y santa Catalina, aunque éstos sean, por uno u otro motivo, los más relevantes.

El parecer de Méndez Plancarte —merecedor de todos los elogios no sólo por la reordenación de los villancicos de Sor Juana sino también por su completa revaloración— a propósito de la estructura general de los "juegos" es el siguiente: "Dicha parte del Oficio Divino, cuya pompa solemnizaba en nuestras Catedrales la víspera de los máximos días, consta de tres Nocturnos, cada uno de tres Salmos y tres Lecciones, con sendos Responsorios, que eran sus cúspides polifónicas. Y así, los Villancicos de cada fiesta son ocho o nueve (sustituido el último por el 'Te Deum'...), de a tres en cada 'Nocturno': variaciones poéticas y musicales de su mismo tema sagrado, y 'entreactos' para el pueblo..."[29]

Sor Juana permanece sustancialmente fiel a este esquema, aunque en general prefiere valorar e incrementar las posibilidades líricas de cada "Nocturno" y sobre todo, a partir del villancico VI, hacer más leve, ágil, jocosa y movida la marcha de conjunto del "juego". Para alcanzar dicho resultado Sor Juana opta por una serie de recursos y simplificaciones. Por ejemplo, sólo en tres casos —incluyendo en el cálculo también los "juegos" sólo atribuibles— supera el número de ocho villancicos por cada "juego", y eso ocurre sólo en los dedicados respectivamente a san José (1690) y a santa Catalina (1691), donde tenemos dos especies de apéndices "para la misa", y en el dedicado a la Asunción (1677), en el cual los villancicos no son ocho sino nueve. (Hay que subrayar que en la edición separada del "juego" de san Pedro Nolasco, de 1677, Sor Juana escribió de su puño y letra: "Éstos de la Misa no son míos — Juana Inés de la †".)

He aquí, pues, cómo aparece subdividido casi siempre cada "juego" en el esquema seguido por la poetisa mexicana:

	villancico I
Primero nocturno	villancico II
	villancico III
	villancico IV
Segundo nocturno	villancico V
	villancico VI
Tercero nocturno	villancico VI
	villancico VIII

[29] *Ibidem,* pp. XVII-XVIII.

Cada villancico está, naturalmente, compuesto por un cuerpo de coplas y por un estribillo de unos cuantos versos. A veces el estribillo precede a las coplas y es una invitación y una introducción al canto de éstas; otras veces el estribillo viene después de las coplas y, en este caso, sirve de conclusión al canto. (En los "juegos" de carácter "narrativo", como el de san Pedro Nolasco, el estribillo precede siempre a las coplas; en cambio, cuando las coplas poseen una entonación decididamente lírica o didascálica, el estribillo suele colocarse al final.) A menudo las coplas y a veces también los estribillos son a dos o más voces, sean o no en forma de "responsorios": y cabe señalar que, con el paso del tiempo, Sor Juana se entrega con mayor frecuencia al uso de voces múltiples (hasta 9) y al coro, y confiere a sus "juegos" un tono netamente más festivo. No obstante, la exacta alternancia de estribillos y coplas imprime al primero y en parte al segundo "Nocturno" una suave cadencia y una marcha ondulatoria. A partir del villancico VI el movimiento se vuelve más intenso y hasta agitado, en especial cuando este villancico —y ello ocurre muchas veces— es a ritmo de jácara. Tras una nueva y breve fase llana (en el villancico VII), sobreviene siempre la girándula final —jocosa y divertida, punzante y vivacísima— de la *Ensalada* o *Ensaladilla* del villancico VIII y último.[30]

Confiados, como libretos, a la ejecución musical de un maestro de capilla y al canto de más o menos expertos o improvisados cantores, los villancicos llevan a menudo las oportunas "acotaciones" (los números para indicar las diversas voces, las palabras *todos, coro* o *tropa* para señalar las partes corales, las definiciones *jácara, juguetillo, glosas, introducción,* etc.). Pero mucho más a menudo tales acotaciones no aparecen y los personajes se declaran o son presentados en el propio texto de las *introducciones:*

> Pues que todos han cantado,
> yo de campiña me cierro:

[30] Méndez Plancarte observa, a propósito de la jocosidad de la *Ensalada* o *Ensaladilla* final: "Tal solía ser el villancico final de los Maitines, en atención a la fatiga de los fieles" *(O.C.,* II, nota a la p. 362).

que es decir, que de Vizcaya
me revisto. ¡Dicho y hecho!
Nadie el Vascuence murmure
que juras a Dios eterno
que aquesta es la misma lengua
cortada de mis Abuelos.[31]

(De cuando en cuando, como en este caso, Sor Juana introduce en los villancicos acentos personales. En efecto, su padre, don Pedro de Asbaje, era vasco —y ella no lo oculta, como quisieran ciertos intérpretes freudianos o seudofreudianos de su personalidad—. Al contrario, llega a tomar a broma sus orígenes vascos, usando la segunda persona "juras" en lugar de "juro", defecto de entonces y quizá de ahora de los vascos al hablar castellano.)

Pero, volviendo a la eliminación de las acotaciones, véase la más sencilla solución aquí adoptada (en los villancicos de san Pedro Apóstol, 1677):

Con aquesta ocasión, pues,
entraron a celebrarle
de lo mejor de los barrios
multitud de personajes.
El primero fue un Mestizo
que, con voces arrogantes,
le disparó estos elogios
disfrazados en coraje...
...Después de éste, un Portugués,
preciado de navegante,
como era ya hombre a la mar,
quiso a los mares echarse.
Y mirando en alta mar
de Pedro la hermosa Nave,
con ayudarla con soplos
echó sus coplas al aire...[32]

[31] *O.C.*, II, pp. 97-98 (Villancicos de la Asunción, 1685).

[32] *Ibidem*, pp. 56-57. Nótense los diversos juegos de palabras jocosas. "Echar coplas" significa también "hablar a tontas y a locas". O también la proximidad burlesca entre "soplos" y "coplas".

Adecuadas a la naturaleza lírica, didáctica, narrativa y jocosa de los villancicos son las formas métricas empleadas por Sor Juana en sus "juegos". Aquí y allá se nota ese capricho versificador que, en el contexto del barroco y no sólo del mexicano, hizo a menudo de nuestra poetisa una virtuosa de la métrica hispana.[33] Pero, en conjunto, Sor Juana sigue con bastante fidelidad la tradición del villancico clásico (estribillo, coplas, letras y letrillas), en el cual predomina el verso de arte menor y por tanto el romance y el romancillo; y, conforme al carácter musical y cantado del villancico, son frecuentísimas las rimas agudas, los refranes y los diversos tipos de repetición de versos. El romance se utiliza a menudo en "tono" de jácara, de corrido (versión mexicana en gran boga hasta hoy, mencionada aquí por primera vez) y de valona ("aire" de romance cuyas huellas se han perdido). En los romances y romancillos, Sor Juana adapta el latín a la prosodia española, a menudo con gratos y hasta exquisitos efectos, como en el romance con asonancia i-a que empieza con los versos:

Ille qui Romulo melior
Urbem condidit invictam
et omnium terrarum orbium
fecit ut esset Regina...[34]

En lo que a la disposición estrófica respecta, los villancicos abundan en cuartetas y quintillas; no son infrecuentes las endechas y las endechas reales ni las liras; en cambio, sólo en la dedicatoria de los villancicos de san Pedro Nolasco usa Sor Juana las sentenciosas décimas.[35] No faltan, ya se ha dicho, casos de raras variantes: tres veces se produce un uso diferente de las italianizantes liras, en general empleadas para los discursos solemnes y aquí al servicio de un tono elegíaco:

[33] Ya se ha hablado de Navarro Tomás y de Alatorre. Ha de añadírseles el estudio de D. Clotelle Clarke (1951).

[34] *O.C.*, II, pp. 49-50.

[35] *Ibidem*, p. 28.

A llantos repetidos,
entre los troncos secos,
ecos, ecos,
dan a nuestros gemidos,
por llorosa respuesta,
el monte, el llano, el bosque, la floresta.
Si las lumbres atenta
hacia el cielo volvieras,
vieras, vieras,
que triste se lamenta
con ansia lastimosa
el pájaro, el cristal, el pez, la rosa.[36]

En la acentuación se da también el caso de un *déjenle* que se acentúa *déjen-lé,* ejemplo de esa *Versificación irregular* ya estudiada en el libro del mismo título de Pedro Henríquez Ureña, y empleada a menudo en la América hispana...[37]

Conviene anotar, por último, que en las sutiles y a veces leves variantes que Sor Juana inserta en la estructura de los villancicos su tendencia es la de perder también aquí el sosiego, la pomposidad y la hipocresía que incluso en estos géneros "menores" asedian a la poética barroca.

LAS CUATRO Y LAS DEMÁS VIRTUDES DE LOS VILLANCICOS DE SOR JUANA

Nadie puede ponerlo en duda: las obras más delicadas y espléndidas de inspirada religiosidad popular que se han escrito en lengua española —villancicos, letrillas y hasta comedias en tres actos dedicadas a la Navidad o a alguna otra devotísima

[36] *Ibidem,* pp. 60-62 (Asunción, 1679). Paralelas y muy semejantes, temática y estilísticamente (bisílabo repetido y endecasílabo cuatrimembre), son las otras dos liras de idéntica conformación, en san Pedro Apóstol, 1683 *(ibidem,* pp. 79-80) y en santa Catalina, 1691 *(ibidem,* pp. 163-164).

[37] *La versificación irregular en la poesía española,* 1ª ed., Madrid, 1920; 2ª ed., 1933; ahora en *Obras completas,* tomo III, Santo Domingo, 1977.

fiesta—[38] pertenecen, en todo el Siglo de Oro, a Lope de Vega. Cabalmente a ese Lope, "monstruo de la naturaleza" hasta en esta virtud rara y mezcla de inocencia y poesía que cualquiera podría, con toda la razón, en su caso —personalidad de admirable y sublime desorden— definir como innatural, si se compara con otros prodigiosos ejemplos de la misma lengua y la misma literatura, y el primero de todos san Juan de la Cruz.

Sobre Lope quisiera repetir las palabras que escribió, a propósito de su traducción de la obra *El nacimiento de Cristo,* Carmelo Samonà cuando, tras haber declarado que "nada más arduo que expresar en otra lengua la inocencia", precisa: "Las delicias del paraíso terrenal, la rústica gracia de los pastores o la ternura de María con el Niño son perlas del *esplendor ambiguo,* de una transparencia inventiva que *tiene también sabor de estudio,* de lecturas bíblicas y de atenta percepción de los gustos y creencias de un público devoto".[39]

Esto es: si para Lope cabe hablar de "esplendor ambiguo" y de algo que "tiene también sabor de estudio", y si para los autos sacramentales de Calderón (los más hermosos que se hayan escrito nunca) se puede hablar de catedrales en miniatura por la perfección de su arquitectura poética, para Sor Juana es menester usar otras palabras, otras fórmulas, otras definiciones más moderadas aunque no por ello menos esplendorosas.

En verdad lo que distingue los villancicos de Sor Juana (de eso hablamos aquí) de los, digamos, de un Lope o un Góngora, aparte los logros poéticos, también en nuestro caso de alta calidad, son sobre todo las cuatro circunstancias que los vieron nacer y que los diferencian de los otros por algo especial: primero, que sobre la nuca de Sor Juana no soplaba en estos casos, tan subrepticio o fuerte, aquel aliento de la Contrarreforma que debía de sentir un Lope o cualquier otro escritor de su tiempo, por lo

[38] Un ejemplo quizás inigualable en tal sentido es el ofrecido por *El nacimiento de Cristo: comedia en tres actos,* que Carmelo Samonà tradujo al italiano *(La nascita di Cristo,* 1ª ed., Einaudi, Turín, 1985), después en el volumen antológico del *Teatro* de Lope de Vega, ed. de Mario Socrate, Garzanti, Milán, 1989.

[39] Recojo lo que escribe Samonà en la edición de 1985, p. 106. (La cursiva es mía.)

menos como autocensura o general impedimento; segundo, que su escribir villancicos no era sólo conmemoración de una fiesta, sino auténtico proselitismo y enseñanza evangélica en tierras de indios; tercero, que ella sentía que escribía y cantaba para una pequeña comunidad heterogénea a la que amaba profundamente; y cuarto, que al componer aquellas cancioncillas vivía a fondo su papel de monja y particularmente el de mujer, delicada y vibrátil, pero orgullosa de su propio sexo.

No daré aquí ejemplos separados y ordenados de estas razones y fuentes de gracia y dulzura, de verdad y sincera pasión, de ingenua religiosidad, pues todas se reconocen a cada paso en cada una de estas obrillas. Pero me siento obligado a explayarme sobre la última de las cuatro características que marcan los villancicos, pues desde el principio preferí no afrontar a fondo, o casi, dicho tema: la defensa de la mujer y de sus derechos que Sor Juana asumió en tantas ocasiones con coherente, continuo y personalísimo compromiso, tanto en verso como en prosa. Empezando por las famosas redondillas "Hombres necios que acusáis", extrañamente catalogadas como "sátira filosófica", pero famosas precisamente por su aguda sentenciosidad y también por ciertas reivindicaciones "femeninas" que aún hoy poseen un sabor a verdad...

Hombres necios que acusáis
a la mujer sin razón,
sin ver que sois la ocasión
de lo mismo que culpáis;
si con ansia sin igual
solicitáis su desdén,
¿por qué queréis que obren bien
si las incitáis al mal?
Combatís su resistencia
y luego, con gravedad
decís que fue liviandad
lo que hizo la diligencia.[40]

[40] *O.C.*, I, pp. 228-229, vv. 1-12. La poesía merece ser leída por entero al menos por su mansa sabiduría, aunque líricamente sea de escaso valor.

Viene aquí como anillo al dedo una breve digresión sobre tal "feminismo". Que yo sepa, el único estudio que acomete correctamente el tema es el de Giulia Poggi, ya citado, donde se define el feminismo de Sor Juana "no ciertamente una estereotipada reivindicación de derechos (ajena, por lo demás, a la cultura de su siglo), sino más bien la defensa de un estatuto cultural íntimo, no necesariamente avalado por reglas, condiciones y modelos". Y donde también se escribe: "Basta efectuar una serie de rápidas tomas en la lírica sanjuaniana (campo donde los códigos de referencia y por ende las posibles desviaciones son más visibles que en otras partes), para percatarse de que el formulario de ascendencia cultista en que ella se inspira sólo es respetado en parte, desviándose más a menudo hacia un significado nuevo, más contiguo a la psicología y a las angustias íntimas de la monja que a la abstracción propia de ese lenguaje".[41] Después Poggi (que pone justamente de relieve la "complicidad femenina" observada en el retrato de Lisarda, confiado a la forma del ovillejo) evoca ora a Góngora, ora a Quevedo, pero más a menudo a autores menores como Jacinto Polo de Medina, Agustín de Salazar y Torres o Francisco de Trillo y Figueroa, aun cuando, digo, no todas esas "desviaciones", pese a no ser definibles como de índole "preilustrada" (como la estudiosa observa), resulten verdaderamente convincentes.

También en este caso resulta esclarecedor, por su concreción, lo que escribe Octavio Paz:

> La diferencia entre Sor Juana y los otros clérigos escritores —Lope, Gongora, Calderón y tantos otros— era muy simple: ser mujer. Lope y Góngora fueron malos sacerdotes pero ningún Fernández de Santa Cruz los reprendió públicamente por no escribir tratados de teología ni ningún Núñez de Miranda les retiró sus auxilios espirituales por escribir sonetos y décimas de amor. A una monja cumplida se le podía prohibir lo que no se podía prohibir a un mal sacerdote. Su dedicación a las letras parecía una singularidad sospechosa...[42]

[41] Cfr. G. Poggi (1994, p. 3).
[42] O. Paz (1982, p. 555).

El orgullo de pertenecer al mundo femenino se capta, por ejemplo, y con destacada evidencia, en el villancico a santa Catalina de Alejandría, entre otras cosas por estar compuesto en 1691, en plena crisis de conciencia (y más de una vez alude Méndez Plancarte en sus notas a momentos de proximidad con esa crisis), y asimismo por tratarse de una santa docta y noble que, en el siglo IV d.C., con solo dieciocho años, sustuvo las razones del cristianismo ante muchos sabios de la corte y ganó su batalla de ingenio y convicción, convirtiendo incluso a la emperatriz, mujer de Maximino. Y sin embargo, a pesar de todo, no logró salvarse del tormento de la rueda y de la decapitación. (También aquí —como antes a propósito de sus orígenes vascos— Sor Juana inserta un rasgo biográfico, si es cierto lo que cuenta su biógrafo el padre Calleja: que logró, jovencísima, hacer frente, como un "galeón real" rodeado por muchas chalupas, a gran número de sabios, convocados por el virrey, el marqués de Mancera, dando pruebas de su precoz y solidísima cultura.)[43]

He aquí algunos fragmentos de los villancicos de santa Catalina (1691):

Estribillo

¡Víctor, víctor Catarina,
que con su ciencia divina
los sabios ha convencido
y victoriosa ha salido
—con su ciencia soberana—
de la arrogancia profana
que convencerla ha venido!
¡Víctor, víctor, víctor!

Coplas

De una Mujer se convencen
todos los Sabios de Egipto
para prueba de que el sexo

[43] Cfr. Sor Juana Inés de la Cruz ante la historia, ed. de Francisco de la Maza y Elías Trabulse, México, 1980, ahora en G. Bellini (1987, pp. 56 y ss.). Las notas de Méndez Plancarte arriba mencionadas están en *O.C.*, II, p. 436; y las referencias son a la *Carta atenagórica* y a la *Respuesta a sor Filotea.*

no es esencia en lo entendido.
¡Víctor, víctor!
Prodigio fue, y aun milagro;
pero no estuvo el prodigio
en vencerlos, sino en que
ellos se den por vencidos.
¡Víctor, víctor!
¡Qué bien se ve que eran Sabios
en confesarse rendidos,
que es triunfo el obedecer
de la razón el dominio!
¡Víctor, víctor!...[44]

Estas estrofas cantadas que están en el centro de los "Tres nocturnos" de santa Catalina (primero se habían cantado las glorias del país del Nilo y otras historias egipcias) concluyen con la celebración de santa Catalina como Patrona de las Letras. Pero es justamente en el villancico IX, en el *Ite Missa est,* tras una serie infinita de variaciones sobre el tema de la sabiduría y el sacrificio de la santa y tras haber pasado a través de un atrevido abanico de soluciones métricas, cuando se llega a esta especie de donosa retahíla "feminista", verdadero *exploit* de gracia popular e infantil:

Érase una Niña
como digo a usté,
cuyos años eran
ocho sobre diez.
Ésta (qué sé yo
cómo pudo ser)
dizque supo mucho
aunque era mujer.
Esperen, aguarden,
que yo lo diré.
Porque, como dizque
dice no sé quién,

[44] *O.C.,* II, segundo nocturno, villancico VI, pp. 170-171.

ellas sólo saben
hilar y coser...
Esperen, aguarden,
que yo lo diré.
Pues ésta, a hombres grandes
pudo convencer;
que a un chico, cualquiera
lo sabe envolver.
Esperen, aguarden,
que yo lo diré.
Y aun una Santita
dizque era también,
sin que la estorbase
para ello el saber.
Esperen, aguarden,
que yo lo diré.
Pues como Patillas
no duerme, al saber
que era Santa y Docta,
se hizo un Lucifer.
Esperen, aguarden,
que yo lo diré.
Porque tiene el Diablo
esto de saber,
que hay mujer que sepa
más que supo él.
Esperen, aguarden,
que yo lo diré.
Pues con esto, ¿qué hace?
viene, y tienta a un Rey,
que a ella la tentara
a dejar su Ley.
Esperen, aguarden,
que yo lo diré.
Tentóla de recio;
mas ella, pardiez,
se dejó morir,
antes que vencer.
Esperen, aguarden,

que yo lo diré.
No pescuden más,
porque más no sé,
de que es Caterina,
para siempre. Amén.[45]

Otro santo que atrae la fantasía pero también el interés especial de Sor Juana es san Pedro Nolasco. Se trata de un personaje que se convirtió en ejemplar, el cual, de noble y rica familia de origen francés, se distinguió en el siglo XIII porque, derrochando todo su patrimonio y sus energías, liberó a gran número de cristianos de las cárceles moras en la España de la época. Sor Juana lo pinta de inmediato con fuertes tintas, haciendo casi de él un héroe popular, y lo muestra —a los ojos de indios y negros y de los pobrecitos todavía esclavos o en condiciones de opresión— como un caballero desfacedor de entuertos y como un precursor de la liberación de los esclavos y de los prisioneros injustamente encarcelados:

Nolasco, digo, el valiente,
el de la vida penosa,
quebrantador de prisiones,
despoblador de mazmorras.[46]

Por lo demás, la fábula de san Pedro Nolasco se injertaba, para ella, en los temas heroico-legendarios del *Romancero,* como se ve en este fragmento:

Nolasco, aquel Caminante
que en la carrera del siglo
supo caminar al cielo
sin dilatar el camino;
el que, por ir más ligero,
sin la carga de los vicios
no sólo de bienes, pero

[45] *Ibidem,* villancico XI, pp. 179-181.
[46] *Ibidem,* p. 36.

se descargó de sí mismo,
dejó su patria y riquezas,
dejó su noble apellido.[47]

Y no desdeñaba Sor Juana recurrir a comparaciones que acaso parecieran, como poco, escandalosas, en el momento en que, refiriéndose al francés san Pedro Nolasco, escribe:

Los enfermos visitaba,
con tanto desinterés,
y su remedio buscaba,
que, como era buen Francés,
del mal francés los curaba.[48]

Tampoco desdeñaba atraer el público con una apuesta sobre Cristo y María, hecha por el Cielo y por la Tierra, o sobre la habilidad de san Pedro como maestro de esgrima, y hasta con una apuesta entre san José y Dios...[49] A menudo, en este esfuerzo de simplificación —para uso de su público— de la vida de los santos o de los símbolos cristianos, Sor Juana "se excede del estricto rigor teológico", como no puede por menos de observar, en su comentario, el demasiado temeroso de Dios Méndez Plancarte.[50]

En otros muchos casos lo que domina en los villancicos, debido en parte a la índole misma de la poesía de Sor Juana, son algunos rasgos líricos (ya se ha visto en la retahíla a santa Catalina) que recuerdan la poesía pastoral "a lo divino" o bien cierta poesía angelical, tomada en préstamo del *Cantar de los cantares* (a través de san Juan de la Cruz o fray Luis de León), como en estos versos:

Aquella Zagala
del mirar sereno,

[47] *Ibidem,* p. 32. (Nolasco cambió de nombre y condición de vida, y se transformó en otra persona.)

[48] *Ibidem,* pp. 38-39.

[49] *Ibidem,* p. 3 ("Vengan a ver una apuesta"); pp. 54-55; y pp. 135-137 (respectivamente en los "juegos" de la Anunciación, 1676; de san Pedro Apóstol, 1677; y de san José, 1690).

[50] Cfr. notas de las pp. 422 (n. 296) y 427 (n. 304), y otras.

hechizo del soto
y envidia del Cielo
la que al Mayoral
de la cumbre, excelso,
hirió con un ojo,
prendió en un cabello;
a quien su Querido
le fue mirra a un tiempo
dándole morada
sus cándidos pechos.[51]

O bien en estos otros tres versos:

Labios tan lindos,
el aliento se beben
de mis suspiros.[52]

A veces, además, en estas operetas cantadas afloran cuadros de costumbres, retratos de personas o esbozos de hábitos particulares, que nos ofrecen un sabroso cuadro de los lugares y los tiempos, como sucede en este juego de ingredientes (a varias voces) para componer una "ensalada" (en los dos significados del término), donde las alusiones locales se le escapan al lector de hoy:

—Yo daré las lechugas
porque son frescas,
y nadie mejor dice
una friolera.
—No negará la Patria
quien tal pronuncia,
ni que tanta friolera
es de Toluca.
—El aceite a mí juzgo
que me compete,
que es mi voz clara y blanca
como el aceite.

[51] *O.C.*, II, pp. 9-10 (Asunción, 1676).
[52] *Ibidem*, p. 123 (Navidad, 1689).

—Lo negarán los niños,
que aceite atizan,
porque traen de ordinario
sus lamparillas.[53]

Otros cuadritos de vida vivida se captan en los villancicos para la Navidad (de 1689). Son varias figuras llamadas a una sugestiva luminaria por el "alcalde de Belén", diversos personajes del pintoresco tropel de la vida colonial, retratados todos con tierna ironía o sátira barata, como en este caso:

Del Doctor el farol apagóse,
al ir visitando,
por más señas, que no es el primero
que ha muerto en sus manos.[54]

Al cual le siguen las figuras de un alemán que de tanto vino como trasegó tiene ojos como faroles, de un poeta que no tiene un "blanco" (un cuarto) ni siquiera para comprarse una luz, y así sucesivamente. En sus fases de inspiración gongorina Sor Juana, también en estos villancicos, alcanza cimas de rara intensidad y osadía poéticas. Así en este juego semántico y en este tránsito veloz de significantes a significados de *plumas* (para volar o escribir) a *escribir* (que además es casi siempre cantar).

¡Serafines alados, Celestes jilgueros,
templad vuestras plumas, cortad vuestros ecos,
y con plumas y voces aladas
y con voces y plumas templadas,
cantad, escribid de Pedro los hechos!
¡Y con plumas y voces
veloces
y con voces y plumas,
las sumas
cantad, escribid de los hechos de Pedro![55]

[53] *Ibidem,* p. 159 (Asunción, 1690).
[54] *Ibidem,* p. 116 (Navidad, 1689).
[55] *Ibidem,* p. 44 (san Pedro Apóstol, 1677).

Y en esta *querelle* ("cuestión") entre flores y estrellas de gusto calderoniano:

> Las Flores y las Estrellas
> tuvieron una cuestión.
> ¡Oh, qué discretas que son,
> unas con voz de centellas
> y otras con gritos de olores![56]

Donde aparecen dos raros ejemplos de sinestesias *(voz de centellas y gritos de olores).* Quizá sea de nuevo demasiado obvio el recuerdo de Calderón en este contrapunto sobre el tema verdad-sueño, en torno a la virginidad de Nuestra Señora:

> ¡Cuán contrario que anda Dios
> del orden natural nuestro,
> pues hace incierta la vida,
> haciendo verdad el sueño!
> Despierto Josef ignora,
> y dormido sabe: luego
> duerme cuando está velando,
> vela cuando está durmiendo.
> Si considera, dormido,
> y alcanza tales Misterios,
> ¿si a esto le llaman dormir,
> a cuál llamarán desvelo?
> Mas ¡ay, que duerme celoso,
> y el cuidado de los celos
> sólo admite de dormido
> la semejanza de muerto![57]

La misma problemática sueño-muerte —que revela en Sor Juana una fidelidad obsesiva o una aguda curiosidad por los estados del dormir-sueño, tarde o temprano cuajados en el poema emblemático *Primero sueño*— se encuentra en el villancico V del ya citado "juego" de Navidad (1689):

[56] *Ibidem,* pp. 88-89 (Asunción, 1685).

[57] *Ibidem,* pp. 146-147 (san José, 1690). ¡Un san José "celoso" es en cualquier caso un curioso hallazgo!

Déjenle dormir,
que quien duerme, en el sueño
se ensaya a morir.[58]

ESPECTADORES-ACTORES DE LOS VILLANCICOS, LOS INDIOS SE EDUCAN A SÍ MISMOS

Compárense —por un instante sólo aunque intenso— el empeño y el tiempo y el tormento que Sor Juana aplicó a una literatura de indiscutible calidad y especialmente el empeño y el tiempo y el tormento que aplicó a cuestiones cruciales y fundamentales de su época y su país: ora en la *Carta atenagórica,* donde pedía, no en polémica con Vieira sino casi en ayuda de la predicación indigenista de éste, que se considerase con el máximo de dignidad y participación humana el sacrificio de Cristo en la cruz (superando esa especie de *do ut des* que se escondía bajo la doctrina contrarreformista vigente), ora en el discurso sobre las relaciones de gran deferencia entre la religión cristiana y las religiones mesoamericanas; ora en la redacción de esos cantos devotos llamados "villancicos", instaurando ese *concentus* étnico y racial que había que instaurar en México, con felicidad y en plena fiesta... Compárense, digo, todas estas cosas y piénsese cuán sola debió, a veces de sentirse —pese a las alabanzas cortesanas y de su ambiente y también del especial cariño que le tenía una virreina—, profundamente sola, al ser una monja encerrada en un convento y sobre todo una mujer sin casi derecho a la palabra, y cuán sola y desamparada debió de sentirse, abandonada por su confesor, en los últimos y pocos años que sobrevivió a la crisis personal y a la crisis del orden colonial (los indios forzados a vivir *extra moenia,* cuando no condenados a la horca, a la tortura, a azotes y prisión, por haberse "rebelado").[59]

Quizá parezca desproporcionada esta premisa para concluir aquí y ahora el análisis más profundo de los villancicos, si no se

[58] *Ibidem,* pp. 119-121.

[59] Véanse, en tal sentido, con atención, las páginas del *Diario de sucesos notables* de A. Robles, varias veces citado, vol. II, pp. 258-266.

hubiese subrayado ya un fuerte vínculo entre todas las cosas recién enumeradas y sobre todo entre las dos loas comentadas al comienzo del capítulo (donde el compromiso doctrinal llega al máximo) y aquellas obrillas colectivas de carácter leve, festivo y devoto.

Muchos han sido y son aún los que se han ocupado con respeto de los villancicos, a lo mejor como obras menores pero no de menor importancia, desde Ezequiel Chávez a Robert Ricard, desde Alfonso Reyes a Karl Vossler, hasta Bénassy-Berling, quien imagina que se puede componer un plan de revaloración de éstos enlazando los textos escritos con las partituras musicales, "que duermen probablemente en los archivos episcopales mexicanos", según se deduce del libro de Jesús Estrada, *Música y músicos de la época virreinal.*[60] Y por último Jacques Lafaye, quien alude a ellos en su libro porque son realmente representativos de la "mezcla étnica de la capital de México en el siglo XVII", sosteniendo que Sor Juana supo reflejar en ellos "la realidad lingüística que la circundaba", en su uso mixto de español y náhuatl y otros idiomas.[61]

Véase en orden cronológico lo dicho sobre ellos, para pensar lo que aún cabe decir. Para Alfonso Reyes, existe una vasta fortuna del villancico justamente en la segunda mitad del XVII que ha de asumirse con seria ponderación: "Ya no era el villancico la mera canción de Navidad, sino que se abre a los más variados asuntos y ocasiones". Y aquí Reyes cita una serie de nombres que cultivan este género, de Ramírez de Vargas a Montoya y Cárdenas, de Soto de Espinosa a Gabriel de Santillana, etc., etc. "Lo cultiva sobre todo Sor Juana —agrega—, y muchos más villancicos de los que aparecen con su nombre le son legítimamente atribuibles." En suma, de todo este variado crisol de obrillas, Reyes saca una conclusión: "Don Ezequiel A. Chávez ha encontrado la palabra justa, al considerar esta poesía 'la más genuina y típica manifestación

[60] Cfr. Bénassy-Berling (1982, p. 31, notas 51 y 52). El libro de Estrada se publicó en la ciudad de México en 1973. Bénassy consagra a los villancicos pocas páginas, aunque nada desdeñables.

[61] J. Lafaye (1977, pp. 128-129). Pronto volveré a referirme a este libro.

dramática'. Españolísima fusión, que resultó mexicanísima, entre las diversas clases sociales, los distintos niveles de la inspiración y la cultura, lo chocarrero y lo divino, el cielo y la tierra: punto de confluencia, inestable y delicioso equilibrio que por desgracia duró un instante".[62]

En realidad esa "fusión" que en España se daba ya especialmente y quizás exclusivamente en el ámbito de la comedia, fue especialmente y quizás exclusivamente un hecho mexicano o americano. Con mayor incisividad y con algún leve elemento de aproximación Karl Vossler escribió, hace ya mucho tiempo:

> Hay que tomar en consideración que Juana veía reunidas sin ninguna diferencia, en las iglesias de México, casi diariamente, las más diversas categorías de hombres: inmigrantes, aborígenes, negros y mestizos, y podía observar por sí misma una unión psíquica de las razas, cada vez más fuerte, mientras la vieja España, que hasta los primeros decenios del siglo XVII expulsaba a moros, moriscos y judíos, ya no podía presenciar ningún fenómeno parecido. En México, un emocionante enlazamiento de almas fermentaba y abarcaba una nación llena de color, en proceso de formación; en España, una uniformidad petrificada, reservada y senilmente exclusivista. Como los impulsos de curiosidad y exploración, así también las tendencias a una comprensión cariñosa de la humanidad multicolor, allá en la periferia del imperio español, estaban todavía rebosantes de juventud cuando en la madre patria ya se secaban y fenecían.[63]

A la función conjuntiva que el villancico desplegó entre las varias razas y clases sociales, y a las originales características ambientales de que se nutrió, en un momento determinado de la historia colonial, cabe atribuirles justamente la boga y la difusión de ese género. Es sintomático, en efecto, que si en España el villancico recobró una limitada vitalidad ello ocurrió en virtud del nuevo vigor que había recuperado en ultramar. De forma que no han de entenderse desde un prisma de pura imitación de las

[62] A. Reyes (1948, pp. 99-100).

[63] La cita proviene de la introducción (versión española) que precede al volumen de las *Obras escogidas* de Sor Juana, Colección Austral, Buenos Aires, 1938, p. 39.

"burlas" plurilingües de Góngora los "bailes de negros" y los "tocotines" que figuran en algunos villancicos de Pérez de Montoro, sino como auténticos "viajeros de ida y vuelta", llegados de un mundo no ya exótico o un poco menos exótico; y es bastante aceptable y probable lo que Méndez Plancarte observa a propósito de León Marchante: que éste había sufrido la influencia de Sor Juana al componer sus villancicos y que el "puente trasatlántico" entre ellos fue posiblemente el padre Diego Calleja, primer biógrafo de Sor Juana y colaborador de Marchante en tres de sus comedias sacras.[64]

Es hora, sin embargo, de avanzar un paso más en esta dirección. Cuando intenté dar unas muestras de autopresentación de personajes, aquí en la página 182, recordé el caso de estas coplas del villancico de san Pedro Apóstol, de 1677:

> Con aquesta ocasión, pues,
> entraron a celebrarle
> de lo mejor de los barrios
> multitud de personajes.
> El primero fue un Mestizo...[65]

Pues bien, en ese ejemplo (tras el Mestizo venía un Portugués, hábil navegante), han de señalarse dos cosas: la primera, que Sor Juana no desdeña ninguna participación social o étnica o "extranjera" de su extraño mundo colonial; la segunda, que ella, criolla, y en cualquier caso tal por nacimiento y por inserción, no se recata de hacer aparecer a un Mestizo (entonces considerado a menudo con desprecio por la sociedad novohispana), aun teniendo en cuenta que el realismo de la "puesta en escena" o su propia presencia física en la iglesia impusiera la intervención en el "juego" de un mestizo de carne y hueso. Lo mismo cabe decir del negro. Se ha observado que quizás en Sevilla, puerto abierto al mundo, los negros debían de ser más numerosos que en México.[66] Es

[64] *O.C.*, II, p. XXVII.
[65] *Ibidem,* pp. 56-57.
[66] En su libro, Bénassy-Berling (1982) dedica un capítulo a "Sor Juana Inés de

probable; pero incluso en tal caso Sor Juana introduce muy a menudo en sus villancicos a los negros (más a menudo de lo debido), porque eran los más desheredados y despreciados, pero también los más aptos para la recitación y la danza, amén de a indios (que hablan en náhuatl), gallegos, vascos, portugueses, y hasta a mulatos. Debía de ser, desde luego, un indudable golpe de efecto el oír alabar a María como símbolo de libertad y rescate de los humildes,[67] y oírla llamar "negrita bella", "bailarina" y "libre negra", como en estas coplas primitivas y tiernísimas, en un castellano deformado por el habla negra:

Flacica, turu la Negla
hoy de guto bailalá,
polque una Neglita beya
el Cielo va gobelná.
Ha, ha, ha, etc. (estribillo).
—Ay, Siñola, libe Negla
que estrela pisandi está,
dame una de la que pisa,
pue que a mí me sevilá!
Ha, ha, ha, etc.
....
—E me envialá la aleglía
pue que mucho tendlá ayá
pala que con ese ayula
ganemu su libeltá...
Ha, ha, ha, etc.[68]

Cabe hacer muchas observaciones para comentar este fragmento. Sacando una conclusión de otros pasajes del mismo tipo, ligados a la condición de los negros, Bénassy-Berling escribe, muy

la Cruz y los negros" (pp. 295-316) y hace muchas observaciones interesantes, entre ellas el "exotismo" al hacer hablar a los negros en Lope, y otras cosas que se verán. Cfr. también G. Aguirre Beltrán, *La población negra de México,* México, 1972 (2ª ed.).

67 Siempre Bénassy-Berling (1982) observa en nota que Sor Juana "juega varias veces con el doble sentido de la palabra 'redención': rescate de esclavos y salvación espiritual" *(op. cit.,* p. 299, n. 14).

68 *O.C.,* II, pp. 315-316 (Asunción, 1986; entre los villancicos "atribuibles").

atinadamente, esto: "Con una audacia bien calculada, Sor Juana, precisamente ella, va directa al punto más escandaloso de una situación escandalosa. Denunciando lo ilógico o lo hipócrita de la segregación dentro de la caridad [cristiana], denuncia lo ilógico o lo hipócrita de la segregación en sí, de la esclavitud negra en su conjunto".[69]

También Bénassy-Berling observa que ya en Sor Juana negritud y belleza eran binomio habitual y casi fijo: pero el *black is beautiful,* aunque convertido en "bandera" política (casi o sin más) en los años sesenta, se remonta a los poetas de la *Negro Renaissance,* y más concretamente a Langston Hughes.[70] Con las formas de vida negra, casi un sello de la selva africana, enlaza esta copla, que ataca al Diablo en forma de serpiente:

—¡Válgati Riabro, Rimoño,
con su ojo ri culebra!
¿Quiriaba picá la Virgi?
¡Anda, tomá para heya!
—¡Vaya, vaya, vaya![71]

Que recuerda, casi con sutil continuidad y analogía, el Sensemayá de Nicolás Guillén:

Tú le das con el hacha, y se muere:
¡dale ya!
¡No le des con el pie, que te muerde,
no le des con el pie, que se va!
Sensemayá, la culebra,
sensemayá.
Semsemayá, con sus ojos...[72]

[69] Bénassy-Berling (1982, p. 315).

[70] Ya en los años treinta afirmaba: *"I am Negro and beautiful"*, como se desprende del libro de Stefania Piccinato, *Testo e contesto nella poesia du Langston Hughes,* Roma, 1979, p. 46.

[71] *O.C.*, II, p. 27 (Concepción, 1676).

[72] Está en *Sóngoro Cosongo,* 1ª ed., Buenos Aires, 1952.

Así, cada uno es llamado a su propio papel y también para exhibir su propia imagen social. Es lógico: en los villancicos, la participación popular excluye posturas problemáticas y mediadas: actores y espectadores al mismo tiempo, el negro, el indio y el mestizo reviven la leyenda de la Navidad, el mito de la pureza liberadora de María y las ejemplares historias de los santos, en una mera y directa figuración fantástica y en una sencilla fabulización emblemática. La Virgen María será una bella negrita o les recordará a los indios, en secreto, la imagen de una divinidad azteca.

Naturalmente, el meollo principal de esa participación y de ese *concentus* especial que lograba suscitar el rito cantado, danzado y puesto en música del villancico estaba en el indio. Como diré en el apéndice, el villancico se asemejaba a la construcción de las iglesias en México. Eran, y son, casi fortines, porque, en cierto sentido, el personaje alegórico de la religión (el evocado por Sor Juana) debía sentirse defendido por el Celo, armado de pies a cabeza; pero, aparte la arquitectura, que era la de las iglesias españolas, con el añadido de un gran espacio a cada lado, que desplegaba aquel barroco en líneas y dimensiones más amplias y copiosas (un convento en Oaxaca podía tener ocho patios, mientras que en España eran sólo cuatro), la decoración estaba a cargo de los indios (no había otra mano de obra), pobrecitos artesanos que aportaban a estas construcciones sus métodos, sus signos, sus símbolos, su imaginación.

No muy diverso es el villancico, donde no abundan aunque aparecen aquí y allá varias coplas en náhuatl, lengua que Sor Juana recordaba de su infancia y cuya transcripción quizás hiciera revisar por algún experto de la época. Oigamos lo que dice Lafaye en su libro *Quetzalcóatl y Guadalupe,* ya a menudo citado: "En sus 'ensaladas' lingüísticas en forma de *villancicos,* Sor Juana fue dando la palabra a las *castas;* oigámosla evocar lo que constituye una anticipación del juramento a la Guadalupe, instituyéndola en Protectora de la patria mexicana; los indios cantan:

•

Los mexicanos alegres
también a su usanza salen,
. . . .
y con las cláusulas tiernas
del mexicano lenguaje,
en un tocotín sonoro
dicen con voces suaves:
Tla ya timohuica,
totlazo Zuapilli,
maca ammo, Tonantzin,
titechmolicahuiliz."[73]
["Si por un azar te vas / amada Nuestra Señora, /
...o más aún Madre Nuestra, / no te olvides de nosotros."]

Y aquí Lafaye comenta: "Sor Juana, que era música, no fue insensible a la musicalidad discreta de la lengua náhuatl, y en el coro unánime del marianismo mexicano destinó un lugar a cada una de las masas corales de la sociedad de México: criollos, mestizos, mulatos, indios".[74]

Por último, el mismo estudioso (y en el mismo libro), partiendo de una poesía de Sor Juana donde ésta escribe, entre otras cosas, a propósito de la "América abundante":

De la común maldición
libres parece que nacen
sus hijos, según el pan
no cuesta al sudor afanes.[75]

Anota esto: "La tierra madre, identificada con América, es presentada como generosa y nutricia; fue en los hechos el sustrato telúrico y mítico del 'Paraíso occidental'. Si esta última expresión fue tomada por Sor Juana de su contemporáneo Sigüenza y Góngora, la noción de Edén deriva de la evocación de un pueblo me-

[73] *O.C.*, II, pp. 16-17 (Asunción, 1676). La traducción del náhuatl está tomada de las notas de Méndez Plancarte, de la traducción al español que le proporcionó el famoso "nahuatlista" e indigenista Ángel María Garibay. (Cfr. nota a la p. 365.)

[74] J. Lafaye (1977, p. 125).

[75] *O.C.*, I, pp. 102-103 (núm. 37).

xicano exento del pecado original *(la común maldición),* es decir 'Inmaculado', como lo fue la propia Virgen María".[76]

La digresión —que no es tal— sirve para explicar que los indios, espectadores y ejecutantes del villancico, vivían en él, según las intenciones de Sor Juana y por encima de ellas, una profunda experiencia religiosa, equivalente —esta vez por clarísima voluntad de Sor Juana— a una forma de sincretismo y universalismo, que superaba los límites de la evangelización propiamente dicha: una opción de libre albedrío, hacia una religiosidad global y abstracta. La ceremonia del villancico se transformaba así en un círculo mágico donde se hallaban enredados todos: gente heterogénea de la Nueva España, Sor Juana como intelectual ilustrada, y el propio clero, a veces quizá reacio. Y si los indios, actores y espectadores, como reza el título, se educaban a sí mismos, ello ocurría en una forma anticipada de transculturación que por desgracia no tuvo secuelas. A los vencidos les queda sólo la memoria.

[76] J. Lafaye (1977, pp. 123). El mismo Lafaye recuerda, a propósito de lo dicho arriba, la obra de Francisco Bramón, *Los sirgueros de la Virgen sin original pecado,* que es de 1620.

APÉNDICE[1]

Un escritor, llegado a la fase más sólida de su madurez de creación y de conciencia, se dedica a un "tema" comprometido y complejo que pone a dura prueba sus nociones eruditas, su sistema especulativo, sus capacidades estilísticas, sus ideas estéticas y su concepción del mundo. El escritor en cuestión es, resulta obvio, Octavio Paz, a quien ahora todos conocen por el Nobel, y el año de inicio de esta comprometida aventura intelectual, que presentamos aquí, 1971 —como se explica en la premisa, tres años justos después de su brusca dimisión como embajador en la India en protesta contra su gobierno, culpable a sus ojos y a los ojos del mundo de haber ahogado en sangre una vigorosa manifestación estudiantil y popular en la Plaza de las Tres Culturas, en la ciudad de México—.

El "tema" elegido por él es la monja-escritora del siglo XVII mexicano Sor Juana Inés de la Cruz (1648-1695), personalidad de contornos un poco misteriosos y también por eso de grande y singular fascinación. Metas de investigaciones eruditas, de estudios meditados y atractivos, de hipótesis arriesgadas e impertinentes, la vida y obras de Sor Juana, envueltas en un halo de situaciones oscuras y difuminadas, parecen escapar de continuo a una cumplida biografía y a una exhaustiva exégesis. Su figura atrajo hace tiempo a más de un filólogo e historiador literario, a partir de Karl Vossler, y a más de un escritor, a partir de Amado Nervo, hasta arribar a dos textos teatrales, uno de Dacia Maraini y otro, reciente, de Maura del Serra, y a la película de la directora argentina María Luisa Bemberg, *Yo, la peor de todas.* Pero hacía falta justamente un poeta y ensayista de firme vocación intelec-

[1] Como ya advertí en la premisa, este apéndice reproduce mi introducción a la versión italiana (1991) del libro de Octavio Paz, *Sor Juana Inés de la Cruz o las trampas de la fe* (1982).

tual y del rango de Octavio Paz, con una buena biblioteca como la de la Harvard University a su disposición, para afrontar con instrumentos adecuados la ardua tarea que, antes que él, sólo hubiera podido desarrollar Alfonso Reyes, finísimo escritor, amigo y confidente de Borges, investigador de gran categoría y sabio humanista.

El lector que lea el libro de Paz lo hará, supongo, con placer e interés, porque el personaje de Sor Juana y todos sus avatares y escrituras, en especial sus escrituras, tienen un sabor exquisito y una gran densidad; a mí me queda sólo la obligación de un comentario puntual que le ayude, al lector, digo, a trazar las coordenadas donde insertar análisis, interpretaciones y conjeturas.

Como primer acto o premisa es preciso iluminar y resaltar los elementos dispersos de la existencia de esta mujer excepcional. La infancia transcurrida en un pueblecito en las inmediaciones de unos volcanes y no lejos de la ciudad de México con una madre criolla de carácter fuerte y costumbres exentas de prejuicios (tuvo seis hijos de dos hombres distintos sin contraer nunca matrimonio), un padre que abandona a la madre y a quien ella, Juana, quizá no conoce; una especie de padrastro que la rechaza y es rechazado por ella; un abuelo con muchos libros y buenos conocimientos literarios; el refugio en la capital y los primeros estudios; la breve estancia en la corte a los veinte años y ya como "niña mimada"; el descubrimiento y la primera confirmación de su extraordinaria vocación de pensamiento y expresión artística; la decisión de tomar el velo y la elección del convento como único lugar donde llevar adelante sus estudios y consolidar su voluntad de mujer-en-contra; en contra, quede claro, de las restricciones de los dogmas y las desventajas de la condición femenina, en aquellos tiempos enormemente excluida de los lugares de la cultura y del ejercicio de las letras profanas y hasta de las sagradas.

Estos datos esenciales, poco más que indicaciones de un registro civil, se han podido deducir de diversos documentos, encontrados poco a poco, casi hasta hoy, y de la sucinta biografía contemporánea que compiló un silencioso admirador, un tal padre

Calleja. De muy distinta índole y coloración, aunque provista sólo de noticias fragmentarias y truncas y en muchos aspectos evasivas en la parte inicial de su vida, es la *Respuesta a sor Filotea,* texto autobiográfico realmente extraordinario para el tiempo y el lugar en el que fue escrito (1691): en él Sor Juana, en una prosa punzante, límpida y elevada, confiesa su inquebrantable propensión intelectual, pagada también a precio de soledad, y despliega entre tanto todas sus artes retóricas y dialécticas para defenderse de acusaciones y amenazas de constricciones contrarreformistas y dogmáticas (aunque no, todavía, en el plano del Santo Oficio). De muy otra índole son asimismo las alusiones a sí propia contenidas en su tan alusiva y alegórica obra poética y hasta en los repliegues de la trama de una comedia.

De todo esto, Octavio Paz deduce en los primeros capítulos una interpretación inteligente y atrevida de la persona, aunque no todavía de la escritora. El atrevimiento y casi el riesgo de dicha interpretación están en que el biógrafo moderno no podía hurtarse a considerar otro elemento delicado: de qué modo y con cuáles consecuencias la niña y después la muchacha Juana vivió interiormente y padeció su condición de irregular y de "bastarda", y los obstáculos que encontró al emprender un itinerario de estudio y cultura con los escasos medios de que disponía y sobre todo como una joven privada, al principio, de apoyo y protección en un ambiente rígido y cerrado. Había empero otro tema pronto colateral que presentaba aspectos aún más delicados y hasta inquietantes: qué eventuales experiencias amorosas podían celarse o entreverse tras algunas sutiles expresiones y suaves matizaciones eróticas de su poesía. La tarea no era fácil, a causa de las conjeturas extravagantes o divergentes tejidas por otros en torno a este controvertido punto, resuelto a menudo acusando a la monja-escritora de una probable o supuesta homosexualidad, sobre la base de sus relaciones de afecto y apasionada devoción a la virreina, María Luisa Manrique de Lara, condesa de Paredes. Sin perder nunca de vista la "total negación al matrimonio" declarada por Sor Juana en la *Respuesta,* que habría que ver como consecuencia de una desilusión amorosa y de un largo trauma psíquico, Octavio Paz resuelve el problema atribuyendo los comportamientos obligados de su amado personaje a una tendencia a una especie de intersexualidad. Que se derivaría de la adopción, en un mundo regulado por los varones, de decisiones y opciones "masculinas", así como de la invención, diría yo, de un erotismo sublimado. Sor Juana no traspasaría, pues, los límites platónicos que se había prefijado y que no exigen correspondencia. (Hallaremos la fórmula de la "no correspondencia", o bien de amor puro y "desinteresado", en muchos puntos del discurso de Sor Juana.) Una cosa es cierta, el lazo con la virreina, designada con el nombre poético tradicional de Lysi, varias veces definido por Paz con la fórmula de "amistad amorosa", ha producido, para nuestro deleite, un pequeño y exquisito cancionero dentro del sustancioso corpus lírico de Sor Juana.

Como en toda biografía que se precie, y de las que el libro de Paz conserva el corte si no la rígida estructura, del dramático conflicto que enfrenta a los representantes de la Iglesia, en México, con la pobre Sor Juana, a lo largo de su vida, se habla sólo al final, casi como anuncio de la muerte del personaje, mientras que en la parte central el autor se ocupa de su vasta producción literaria, sagrada y profana. Son páginas, éstas finales, que no quisiera resumir, pues es cabalmente en ellas donde el escritor Paz, con alguna digresión a mi juicio superflua, pone al descubierto las formas aguzadas y convincentes de su arte de la palabra. Baste decir que, como había hecho ya en 1951, en un artículo premonitorio, y yo había subrayado en 1967 en mi "pequeño libro" (así lo define el escritor mexicano), Paz hace coincidir la trágica crisis de conciencia de Sor Juana con la crisis del mundo colonial, o sea con la crisis de aquel poder virreinal que había permitido hasta entonces a la minoría criolla de la Nueva España, cuya población estaba constituida, sin embargo, en gran parte por indios, un dominio blando y a veces hasta sabio de los poderes estatales. No quiero entrar aquí en detalles que el lector que así lo desee encontrará mejor explicados en el libro, pero es cierto que la mayor rigidez contrarreformista hacia la monja sea solamente de haber intervenido, y no por propia voluntad, en cuestiones teológicas y sustancialmente secundarias, se justifica sólo como reflejo indirecto de la represión ejercida contra los movimientos populares que estallaron por esa época (habían faltado los géneros alimenticios, acaparados por especuladores en el límite de la criminalidad). Se daba además el caso de que el poder eclesiástico estaba representado en ese momento por una persona que no podía ver con buenos ojos a Sor Juana, el arzobispo Aguiar y Seijas, tenebrosa figura de integrista y reaccionario, y encima misógino hasta la más sombría ridiculez (consideraba "inficionado" el suelo sobre el que habían transitado mujeres). Es cierto que la carta de Sor Juana, descubierta en 1981 por un cura de Monterrey y transcrita en apéndice en el libro de Paz, anticiparía hacia 1680 el inicio de las dificultades de la monja con sus superiores, pero sigue en pie el hecho de que el momento crucial se produjo más adelante, unos diez o doce años después. Si acaso la carta, hasta ahora inédita e incluida en el libro a partir de la tercera edición (1983), confirma algo que ni siquiera Paz pone suficientemente de relieve: que la fama conquistada en España y en otros lugares por Sor Juana la defendía en parte, sí, de reprensiones demasiado duras y llamativas, pero la exponía a las críticas del precepto cristiano de la *vanitas vanitatum.*

Al explicar los métodos usados para reducir al silencio a un ingenio tan ferviente y sutil como el de Sor Juana, Octavio Paz recurre en más de una ocasión a parangonarlos con los métodos estalinistas de represión ideológica, y lo hace con evidente eficacia explicativa y demostrativa, aunque a mí me parece que la diferencia de épocas y hasta de métodos predomina sobre las visibles analogías. Es cierto que también en los regímenes totalitarios la fama internacional (que, como se ha dicho, Sor Juana se había granjeado en España y fuera de ella) era para cualquier intelectual disidente una pequeña defensa; en cualquier caso, la condena al silencio constituyó para ella una auténtica condena a muerte: una atroz invitación a dejarse apagar y desaparecer, entre sus hermanas enfermas de peste.

Pesadas capas recubren y sofocan casi, y casi por entero, la literatura del tiempo y el espacio de Sor Juana, en buena parte empero tributaria (por suerte) de cuanto habían hasta entonces ofrecido y estaban ofreciendo las extraordinarias e impresionantes peripecias poéticas y teatrales de la metrópoli, en el declinar de los Siglos de Oro.

Una de estas pesadísimas capas lo constituye el ejercicio de la filosofía y de la teológica escolástica y por ende el peligro siempre amenazante para los intelectuales novohispanos de salirse de los estrechos límites de la ortodoxia contrarreformista. En este sentido, el México colonial presenta desventajas y ventajas con respecto a España: mientras que un ambiente más cerrado y circunscrito acentúa alguna pizca de rigor, el alejamiento de la metrópoli (con un océano por medio) y la presencia de alguna tímida tronera de autonomía y de relaciones con el resto del mundo mitigan ciertas asperezas y conceden ciertas pequeñas libertades.

Otra capa consiste en la fuerte estratificación de las convenciones y rituales barrocos y cortesanos, incrementados en este caso por el carácter de invernadero bien protegido, como escribió Alfonso Reyes, del angosto y a veces mezquino ambiente virreinal, tan pomposo y superabundante en fiestas y ceremonias como pobre en otras distracciones y en serias tareas en su larga fase de pacífico y soñoliento paternalismo.

Aunque Sor Juana estuvo sujeta, naturalmente, a esas imposiciones, y secundó en parte esos modos, logró de muchas y significativas maneras perforar su oprimente espesor. Entre otras cosas, limitó sus actividades en el campo teológico a un solo escrito, causa por desgracia de acusaciones y problemas en el precoz final de sus años; pero compuso con sincero empeño dos autos sacramentales, muchos villancicos, obrillas devotas para ser recitadas y cantadas en las iglesias, y unas cuantas poesías de carácter religioso; y además, repárese en ello, dedicó sólo una limitada parte de su obra escrita a poemas y textos de circunstancias, para cumpleaños de virreyes u otras manifestaciones de la corte.

Y al menos en tres ocasiones consiguió escapar al ámbito cerrado de su siglo, aun sirviéndose de los materiales a veces inertes y gastados que éste le proporcionaba. En esas ocasiones, como se verá, Sor Juana se proyectó hacia la modernidad, no tanto o acaso no sólo por la osadía de su innovación conceptual, cuanto por su inédita postura de "distinta" e incómoda habitante de su espacio natural y de su época opresiva; recorriendo las vías impensadas que en algunos momentos se ofrecen en literatura a quien la sabe y quiere vivir intensamente y, en su caso, casi como una tabla de salvación en las angustias derivadas de lo cotidiano. No cabe duda de que tanto en sus versos amorosos como en su suprema confesión autobiográfica (la citada *Respuesta a sor Filotea)* se reconocen los signos del durísimo malestar de quien afronta con mucho orgullo y un gran sentido de desafío las "imposibilidades" de su papel, como ya se ha dicho, de mujer-en-contra.

Tres veces, repito. Una primera en el poema *Primero sueño*, un texto sin antepasados ciertos ni mucho menos sucesores, verdaderos o presuntos, en la literatura de lengua española, pues se trata de una especie de indagación poética, entre científica y filosófica, sobre la materia (no shakespeariana) de dormir, y en mínima parte sobre la materia (vagamente shakespeariana) del sueño. Una exploración o una aventura intelectual a través de reinos cósmicos normalmente desconocidos, concebida dentro de los parámetros de una doctrina esotérica no teñida de herejía, el hermetismo, que, entre magia y ciencia, propagó por el mundo aquella extraña personalidad que fue Atanasio Kircher: una doctrina que no traspasa los límites de neoplatonismo de derivación humanista. Al imprimir el poema, Sor Juana toleró que se escribiese en el subtítulo o el epígrafe: "Primero sueño, que así intituló y compuso la Madre Juana Inés de la Cruz, imitando a Góngora". Lo toleró como todo autor tolera las exageraciones y hasta las imprecisiones de ciertas "solapas" o "fajas" editoriales: en parte también porque, en su inexactitud, servía para dar autoridad, legitimación y relieve a aquella obrita, escrita, como las *Soledades* gongorinas, en silvas (versos endecasílabos y heptasílabos) y con el mismo bagaje mitológico y en parte metafórico. No obstante, como observa Paz, que dedica al *Sueño* páginas esclarecedoras, el alto modelo de Góngora, supremo ejemplo de construcción barroca, se ve superado aquí no ciertamente en la suntuosa expresión artística, sino en complejidad y abstracción verbal y por ciertos anticipos imprevisibles de la poesía científica del siglo siguiente: "Poema barroco que niega el barroco —ha escrito Paz, con cierta exageración—, obra tardía que prefigura la modernidad más moderna".

Este poema, punteado aquí y allá por momentos de inédita y finísima poeticidad, aunque a menudo retorcido en significantes y significados, Sor Juan siempre lo tuvo en gran estima, pues lo consideraba, con razón, como un resultado importante, autorizado y ambicioso de su actividad literaria. Entre otras cosas también él, como los sonetos llamados "morales", se cierra sobre un horizonte de desengaño (palabra del siglo) y derrota (transparente y típica arribada del alma solitaria y melancólica de Sor Juana), pero encierra también una nota de heroico estoicismo, encarnado en el mito ambiguo y solemne de Faetonte, "como ejemplo de intelectual que reúne el amor al saber y la osadía" (Paz).

La segunda ocasión —por desgracia difícil y hasta nefasta a corto plazo para ella— de excentricidad y, para la posteridad, de sorpresa y motivada admiración es la carta a la que me he referido varias veces y que se conoce como *Respuesta a sor Filotea.* (Ha de precisarse que este nombre ficticio oculta probablemente a la persona del obispo de Puebla, quien fue el primero en solicitarle un escrito de tema teológico, blanco luego de críticas y censuras.) La índole confesional de este texto lleva una impronta totalmente nueva en la literatura del XVII y del barroco, precisamente porque esta literatura fue, yo diría que por antonomasia, campo de disimulación —"honesta" o no—, de ficción e incluso de ocultación. Para comprender la densidad y la singularidad de semejante testimonio autobiográfico basta compararlo con el precedente y excelso, aunque diferentísimo, de santa Teresa, por no salir del área hispánica. Mientras que santa Teresa, como es sabido, cuenta su vida para ofrecerla como ejemplo de camino de perfección, como un modelo que hay que seguir para llegar a Dios, Sor Juana describe y explica sus opciones vitales, desde su infancia en adelante, y además casi se disculpa por mostrarse distinta, de forma que, evidenciando exactamente su diversidad, pide para sí y para las demás mujeres —ahí está su feminismo *ante litteram*— el derecho a estudiar, a tener una cultura, a consagrarse a las letras sagradas y profanas, aunque sin aludir a la crisis de devoción en la cual debía de encontrarse. Escrita con una prosa dúctil y descarnada, con una elevación y una elegancia derivadas del orgullo y de la dignidad herida, o con algunas coqueterías de ironía y sarcasmo, la *Respuesta* es un documento literario de gran rareza y soberbia hermosura.

En el prolongado ejercicio de la poesía amorosa y en los acentos discordes y disonantes que Sor Juana emplea en ella está la tercera y última característica o, si se prefiere, la tercera "ocasión" de modernidad que ella brinda y presenta, incluso en el ámbito exuberante, sublime y exaltado (piénsese en el "amor loco" de Quevedo) de la literatura del Siglo de Oro; o en el cauce de la resurgiente tradición petrarquista (la poetisa llama "Laura" a la virreina Leonor, marquesa de Mancera).

Las expresiones poéticas de ese complejo estado psicológico en el cual Juana Inés se siente enredada, "verdugo" y a un tiempo "víctima" de sí misma, como escribe en algunos versos (un complejo psicológico cuyos lados controvertidos ha desvelado Paz) no puede sino dar frutos exotéricos, productos extraños, textos de arrolladora singularidad en el ámbito de la poesía erótica. "Su vida erótica fue casi enteramente imaginaria —escribe Paz—, sin que por esto haya carecido de realidad e intensidad. Calleja comentó: *amores sin amores.* Aclaro: sin amores pero con amor."

Sea como sea, su supuesta "neutralidad" sexual la capacita, por ejemplo, para desvelarse a sí misma y desvelar a los otros una vasta gama de situaciones y sentimientos amorosos y para interpretar desde lo más hondo, diría casi para personificar, la dialéctica amorosa según los módulos de ficción barrocos y mucho más allá de ellos, o desde múltiples puntos de vista: ora se finge viuda, ora inventa triángulos de hombres y mujeres que se adoran y detestan entre sí como en una comedia de "afectos encontrados", ora aconseja a una mujer el modo de conservar el amor de un hombre celoso, y así sucesivamente. En un soneto entre serio y jocoso llega a componer en unos cuantos versos una especie de pequeño tratado de amor, desde su exordio contrariado hasta su final en el desamor: "Amor empieza por desasosiego, / solicitud, ardores y desvelos; / crece con riesgos, lances y recelos, / susténtase de llantos y de ruegos".

Pero no hay sólo "neutralidad" o despego o fingimiento en las poesías de amor de Sor Juana. Eso no sucede de veras en algunos poemas de encendida y casi exacerbada "amistad amorosa" y de apasionada entrega dirigidos a su Lysi, la condesa de Paredes, como evidencia Paz en varios pasajes de su libro. Se ha observado además, por ejemplo, que casi "cada soneto amoroso de nuestra poetisa es un respingo de dignidad y orgullo femeninos" (Paoli). En este caso, la mujer se atrinchera en su facultad de inventarse el amor con la fantasía imaginativa del afecto, casi como desafío y a despecho del ostensible atrevimiento masculino. En otros casos nos sentimos inducidos a pensar que sus palabras "enamoradas" en verso ocultan una participación suya directa y calurosa, como en el siguiente exordio:

> Este amoroso tormento
> que en mi corazón se ve,
> sé que lo siento, y no sé
> la causa por qué lo siento.

Pero es sintomático que la poesía que se abre con estos versos lleve el siguiente epígrafe; "en que describe racionalmente los efectos irracionales del amor". Aunque muchos poetas hayan puesto en práctica esta manera de ver y entender el amor, ninguno, que yo sepa, lo ha enunciado, casi desde fuera, con tanta sinceridad y carencia de prejuicios. Y la constancia con que el término "razón". aparece con la misma intencionalidad en varias composiciones de Sor Juana demuestra que esa palabra, que será la predilecta del siglo siguiente, domina el horizonte mental y también el horizonte poético de nuestra monja. Que consideraba el amor (y la poesía) como una aventura de la inteligencia, más aún que de los sentidos. (A estas alturas, sobre el ejemplo recién citado, se plantea también el problema de los títulos o epígrafes que abren, según la costumbre de la época, cada texto poético: muchos los han asignado a un anónimo "editor" a causa de ciertas exageraciones que en ellos aparecen o por la tercera persona empleada. Aun teniendo en cuenta que los libros de Sor Juana se publicaron en España y sin que ella pudiera seguir el proceso de impresión, pienso —es sólo una hipótesis— que esos epígrafes, quizás a menudo aprobados por ella, terminaban en el fondo por ofrecer, a sus ojos, otro estrato de ficción y de extrañamiento. Por lo cual me inclino a considerarlos en cierto modo inspirados y motivados por ella, como para crear un nuevo filtro de alegorización.)

Pero aparte la función central que en la poesía erótica de Sor Juana desarrollan casi al mismo tiempo la fantasía y la razón, lo incorpóreo y lo corpóreo, la pasión inventada por la imaginación y la formulada por el intelecto, es indudable que la fase amorosa que más nos fascina es la declinante de la desilusión, si no cabalmente la de su final o derrota, nunca la inicial de la seducción y conquista. Diríase que el papel estimulante o dinámico del amor no la concierne. Y también en esto, creo, aflora el carácter melancólico y solitario de su ser y de su poetizar.

Experto en el arte dialéctico e investigador del ensayo, tras las huellas de la literatura contemporánea en lengua española (de Ortega y Gasset a Reyes), pero también de la de lengua inglesa; lector e intérprete de poesía, amén de inteligente, refinado y espléndido poeta, Octavio Paz ha compuesto con este libro una densa y perfecta biografía de un autor, incluyendo en ella el análisis, disperso pero continuado, de las obras de dicho autor. Y han tenido gran importancia a sus ojos algunos entronques con la literatura moderna y contemporánea que le brindaba el personaje multiforme de Sor Juana.

Esto se le nota, por ejemplo, cuando traza la historia de la fortuna del hermetismo neoplatónico del cual brotan dos corrientes: una que desemboca, "a través de las sectas ocultistas y libertinas de los siglos XVII y XVIII", en el movimiento socialista de Fourier, y otra que, a través de "la religión de los astros de Bruno y Campanella" y de la "teoría de la correspondencia universal", va a dar en las concepciones de los "primeros románticos alemanes e ingleses, Nerval y Baudelaire, los simbolistas, Yeats y los surrealistas". O bien cuando al subrayar las divergencias y diferencias entre las *Soledades* de Góngora y el *Primero sueño* de Sor Juana, observa que el segundo es, en sustancia, "poesía del intelecto ante el cosmos", hasta establecer un parangón nada infundado con el mundo de Mallarmé y su "viaje por el infinito exterior e interior". Y aunque la comparación "inquietante" que hace Paz entre el *Sueño* de Sor Juana y la *Melancolía I* de Alberto Durero no sea del todo convincente —de nuevo a través de la mediación del hermetismo neoplatónico—, no cabe dejar de suscribir, aunque sólo sea por su método general y por su forma extensiva, estas observaciones sagaces y la sustancia inspirada y penetrante de este tipo de discurso crítico.

Un sector consistente del libro de Paz se refiere, aunque de forma asistemática, a la posición de su personaje ante el mundo que le tocó vivir y dentro de él. Y ello no sólo en los primeros capítulos de indagación histórico-cultural, sino en todo el desarrollo del largo ensayo. Uno de los ejes principales de las relaciones de Sor Juana con las ideas de su tiempo está constituido, naturalmente, por su pensamiento y por sus sentimientos hacia la religión católica. Aunque al convento, como hemos visto, no la hubiera llevado una profunda vocación, sino una elección avisada y discreta y también honrada, Sor Juana fue, como demuestran sus escritos devotos, e, *in primis,* su bellísimo auto sacramental *El divino Narciso,* creyente sincera y convencida. Atraída por los debates que habían prendido en España y que todavía se desarrollaban a su alrededor, incluidos los de naturaleza teológica, Sor Juana fue una decidida "molinista", esto es, una declarada defensora del libre albedrío frente al tema de la gracia, como lo fueron los ingenios más sagaces de su tiempo y muchos de los escritores admirados por ella (y el primero de todos Caderón).

Mas para adentrarse en las relaciones de Sor Juana con las razones, las ideas y los sentimientos de su tiempo y de su espacio vital nuestra mirada ha de volverse por un lado a sus lazos con la cultura española, la de la metrópoli, sobre todo la literaria, y por otro a sus lazos con su tierra y su gente, las de la Nueva España, y por ende con una cultura hecha de vagos recuerdos de las tradiciones prehispánicas y de incipiente mexicanismo. En ambos casos está en juego su identidad de mujer y de escritora, en un solo e inseparable bloque.

La monja construye su obra sobre la literatura española y sólo sobre ésta —aunque se trataba, no lo olvidemos, de la gran producción literaria del Siglo de Oro (Lope, Quevedo, Góngora, Calderón y muchos otros)—, tomando de ella a manos llenas y reconociéndose aristocráticamente en ella a cada paso.

Mucho más complicada fue, empero, para Sor Juana la relación con su gente y su tierra, a la cual siempre se sintió perteneciente. Era una criolla, o sea descendiente de españoles (con unas gotas de nobleza en la sangre), nacida y enraizada en América desde unas cuantas generaciones, y a los criollos, como ella sabía muy bien, les estaban reservadas las decisiones y la suerte del presente y del futuro.

Como cualquier otro intelectual criollo serio también Sor Juana tenía que contar principalmente con el mundo indio, en las dos vertientes entonces consideradas de manera fuerte si no incluso enfrentada: la de los primitivos habitantes de México, con sus ritos y sus "idolatrías", y la de la población india de la época, que era la continuación concreta y a veces imprescindible de la otra, aunque dañada por la conquista y la opresión. De toda la gente de la Nueva España, los indios, con los mestizos, constituían la mayoría. Baste pensar, como recuerda Paz, que Gemelli Careri, un viajero italiano, estimó que en 1698 la población de la ciudad de México ascendía a unos 80 000 indios, mestizos y mulatos, y a 20 000 españoles y criollos; de lo cual se deduce que en el campo y en los centros menores la presencia india debía de ser aún más numerosa y, por tanto, decididamente mayoritaria. Como gran parte de los componentes de la Compañía de Jesús, al menos en la primera mitad del XVII, también Sor Juana profesó los principios del universalismo y el sincretismo religioso, y eso se ve claramente en la loa, breve composición de carácter discursivo, que sirve de premisa a *El divino Narciso,* donde sitúa en el mismo plano la eucaristía cristiana y la ceremonia azteca del "gran dios de las semillas", una especie de estatua de maíz amasada con sangre que los creyentes comían al final del rito.

En ese texto de audaz y decidida afirmación sincretista se debe pensar también al leer sus villancicos, delicadas y preciosas composiciones para canto, palabra y danza, que Sor Juana escribió con ocasión de varias festividades religiosas (Navidad, Corpus, etc.) o para ensalzar a santos y santas de los más mansos y humildes en el campo de la sacralidad cristiana, en época y en tierras de evangelización. Esa especie de "guiones" poéticos y casi teatrales, producidos por ella en gran número y a lo largo de todo el arco de su actividad literaria (se trata de los pocos escritos suyos fechados o fechables), son modelo de sencillez y gracia, a veces con acentos que han evocado los nombres de Juan Ramón Jiménez y Federico García Lorca. Dedicados fundamentalmente al público que había que evangelizar, eran "recitados" en parte por los propios indios, de forma que espectadores y ejecutantes casi coincidían, formando un círculo mágico que tenía el sabor de una aceptada y dulce ficción especular. Lo mismo ocurría en la construcción de las iglesias, donde la mano de obra india (no existía otra) daba a aquellos únicos e imponentes edificios (casi fortalezas circundadas por murallas) un carácter similar de autorreconocimiento y familiaridad a un tiempo. Allí, en la arquitectura de las iglesias, se producía el triunfo del arte barroco, copioso en la decoración y descuidado en los detalles, los cuales escapaban al simbolismo cristiano para beber del mesoamericano. Pero era al mismo tiempo el triunfo del sincretismo, pues lo que importaba, en el arte sagrado de las iglesias y en el de los villancicos, no era el paso de un rito a otro, sino el paso global, abstracto y al tiempo copartícipe, de una religiosidad a la otra. Y cuando Sor Juan introduce en el cuerpo jocoso de sus villancicos, a la manera por lo demás de otras composiciones jocosas de Lope o Góngora, el habla de negros o portugueses, y hasta de vascos, no hace sino complacer al público variado y heterogéneo que los escucha. En su empleo del náhuatl, la más difundida lengua de los indios, no ha de verse nada de exótico o superpuesto, porque, como se ha dicho, espectadores y ejecutantes coincidían y aquel acto de Sor Juana no era sino una pequeña concesión añadida a su público mayoritario.

BIBLIOGRAFÍA

La presente bibliografía se limita a registrar los libros y artículos donde se encuentran referencias a la vida y obras de Sor Juana Inés de la Cruz y a las vidas y obras de personas con las cuales estuvo en contacto (o en pugna). Para las obras generales véanse directamente las notas y el índice onomástico.

Abreu Gómez, E., *Sor Juana Inés de la Cruz: Bibliografía y Biblioteca,*
1934 México.
Prólogo a S.J.I.d.l.C., *Carta Athenagórica. Respuesta a Sor Filotea,*
1934-A Clásicos Mexicanos, Editorial Botas, México.

Alatorre, A., "Avatares barrocos del romance (De Góngora a Sor
1977 Juana Inés)", en *Nueva Revista de Filología Hispánica,* t. XXVI, núm. 2.
1980 "Para leer la *Fama y obras pósthumas* de Sor Juana Inés de la Cruz", en *Nueva Revista de Filología Hispánica,* t. XXIX.
1987 "La carta de Sor Juana al Padre Núñez (1682)", en *Nueva Revista de Filología Hispánica,* t. XXXV.

Andrade, V., *Ensayo bibliográfico mexicano del siglo XVII,* 2ª ed.,
1889 México.

Astraín, A., *Historia de la Compañía de Jesús en la asistencia de Espa-*
1889 *ña,* Madrid.

Bellini, G., *L'opera letteraria di Sor Juana Inés de la Cruz,* Cisalpi-
1964 no, Milán.
1987 *Sor Juana e i suoi misteri,* Cisalpino-Goliardica, Milán.

Bénassy-Berling, M. C., *Humanisme et religion chez Sor Juana Inés de*
1982 *la Cruz,* Publications de la Sorbonne, París.

Beristáin de Souza, J. M., *Biblioteca Hispanoamericana Septentrio-*
1897 *nal,* 2ª ed., Amecameca.

Blanco Aguinaga, C., "Dos sonetos del siglo XVII: amor-locura en
1962 Quevedo y Sor Juana", en *Modern Language Notes,* Spanish Issue, v. 77, núm. 2, Baltimore.

Burrus, E. J., "Sigüenza y Góngora. Efforts for Readmission into
1953 the Jesuite Order", en *The Hispanic American Historical Review,* XXXIII, núm. 2.

Buxó, J. P., "El sueño de Sor Juana: alegoría y modelo del mundo",
1981 en *Las figuraciones del sentido,* FCE., México, 1984 (publicado en un diario en 1981).

1984 *Sor Juana Inés de la Cruz en conocimiento de su* Sueño, UNAM, México.

Calleja, D., "Aprobación del Reverendísimo Padre Diego Calleja"
1987 a *Fama y obras pósthumas de la Madre S.J.I.d.l.C.,* Madrid, 1692, ahora en Bellini (1987).

Carilla, E., "Sor Juana: ciencia y poesía (sobre el *Primero sueño,* en
1952 *Revista de Filología Hispánica,* XXXVI.

Castro, A., *De la edad conflictiva,* 2ª ed., Taurus, Madrid.
1961

Cervantes, E. A., *Testamento de Sor Juana Inés de la Cruz y otros*
1949 *documentos,* México.

Chávez, E., *Ensayo de psicología de Sor Juana,* Barcelona.
1931

Clotelle Clarke, D., "Importancia de la versificación de Sor Jua-
1951 na", en *Revista Ibérica,* XVII, 33.

Cossío, M. de, "Observaciones sobre la vida de S.J.I.d.l.C.", en
1952 *Boletín de la Real Academia Española,* t. XXXII, C. XXXV.

Cox Flynn, G., "The Alleged Mysticism of Sor Juana Inés de la
1960 Cruz", en *Hispanic Review,* núm. 3, vol. XXVIII.

Delgado, J., "Estudio preliminar" en C. de Sigüenza y Góngora,
1960 *Piedad eroyca de don Fernando Cortés,* ed. moderna, Porrúa Turanzas, Madrid.

Durán, M., "El drama intelectual de Sor Juana y el anti-intelec-
1963 tualismo hispánico", en *Cuadernos Americanos,* a. XXI, vol. CXXIX, 4º.

Fernández, S., "Los autos sacramentales de Sor Juana Inés de la
1972 Cruz", en *Homenaje,* SEP, México.

Fernández del Castillo, F., *La medicina de Carlos Sigüenza y de Sor*
1970 *Juana,* México.
Gaos, J., "Presentación" de la *Libra astronómica y filosófica* de
1959 Sigüenza y Góngora, ed. Moderna, UNAM, México.
González Obregón, L., *México viejo, 1521-1821,* Editorial Patria,
1945 México.
Henríquez Ureña, P., *Las corrientes literarias en América Latina,*
1949 FCE., México.
Iglesia, R., *La mexicanidad de don Carlos de Sigüenza y Góngora,*
1944 México.
Jiménez Rueda, J., *Sor Juana Inés de la Cruz en su época,* Editorial
1951 Porrúa, México.
Krynen, J., "Mito y teología en *El divino Narciso* de S.J.I.d.l.C",
1970 en *Actas del Congreso Internacional de Hispanistas,* México.
Lafaye, J., *Quetzalcóatl y Guadalupe. La formación de la conciencia*
1977 *nacional en México,* FCE, México.
Lanning, J. T., *Academic Culture in the Spanish Colonies,* Nueva
1940 York.
1946 *Reales cédulas de la Real y Pontificia Universidad de México,* México.
Leonard, I. A., *Baroque Times in Old Mexico,* Ann Arbor.
1959
Lezamis, J. de, "Breve relación de la vida y muerte del Il.mo y
1940 Rev.mo Señor Dr. D. Francisco de Aguiar y Seijas..." En *México. Año de 1699,* ed. Moderna, México.
López Cámara, F., "El cartesianismo en Sor Juana y Sigüenza y
1950 Góngora", en *Filosofía y Letras,* XX, núm. 30.
Maria y Campos, A., *Representaciones teatrales en la Nueva España,*
1959 México.
Maza, F. de la, *Sor Juana Inés de la Cruz ante la historia,* recopila-
1980 ción de F. de la M., revisión de E. Trabulse, UNAM, México.
Melis, A., "Il volo della mente e la poesía dell'intelletto", prefa-
1985 cio a *Il sogno di Sor Juana Inés de la Cruz,* trad. Insel Marty, Piovan editore, Abano Terme.
Menéndez y Pelayo, M., *Historia de la poesía hispano-americana*

1948 *(1911),* vol. I de las *Obras completas,* C. S. I. C., ed. moderna, Madrid.

Nervo, A., "Juana de Asbaje", en *Obras completas,* vol. VII, Biblio-
1928 teca Nueva, Madrid.

Paoli, R., Sor Juana Inés de la Cruz, *Poesie,* ed. de R. P., Rizzoli,
1983 Milán.

Paz, O., "Sor Juana Inés de la Cruz" en *Las peras del olmo,* UNAM,
1965 México.
1982 *Sor Juana Inés de la Cruz o las trampas de la fe,* FCE, México.
1992 *Suor Juana Inés de la Cruz o le insidie della fede,* Milán.

Poggi, G., "L'imitazione e la differenza: appunti sul femminismo
1994 di S. J.", en *A più voci, omaggio a D. Puccini,* All'Insegna del Pesce d'Oro, Milán.

Puccini, D., *Sor Juana Inés de la Cruz. Studio di una personalità del*
1967 *Barocco messicano,* Edizioni dell'Ateneo, Roma.
1993 "La tradición mágico-hermética y la literatura científica en el siglo XVII", en *America Latina: palavra, literatura e cultura,* Memorial de América Latina, Sao Paulo.

Ramírez España, R., *La familia de Sor Juana,* México.
1947

Reyes, A., *Letras de la Nueva España,* FCE, México.
1948
1958 "Góngora y América, reseña bibliográfica", en *Obras completas,* vol. VII, FCE, México.

Reyes Ruiz, J., *La época literaria de Sor Juana,* Monterrey.
1951

Ricard, R., "Antonio Vieira y Sor Juana Inés de la Cruz", en *Bul-*
1948 *letin des etudes portugaises,* VII, Coimbra.
1954 *Une poétesse mexicaine du XVII siècle: S.J.I.d.l.C.,* Centre de documentation universitaire, París.

Rivers. E. L., Introducción a la *Antología de S.J.I.d.l.C.,* Bibliote-
1965 ca Anaya, Madrid-Barcelona.

Robles, A., "Diario de sucesos notables (1665-1763)", 1757,
1946 México; ahora en *Colección de escritores mexicanos,* 3 vols., Editorial Porrúa, México.

Rojas Garcidueñas, J., "Sor Juana Inés de la Cruz y don Carlos de

1964 Sigüenza y Góngora", en *Anales de investigaciones estéticas de la* UNAM, México.

Sabat de Rivers, G., S.J.I.d.l.C., *Obras selectas,* prólogo, selección
1976 y notas, G. Sabat de Rivers y E. L. Rivers, Noguer, Barcelona.

1977 *"El sueño" de Sor Juana Inés de la Cruz, tradiciones literarias y originalidad,* Támesis, Londres.

1982 Introducción a S.J.I.d.l.C., en *Inundación castálida,* Clásicos Castalia, Madrid.

1992 *Estudios de literatura hispanoamericana. Sor Juana Inés de la Cruz y otros barrocos de la Colonia,* PPU, Barcelona.

Salceda, A. G., "Los amores de Juana Inés", en *Novedades,* Méxi-
1952 co, 3, 10 y 27 de febrero.

Salinas, P., "En busca de Juana de Asbaje", en *Ensayos de literatura*
1958 *hispánica,* Madrid.

Sánchez Robayna, A., *Para leer "Primero sueño" de Sor Juana Inés de*
1990 *la Cruz,* FCE, México.

Schons, D., "Some bibliographical notes on Sor Juana Inés de la
1925 Cruz", en *Bulletin of the University of Texas,* Austin, Texas.

1926 "Some obscure points in the life of Sor Juana", en *Modern Philology,* XXIV.

1929 "Nuevos datos para la biografía de Sor Juana", en *Contemporáneos,* México.

1934 *Algunos parientes de Sor Juana,* México.

Tapia Mendez, A., *Autodefensa espiritual de Sor Juana,* Monterrey.
1981

Torres, Fray M. de, *Dechado de Príncipes Eclesiásticos que dibujó con*
1722 *su ejemplar, virtuosa y ajustada vida el Ill.mo y Exc.mo Sr. D. Manuel Fernández de Santa Cruz y Sahagún, Obispo de Guadalahara y de la Puebla,* Madrid.

Trabulse, E., *Historia de la ciencia en México,* México.
1983

Vossler, K., *Escritores y poetas de España,* Espasa Calpe, Madrid.
1944

1953 "El mundo en el *Sueño",* introducción al *Primero Sueño,* Universidad de Buenos Aires, Buenos Aires.

Xirau, R., "Tres calas en la reflexión poética: Sor Juana, Gorosti-
1962 za, Paz", en *Poetas de México* y España, Editorial Porrúa, Madrid.
1967 *Genio y figura de S.J.I.d.l.C* (antología y estudio), Buenos Aires.

ÍNDICE ONOMÁSTICO

ÍNDICE GENERAL

Este libro se terminó de imprimir en marzo de 1997 en los talleres de Impresora y Encuadernadora Progreso, S. A. de C. V. (IEPSA), Calz. de San Lorenzo, 244; 09830 México, D. F. En su composición, parada en el Taller de Composición del FCE, se usaron tipos Garamond 3 de 10:12, 9:11 y 8:9 puntos. La edición, de 2 000 ejemplares, estuvo al cuidado de *Manlio Fabio Fonseca Sánchez.*

F.C.E.